KB004872

J.M. 배리
여성수영클럽

THE J. M. BARRIE LADIES' SWIMMING SOCIETY
by Barbara J. Zitwer

J.M. 배리 여성수영클럽

바바라 J. 지트워 장편소설

이다희 옮김

북레시피

이 이야기의 영감을 제공한 우리 엄마,
이디스에게 이 책을 바칩니다.

"사랑한다는 건 굉장한 모험일 거야."
J. M. 배리, 『피터팬』

한국 독자들에게

저는 한국의 소설을 통해 처음 한국을 접했습니다. 국제 문학 에이전트로서 여러 작가들을 대표하며 신경숙, 공지영, 편혜영, 한강, 정유정, 김연수, 황선미, 김언수, 반디, 안도현, 김이정, 이정명을 비롯한 여러 훌륭한 작가들의 글을 읽었습니다. 개인적으로, 그리고 글을 쓰는 소설가로서 한국 문학으로부터 커다란 영감을 받았습니다. 한국에 올 때면 언제나 신기하면서도 새로운 눈으로 세상을 바라보고 인생을 즐기는 법을 터득하는 것 같습니다.

언젠가 서울의 한 미술관에서 달항아리를 보고 매료된 적이 있었습니다. 마치 씨앗에서 싹튼 것처럼 자연스러워 보였습니다. 항아리는 완벽한 구형으로 아주 매끄럽고 둥글었지만 윗부분의 주둥이 근처에 아주 작은 자국이 있었습니다. 실수일까 싶었습니다. "결함이 있어야 비로소 완전한 거야. 일부러 저렇게 만든 거지." 한국 친구가 웃으며 말해주었습니다. 운문사에서는 스님들이 나무를 껴안는 모습을 보았습니다. 거대한 가지를 목재 지지대가 지탱하고 있는 나무였습니다. 그날 저는 제가 만난 대부분의 사람들보다 더 인간 같은 나무를 발견했습니다. 친구들과 함께 즐긴 한국 음식은 여왕의 식사와 비겨도 손색이 없었습니다. 그러나 더 중요한 것은 그 식사 시간이 따뜻한 마음으로 나눈 끝없는 대화의 시간이었다는 점입니다. 한국 친구들과 식사를 하면 시간이 멈춥니다. 식사가 단지 음식만을 의미하지 않는다는 것을 깨달았습니다.

저는 한국 소설의 명확성과 진솔함, 지적 깊이를 좋아합니다. 한국 소설은 가식이 없고 재치 있습니다. 작은 닭, 혹은 연어의 생각으로부터 지극히 깊이 있는 사상이 나오기도 합니다. 한국 최고의 이야기들은 철저히 보편적이며 누구든 어디에서든 읽을 수 있습니다. 작가로서 저 또한 그런 점들을 닮으려고 노력합니다. “간결한 것이 더 아름답다.” 글을 쓰려고 컴퓨터 앞에 앉을 때마다 스스로에게 이렇게 이야기합니다. “당신은 지금 여기 있습니다.” 절에 묵을 때 한 스님이 제게 말했습니다. 이 말은 몇 년이 지나도 여전히 마음속에 울립니다. 백지 공포증으로 좌절하고 있을 때 한국에 있는 가장 절친한 친구가 이렇게 위로했습니다. “텅 비었으니 잘됐네. 이제 다시 채울 수 있잖아.” 글쓰기는 고통스러울 정도로 어려운 일일 때가 많습니다. 글쓰기를 계속하기 위해서 위로와 힘이 필요할 때 제 생각은 한국으로 향합니다.

『J. M. 배리 여성수영클럽』은 50년이 넘게 야외 연못에서 매일 함께 수영을 해온 나이 든 여인들에 관한 이야기입니다. 여인들은 언제나 청춘이며 노년을 가져다준 세월을 두려워하지 않습니다. 가족도 친구도 없는 데다 일에 중독된 젊고 외로운 여성 조이는 그들을 만나고 인생이 바뀝니다. 조이는 우정과 지혜, 무조건적인 지지를 얻습니다. 웃고 사랑하는 방법을 터득합니다. 집에서 만든 맛있는 닭 수프를 처음으로 맛봅니다. 'J. M. 배리 여성수영클럽'의 여인들을 만나고 사귄 뒤 더 행복해진 조이처럼 저도 한국이 제 삶으로 들어온 뒤 더 행복해졌습니다!

뉴욕시에서 따뜻한 마음을 전하며,

바바라 J. 지트워

J. M. 배리 여성수영클럽 선언문

우리는 여기에 여성만을 위한 우리 클럽의 목적을 선언하니, 수중 운동과 건강, 발언의 자유, 영원한 우정이 그것으로 우리는 우리 영혼의 안내자 제임스 매슈 배리와 그가 창조한 가장 유명한 인물이자 영원한 소년 피터팬의 발자취를 따른다.

모임은 상황이 허락하는 한 자주 개최하며 해적, 길 잃은 아이들, 인디언, 악어의 공격이 있는 경우에 한해서 취소한다.

회원은 옷을 입은 채로, 혹은 벗은 채로 수영할 수 있다.

각 회원은 수영장 밖에서도 매일 가능한 한 오래 숨 참는 연습을 할 것이며 이로써 체력을 단련하고 종신회원 가입 기간을 늘린다.

각 회원은 원한다면 언제든 누가 뭐래도 큰 소리로 웃을 자유가 있다.

각 회원은 원한다면 언제든 노래 부를 자유가 있으며 노랫소리가 개구리 같든 마리아 칼라스 같든 상관없다.

각 회원은 동물을 사랑하든 사랑하지 않든 오리에게 상냥해야 하며 오리를 귀찮게 하거나 사로잡거나 저녁 요리로 만들어서는 안 된다.

어떤 회원이든 과음을 해서도, 술을 안 마신다는 이유로 비판을 받아서도 안 된다.

어떤 회원이든 사전에 모든 회원의 서면 동의 없이 남자와 함께 오거나 남자의 방문을 허락한다면 나이나 키, 몸무게를 막론하고 그 남자가 영국의 황태자이건 트롤이건 그 회원은 즉각 제명된다.

무엇보다 각 회원은 서로의 이야기를 자비로운 마음으로 들어주고 절망의 순간에는 서로 빛이 되어주며 저마다 가슴속에 모험심을 간직할 수 있도록 도와야 한다.

1

조이 루빈은 제도용 책상 앞에서 하던 일을 멈추고 고개를 들었다. 조이가 아파트 뒤편이 내다보이는 창가로 천천히 발걸음을 떼자 바구니 속에 있던 팅크가 고개를 들었다 도로 풀썩 주저앉아 눈을 감았다. 창 너머 달이 보이지는 않았지만 아롱진 청회색 달빛이 옆 건물로 가득 내리비치며 깊고 신비로운 그림자를 드리우고 있었다.

새벽 3시, 조이는 갑자기 온몸이 천근만근 무거워지는 느낌이 들었다. 다음 날 선보일 프레젠테이션을 더 만지작거리면 오히려 역효과가 날 것 같다는 생각이 들었다. 조이의 건축과 교수는 이런 순간, 그러니까 프로젝트를 위한 더 많은 작업과 생각과 아이디어가 오히려 충분히 실현된 구상에 해를 입힐 수 있기에, 그런 순간이 왔을 때 그만 멈출 줄 알아야 한다고 늘 강조하곤 했다. 조이는 자기가 그려놓은 그림 앞으로 다가갔다. 회사에서 재건축할 예정인 영국의 역사적인 건물 스탠웨이 저택을 그린 커다란 수채화였다. 조이는 그림을 바라보다 마지못해 불을 껐다.

*

거리의 소음이 조이의 잠을 깨웠다. 깊이 잠들지 못했다는 증거다. 침대 옆 탁자 위에 놓인 시계를 흘깃 보고 6시임을 확인한 조이는 베개를 뒤집어 베고 도로 침대로 파고들었다.

조이는 37년 인생에서 33년을 맨해튼의 어퍼 이스트 사이드 지역 렉싱턴 애비뉴에 있는 아파트 꼭대기층에 살았다. 거리를 지나가며 울리는 사이렌 소리 말고는 다른 소음이 조이의 귀를 괴롭히는 경우는 거의 없었다. 집이 용광로처럼 뜨거워지는 7월에서 8월까지는 창문에 달린 에어컨을 최대로 틀어놓곤 했다. 하지만 따뜻한 봄밤의 공기나 시원한 가을바람이 지치고 시들어가는 도시에 새로운 숨결을 불어넣을 때면 조이는 창문을 활짝 열고 기어나가 건물 정면에 지그재그로 놓인 화재 대피용 계단에 앉아 있기를 좋아했다.

그것은 이 집에서 부모님과 함께 살며 자라던 시절 조이가 언제나 바라던 일이었다. 조이는 3층에 사는 가장 친한 친구 새라와 함께 대피용 계단에서 자게 해달라고 조르곤 했다. 거실 창으로 베개와 담요를 끌어와 보이지 않는 별 아래 자리를 잡고 눕고 싶었다. 떨어질 리 없다고, 잠을 자다가 잘못해서 굴러떨어지지 않도록 계단 앞에 의자를 놓으면 된다고 항변했지만 부모님은 들은 척도 하지 않았다. 새라와 조이가 더 나이를 먹어도, 아무리 열심히 애원해도 소용없었다.

15년 전 아버지가 새 아내와 플로리다로 떠나자 조이는 결혼식 때 마시고 남은 샴페인 병을 들고 대피용 계단으로 기어나갔다. 무얼 축하하기 위해서인지 조이 자신도 알 수 없었다. 아버지는 집문서와 여분의 집 열쇠를 별일 아닌 것처럼 건넸다. 조이는 그때 아버지와 아버지의 새 아내 에이미가 다시 돌아올 생각이 없다는 사실을 깨달았다. 돌아온다고 해도 이 집은 아닐 터였다. 처음 며칠 동안 집은 몹시 크게 느껴졌다. 가구의 대부분은 이미 머틀 비치로 보낸 상태였고 남은 가구도 하루 빨리 바꾸고 싶었다. 어찌되었건 이제 집은 조이의 소유가 되었다.

*

조이는 대개 미팅 전 긴장감을 혼자서도 쉽게 풀곤 했는데, 프레젠테이션의 성패에 대한 실질적인 책임이 오늘처럼 다른 사람에게 달려 있을 경우에는 더욱 그랬다. 하지만 커피와 아침 식사를 만드는 동안 조이는 불안감이 쌓이는 느낌을 받기 시작했다.

불안감 말고도 또 다른 무언가가 있었다. 사실 조이는 자기가 아니라 자기의 상사인 데이브 윌슨이 영국으로 건너가 스탠웨이 저택에 살면서 저택의 재건을 감독하게 된다는 사실이 부러웠다. 이 저택은 조이에게 특별한 의미가 있는 장소였다. 조이가 가장 좋아하는 작가 J. M. 배리가 휴가를 보내며 『피터팬』을 쓴 것으로 알려져 있는 저택이 바로 이곳이었다. 조이는 이 프로젝트에 상당한 노력을 투자했지만 수개월 동안의 설계와 시각화 작업이 결국 데이브의 공으로 돌아가리라는 사실을 너무 잘 알고 있었다.

에이펙스 그룹에 입사한 지 7년째, 조이가 늘 지니고 있던 업무 전략, 즉 남보다 더 잘하면 언젠가 눈에 띌 것이라는 믿음에 조금씩 균열이 생겨나고 있었다. 조이가 일하는 것을 본 사람은 조이가 재료 선택이든 건물 하중 계산이든 흠잡을 데 없는 설명서 작성이든 어떤 일이라도 최고의 수준으로 해낼 수 있다는 사실을 알았다. 비록 조이가 누구보다 더 열심히, 더 늦은 시간까지 일한다는 사실이 공개적으로 인정받고 있지는 못했지만 동료들은 앞다투어 조이를 제 팀으로 데려오려고 했다. 그럼에도 단독 승진이나 연봉 인상은커녕 조이는 늘 들러리 역할만 요구받고 있었다. 다만 회사에서는 환하게 웃는 신부의 들러리가 아닌 히죽이는 신랑의 들러리라는 게 다를 뿐.

설상가상으로 알렉스 와일더가 미팅에 참석할 예정이

었다. 금요일 밤 사무실을 나오다가 알렉스와 마주쳤던 조이는 주말 내내 이 짜증스러운 상황 전개를 곱씹으며 괜한 스트레스를 받았다. 도대체 왜 참석한다는 거지? 스탠웨이 프로젝트와 아무 상관 없는 주제에. 커낼 스트리트 주거지 개발과 관련해 주민 회의에서 온갖 문제를 제기하고 있던데 그 일만으로도 바쁘지 않나? 진행 상황이 모두 다른 뉴욕 내 프로젝트만 해도 열여섯 개이고, 그 가운데 일곱 개 프로젝트를 담당하고 있으면서 무엇 때문에 국제팀 일에 간섭하려는 거지?

6개월 전이었다면 알렉스는 막 불붙기 시작한 소문에 기름을 부을까 두려워 조이가 프레젠테이션을 하는 회의실 근처에는 오지도 않았을 터였다. 비밀 연애를 시작한 지 1년쯤 됐을 무렵 오지랖 넓기로 유명한 한 비서가 미트패킹 지역(Meatpacking District, 뉴욕시 맨해튼의 유행을 선도하는 지역)의 한 식당에서 저녁을 먹고 있는 두 사람을 목격했던 것이다. 알렉스는 한심하기 그지없는 핑계를 늘어놓으며 갑자기 관계를 끊었었는데, 그러기 한 달 전부터 이미 동료들은 호기심과 의심이 뒤섞인 눈빛으로 조이를 바라보고 있었다. 이제 그런 시선은 신경 쓰지 않아도 된다.

막 아침밥을 다 먹은 팅크에게 시선을 던지며 조이는 팅크의 유전자가 어느 견종으로부터 왔는지 새삼 궁금해졌다. 상냥하면서도 참을성 없는 성미, 땅파기에 대한 애착, 절반이 접힌 귀, 몸통에 비해 너무 짧은 다리, 그리고 아칸서스 잎처럼 웅장하게 휘어진 꼬리.

팅크가 고개를 들더니 짧게 짖었다.

"잠깐만."

조이는 휴대용 머그잔에 커피를 담고는 침실에서 요가 바지와 재킷을 입었다. 그리고 현관문 옆 고리에 걸린 팅크의 목줄을 챙겼다.

밖은 몹시 추웠다. 지난 며칠보다 더욱 추워진 날씨였다. 팅크는 당당하게 앞장을 서서 조이를 5번가 모퉁이 쪽으로, 승합차 여러 대가 시동을 켠 채로 서 있는 노이에 갤러리 입구 근처로 끌고 갔다. 조이는 19세기 말에서 20세기 초에 걸친 비엔나 미술과 스타일에 관한 전시를 보기 위해 노이에 갤러리를 세 번이나 드나들며 클림트와 코코슈카가 그린 초상화 앞에 머무르기도 했지만 발길은 매번 3층으로 향했다. 조이의 우상인 오스트리아 건축가 오토 바그너의 제단에 참배하기 위해서였다. 바그너의 건축물 사진을 찬찬히 살펴보면서 조이는 바그너의 마욜리카 하우스만큼 구조적으로 엄격하면서 시각적으로는 장난스러운 건축물을 디자인할 기회가 평생 한 번만이라도 있길 바랐다.

조이가 이스트 84번가로 꺾으려는데 팅크가 말을 듣지 않았다. 센트럴 파크로 가고 싶었던 팅크는 주인을 원하는 방향으로 이끌기 위해 10킬로그램 되는 제 몸에 온 힘을 실었다. 그렇지만 조이는 오늘 아침만은 산책을 여유롭게 할 수가 없었다.

도로 양변에 줄지어 선 우아한 브라운스톤 주택가를 지나면서 조이는 그 주택가에 살고 있거나 살았던 사람들을 떠올렸다. 어머니의 친구였던 펠프스 아줌마는 담배와 고급 향수 냄새를 풍겼고 어머니가 아플 때 한 번도 빠짐없이 매주 병문안을 왔었다. 아줌마는 항상 페이스트리 빵이나 꽃을 가져왔고 집에 돌아갈 때면 조이를 너무나 꽉 껴안아주곤 했다.

길을 좀 더 내려가면 조이에게 3년 동안 피아노 레슨을 해주었던 프리다 자보 선생님이 살았던 주택이 있다. 헝가리에서 이민 온 자보 선생님은 마담 자보라는 이름으로 불리길 원했고 세계적인 지휘자 야노시 산도르와 함께 모차르트 피아노 협주곡을 연주했던 사실을 한 주도 빠짐없이 매번 조이에게 상기시키곤 했다. 마담 자보는 레슨 시간 30분 중 대부분의 시간을 연습이 충분히 되지 않았다며 꾸중하는 데 할애했다. 그럼에도 뚜렷한 효과가 없자 조이의 부모에게 돈만 낭비하고 있을 뿐이라고 말했다. 조이는 기뻐 어쩔 줄을 몰랐다.

한 시간 뒤 집에 돌아온 조이는 옷을 갖춰 입고 마지막으로 전신 거울 앞에 섰다. 괜찮았다. 아니 근사해 보였다! 좀 피곤하고 창백해 보이기는 해도 정장은 꼭 맞았으며 펜디 부츠는 언제나 자신감을 끌어올려주었다. 그러나 일단 부츠를 벗어 가방 안에 접어 넣었다. 시내를 가로지르다가 진창과 웅덩이를 벗어나면 그때 다시 신을 생각이었다.

팅크가 불쌍한 표정을 지었다. 혼자 집에 남겨질 때마다 짓는 표정이었지만 조이는 신경 쓸 겨를이 없었다. 데이브와 회의실에서 만나기까지 남은 시간은 단 한 시간이었다.

2

택시는 예상보다 훨씬 늦게 유리로 된 80층짜리 건물 앞에 섰다. 꼭대기 몇 개 층은 구름에 가려 보이지 않았다. 기사는 느릿느릿 거스름돈을 건네주었다. 조이는 유리 회전문을 향해 질주했지만 회전문 앞에는 건물로 들어가려는 사람들이 십여 명 줄지어 서 있었다. 조이는 다시금 생각했다. 건물 출입문을 설계한 사람이 누군지 몰라도 정말 형편없는 건축가라고. 80층 건물을 채울 직원들을 이동시키는 데 엘리베이터 넉 대면 족하다고 판단한 천재와 거의 맞먹는 수준이다.

엘리베이터 넉 대를 그냥 보내고 나서야 겨우 끼어 탈 수 있었다. 가벼웠던 기분과 평정심은 온데간데없이 사라졌다. 엘리베이터에서 내려 54층 복도로 들어섰을 때는 이미 지칠 대로 지쳐 있었고 옷은 구겨지고 땀범벅이 되어 몹시 짜증스러웠다. 게다가 지각이었다.

조이가 방으로 서둘러 들어가려는데 알렉스 와일더가 입구에 서 있었다.

"안녕하세요."

"안녕하세요."

"부러워할 수가 없네요."

"무슨 뜻이에요?" 조이는 가던 길을 멈추고 물었다.

알렉스가 짓궂은 미소를 지었다. 조이는 알렉스의 눈가에 잡힌 귀엽고 자잘한 주름이나, 적당히 그을린 건강한 피부를 애써 외면했다. 빛나는 얼굴로 보아 주말 동안 캐넌 마운틴 스키장에 다녀온 게 분명했다.

"앙투안 아직 안 만났어요?" 알렉스가 덧붙였다.

"아니요, 왜요?"

조이는 가슴이 철렁했다. 무언가 잘못되었다. 문제가 생긴 게 틀림없었다.

"빨리 앙투안부터 만나봐요."

"무슨 일인데요?"

"직접 듣는 게 나아요."

조이는 한숨을 쉬며 알렉스를 쏘아보았다. 아무런 설명 없이 몇 마디 말로 약을 올리는 것이 몹시 알렉스다웠다. 대체 뭘 보고 알렉스를 좋아했던 걸까? 원래 이런 사람이었을까 아니면 지난 몇 달간 책임을 회피하고 사람을 조종하는 데 좀 더 능숙해진 것일까?

"알았어요, 고마워요."

조이는 이렇게 쏘아붙이고 서둘러 앙투안 윅스의 사무실로 갔다. 앙투안은 스탠웨이 호텔 프로젝트에 배치된 실무 비서였다. 앙투안은 책상 앞에서 회의 때 나눠줄 인쇄물로 보이는 서류를 철하고 있었다.

"무슨 일 있어요?" 조이가 물었다.

앙투안이 조이를 보더니 고개를 절레절레 흔들며 대답했다.

"데이브가 뉴햄프셔에 갔다가 사고를 당했어요. 지금 병원에 있어요."

"뭐라고요?"

조이는 앙투안의 책상 옆에 놓인 의자로 천천히 걸어가 앉았다.

"화이트 산 헌팅턴 협곡에서 암벽 등반을 하던 중에 안전 장비가 망가져 50미터 높이에서 굴러떨어졌대요. 빙하 절벽 아래로. 한쪽 무릎뼈랑 반대쪽 다리뼈가 산산조각 난 데다 어깨도 빠졌대요. 협곡에서 꺼내는 데 여덟 시간이나 걸렸다지 뭐예요."

"세상에! 괜찮을까요?"

"지금 수술 중이에요. 점차 좋아지겠죠."

조이는 시계를 보았다. 10시가 다 되어가고 있었다.

"그럼 회의는 누가 진행하죠?"

앙투안이 입술을 삐죽 내밀고 두 눈을 크게 뜨더니 끔

뻑거렸다.

"말도 안 돼." 조이가 말했다.

"해야 돼요. 내용을 아는 사람이 없어요."

"못해요." 조이가 중얼거리듯 말했다.

"정말 못해요. 말도 안 돼요. 내가 맡은 부분은 할 수 있겠지만 전체를 맡아 할 수는 없어요."

"할 수 있어요." 앙투안이 콧방귀를 뀌며 말했다.

"이 프로젝트의 90퍼센트를 도맡아 했잖아요. 그건 조이도 알고 나도 알아요."

"나한테 파일도 없어요!"

"그 안에 다 들어 있어요. 설계명세서며 사진도 전부 내려받아놓았고 프로젝터에 맥도 연결해놨어요."

"난 준비가 안 되어 있다니까요! 영국에서 온 그 사람, 리처드슨, 안에 있어요? 나보고 그 사람 앞에서 발표하라고요? 왜 미리 전화 안 했어요?"

"나도 한 시간 전에 알았어요!" 앙투안이 상처받은 얼굴로 대답했다.

"이미 오고 있을 줄 알았죠. 나도 수습하느라 정신없이 뛰어다녔다고요."

"알아요, 알아요. 미안해요. 고마워요."

심장이 두근거리기 시작했다. 조이는 숨을 깊이 들이마시며 자리에서 일어나 헛기침을 하고는 복도로 걸어나갔다. 앙투안의 말이 맞았다. 내용을 잘 아는 사람은 조이 말고 없었다. 회의를 진행할 수밖에 없었다. 실수를 하더라도 사람들은 이해해줄 터였다. 세세한 부분까지 완벽하길 바라지는 않으리라.

조이는 바닥에서 천장까지 뻗은 회의실 유리벽 안으로 눈길을 던졌다. 거대한 타원형 탁자의 한쪽 끝, 상석에 알렉스가 앉아 있었다. 하필 그때 알렉스가 복도로 눈길을 던졌고 조이를 보자마자 메가와트급 미소를 띠었다.

"재수 없는 자식!"

조이가 미소 띤 얼굴로 나지막이 읊조리고는 뒤돌아 다시 앙투안의 사무실로 갔다. 앙투안은 조이에게 닥쳐온 공포를 직감한 듯 문을 닫은 뒤 조이를 책상 옆 의자로 데리고 갔다. 그리고 조이를 바라보고 앉았다.

"엄청난 기회예요, 조이."

"준비가 안 됐단 말이에요."

"준비는 옛날부터 되어 있었어요. 나도 알고 조이도 알고 저 방에 있는 사람들 절반은 알아요."

"아니, 그렇지 않아요."

"생각해봐요. 주연인 소프라노가 목이 아프면 대역 배우에게 기회가 오고 바로 그럴 때 스타가 탄생하는 법이에요."

"그런 일은 벌어지지 않을걸요."

"벌어져야 해요."

"고마워요."

"들어가서 최선을 다해봐요."

"그럴 수밖에 없겠죠." 조이가 침울한 목소리로 인정했다. "누구든 최선을 다할 수밖에 없어요."

조이가 고개를 끄덕였다. 조금 뒤 조이는 자기 사무실에서 코트를 벗고 부츠를 신었다. 그리고 립스틱을 덧발랐다. 전혀 준비가 안 된 상태였지만 더 할 수 있는 것도 없었다. 조이는 숨을 크게 들이마시고 회의실로 들어가 문을 닫았다.

*

45분 뒤 조이는 질문을 받기 시작했고 그제야 다시 편히 숨을 내쉴 수 있었다. 어떻게 자료를 다 설명했는지 스스로도 솔직히 알 수 없었지만 아무튼 해내고 만 것이다. 그러나 영국측 관리 대행사가 설득을 당할 정도였는지 여부는 또 다른 문제였다. 조이의 코앞에 앉아 있던 마이클 리처드슨의 표정은 전혀 읽어낼 수 없었다.

"동쪽의 탑이 궁금합니다." 에이펙스 그룹의 설립 때부터 파트너였던 프레스턴 케이가 손가락을 들어올리며 말하기 시작했다.

"이 건물은 궁극적으로 상업적 용도로 사용되어야 한다는 것을 기억하세요. 그러려면 주어진 공간을 모두 활용해야 합니다."

"수도사 숙소 쪽 탑을 말씀하시는 거죠?" 조이가 되물으며 이미지를 찾아 스크린에 띄웠다.

케이가 고개를 끄덕이며 물었다.

"어떻게 할 계획입니까?"

조이가 숨을 깊이 들이쉬고 대답했다.

"건설할 당시부터 벽체 밑에 기초가 없었기 때문에 붕괴의 위험을 배제할 수 없습니다."

"그렇지만 복구 시도는 해볼 거죠?"

"그렇습니다. 여기서 시도라는 말이 중요합니다. 포기해야 할 수도 있지만 일단은 부딪혀볼 겁니다. 굉장히 아름다운 구조물이었지만 여러 세기에 걸쳐 원래 자리에 있던 돌을 가져다 부속 건물이나 정원을 만드는 데 썼습니다."

조이는 프로젝터 스크린에 크게 띄운 그림에서 방금 말한 부분을 찾아 가리켰다.

"담쟁이가 우거져 벽체가 상당 부분 기울어졌고 구멍에 뿌리를 내린 잡초 때문에 총안이 파손됐죠. 날씨도 물론 영향을 주었습니다."

조이가 미소를 지으며 잠시 멈추었다. 케이는 분명히 더 듣고 싶어하는 눈치였다.

"원한다면 탑을 무너뜨릴 수도 있습니다. 따로 허가를 받아야 하는 사항은 아니고요. 그래도 일단 복원 시도는 해보려고 합니다. 복원한다면 개축 허가를 받아야 해서 시간이 소요될 겁니다. 그런데 개축 허가 담당자들도 어떤 의미에서는 우리 편입니다. 그분들도 오래된 건물이

겉만 예뻐 보이는 껍데기가 아니라 쓸모 있게 되기를 바랍니다."

"그래서 어떻게 할 작정이죠?" 케이가 압박해왔다.

"원래 탑의 일부였던 돌들을 부지 안에서 가능한 많이 찾아 사용하려고 합니다. 그리고 구조물을 안정화하기 위해 스테인리스 철근을 설치할 예정입니다. 물론 돌 틈을 메우거나 돌을 접착하는 데는 최신 재료를 사용해야죠. 벽체 수리가 완료되면 탑 전체에 비계를 설치하고 철재를 박습니다. 그리고 콘크리트 기초도 새로 마련하고 방수 공사를 완벽하게 해야 합니다. 3개 층으로 만들 예정이고 지붕도 물론 새로 만들 겁니다. 각 방은 침실 두 개와 화장실, 작은 응접실로 꾸밀 거고요. 호텔 본관과는 별도로 임대할 수 있는 공간이 될 예정입니다."

케이는 깊은 생각에 잠긴 듯 의자에 등을 기대고 앉았다. 조이의 눈길은 알렉스 와일더에게로 옮겨갔다. 의자에 앉은 채 몸을 앞으로 기울인 알렉스는 사실 관심이 꽤 있어 보였다. 그러나 조이가 이를 곱씹을 새도 없이 또 다른 질문이 들어왔다. 영국측 고객을 대표하는 필립 칼튼이었다.

"배리와의 연결 고리는 어떻게 하실 생각입니까?"

"아직 확실한 계획은 없습니다." 조이가 미소를 지으며 솔직한 심정을 말했다.

"연결 고리를 무시하지는 않을 겁니다. J. M. 배리는 영국이 가장 사랑하는 작가 중 한 명입니다. 그렇지만 저희가 직접 방문해서 배리가 머물렀던 공간을 평가하고, 거기서 어떤 느낌을 받을 때까지는 이런저런 아이디어만을 제안할 수 있을 뿐입니다."

"어떤 아이디어죠?" 알렉스가 갑자기 끼어들었다.

조이는 알렉스를 뚫어져라 쳐다보았다. 조이를 당황하게 만들 작정이었을까? 아니면 쉽게 답변할 수 있는 질문을 던지고 싶었을까? 알렉스는 쉽게 파악할 수 있는 사람이 아니었다. 물론 그냥 궁금해서 물어보았을 수도 있지만 그럴 가능성은 아주 낮다고 조이는 생각했다.

"이런저런 가능성을 고려해보고 있습니다." 조이가 당당하게 대답했다.

"뉴올리언스의 몬텔리온 호텔처럼 할 수 있어요. 아시다시피 이 호텔에는 포크너, 카포티, 헤밍웨이(몬텔리온 호텔과 인연을 맺었던 미국의 20세기 대표 작가들) 등을 기리는 방이 있지요. 또 다른 경우로는 칼라일 호텔의 베멀먼즈 바처럼 할 수 있어요. 거기에 루드비히 베멀먼즈(어린이 그림책 〈마들린느〉 시리즈의 작가)가 직접 그린 마들린느 벽화가 있죠……."

"기억하실 점은 배리가 이 집을 소유했던 것은 아니고 이 집에 머물렀을 뿐이라는 사실입니다. 그렇지만 배리는 여기서 『피터팬』을 집필했어요. 그러니까 둘 사이의 중간 지점을 찾아야 합니다. 이곳을 배리와 연계된 관광지로서 성공적으로 홍보할 수 있다는 조사 결과가 나온다면, 그리고 우리가 거기 적합한 방들을 찾을 수 있다면 그곳을 가족용 특별실로 만들 수도 있어요. 특별실은 달링 가족의 집(『피터팬』에 등장하는 가족. 이 가족의 큰딸이 웬디이다)처럼 꾸밀 거예요. 어른들을 위한 방은 빅토리아 시대 스타일로 안락하게 꾸미고 아이들의 방은 별과 침대 덮개, 『피터팬』 이야기가 그려진 벽화 등으로 꾸며 상상 속 공간으로 만들 생각입니다. 아이들을 위해 『피터팬』을 주제로 한 생일 파티를 열어줄 수도 있겠죠. 어른들을 위한 파티도 가능하고요!"

조이는 잠시 멈추었다가 미소를 지으며 덧붙였다.

"물론 개를 데리고 머물 수 있도록 해야겠죠."

알렉스가 얼굴을 찡그렸다. 진심으로 조이의 말뜻을 모르는 듯했다.

"나나가 없었다면 『피터팬』 이야기도 없었을 테니까요." 조이가 상냥하게 대답했다.

알렉스는 다른 사람도 이해하고 있는지 살피고는 주저하며 물었다.

"나나가 누구죠?"

"나나는 개예요. 아이들을 책임지고 돌보는 개." 프레스턴 케이가 웃으며 설명했다.

"아, 그렇군요." 알렉스가 의자에 앉은 채 몸을 살짝 수그렸다.

그런데 파트너들은 조이의 모호한 대답에 만족하는 것

같지 않았다. 불길한 느낌이 든 조이에게 문득 한 가지 생각이 떠올랐다.

"실례지만 잠깐만 나갔다 와도 될까요?" 조이가 물었다.

회의 참석자들은 어리둥절한 얼굴로 고개를 끄덕였다. 조이는 급히 사무실로 달려가 마지막 순간 부적 삼아 가방에 넣었던 무언가를 꺼냈다. 엄마의 선물이었던, 프랜시스 던킨 베드포드의 삽화가 들어간 『피터팬』 초판본이었다. 조이는 서둘러 회의실로 돌아왔다.

"개인적으로는 이것에 충실했으면 좋겠습니다." 조이가 조용히 말했다.

"정확하게 말하자면 이 초판본에 담긴 정신을 기리고 싶습니다. 데이브와 구체적으로 논의하지는 못했습니다만."

"계속해보세요." 프레스턴이 말했다.

조이는 책을 들어올렸다.

"저는 평생 J. M. 배리를 좋아했습니다. 특히 『피터팬』을요. 이 책은 어머니가 저의 열세 번째 생일 선물로 사주셨어요."

조이가 책을 프레스턴에게 건넸다. 프레스턴은 책을 열어 삽화를 훑어보기 시작했다.

"세월이 흐르는 동안 여러 사람이 이 책의 삽화를 그렸어요. 아서 래컴, 디즈니 캐릭터를 그린 앨 뎀스터, 마이클 헤이그, 스콧 맥코웬 말고도 여럿이 있죠. 그렇지만 베드포드의 삽화에는 아름답고도 극명한 순수성이 담겨 있어요. 다른 어떤 삽화보다도 신비롭고 이 세상의 것이 아닌 듯한 느낌이 있어요. 마치 어린아이로서 느끼는 감정, 놀라움, 희망, 신비로움, 경외심 같은 감정들의 본질 그 자체를 드러내는 듯합니다. 이 삽화만 봐도 그렇습니다."

포터가 조이에게 책을 돌려주었고 조이는 달링 부부의 삽화가 있는 페이지를 펼쳤다. 침실에 있던 아이들이 사라지고 난 뒤 슬픔에 빠져 엎드려 있는 모습이었다. 나나도 부부와 함께 침대 위에 축 처진 채 앉아서는 창문 밖, 별똥별로 가득한 하늘을 바라보고 있었다. 그림에 붙은 설명은 '새들은 떠났다'였다. 조이는 회의 탁자에 앉은 사람들이 책을 돌려볼 수 있게 했다.

"저는 이 방의 어수선한 모습이 맘에 들어요. 서랍은 열려 있고 옷은 여기저기 흩어져 있죠. 서둘러 떠난 듯한 느낌을 잘 포착했어요. 그리고 런던을 뒤덮은 저 깊고 어두운 하늘의 웅장함과 공포스러움. 창밖은 얼마나 광막하고 아름다우며 또한 두려운 곳인가요. 그렇지만 나나가 지키고 있는 방 안은 밝고 아늑합니다. 하지만 그곳에 활기를 불어넣었던 존재는 사라지고 없어요. 바로 아이들이죠."

조이가 말을 멈추고 갑자기 찾아온 긴장감을 털어내려고 애썼다. 어떻게 결론을 내야 할지 몰랐다. 그러나 파트너들은 진지하게 고개를 끄덕이며 삽화에 대한 관심을 뚜렷하게 드러내고 있었다. 조이는 어떻게든 결론을 지어야 했다.

"왜 이런 얘기를 시작했는지 모르겠어요." 조이가 솔직히 이야기했다.

알렉스는 잘난 체하는 표정으로 조이를 올려다보았다. 조이가 실패하기만을 바라고 있다는 걸 얼굴만 봐도 알 수 있었다.

"스탠웨이 저택을 생각하면, 그 저택이 수세기 동안 목격하고 겪어왔던 일들이 떠오릅니다. 수도사들의 노래와 수백 년에 걸친 계절의 흐름, 그곳에서 태어난 아기들, 커다란 방에서 치러진 결혼식, 그곳에서 늙어 죽어 저택 근처에 묻힌 사람들이 생각납니다. 그 모든 삶을 지켜본 저택이 아직까지 살아남아 있다는 사실이 정말 신비롭습니다. 이 저택은 우리들 그 누구보다 강인하게 오래도록 살아남을 것입니다. 그것이 바로 우리가 붙잡아야 하는 정신입니다. 스탠웨이 저택이 일종의 네버랜드라는 정신 말입니다. 동떨어진 곳, 이 세상 같지 않은 곳, 어린 시절과 함께 사라져버린 감정, 추억, 행복이 다시 살아나는 마법의 장소."

조이는 한숨을 내쉬었다. 감정에 치우쳐 말을 너무 많이 해버렸다. 결정적인 순간을 왜 항상 이런 식으로 망치는지 스스로도 답답했다. 조이는 탁자 앞에 둘러앉은 사람들이 책을 다 돌려볼 때까지 자포자기한 심정으로 앉아 있었다.

영국에서 온 대리인 리처드슨이 헛기침을 하며 자세를

고쳐 앉았다. 다들 기대감에 찬 얼굴로 그를 바라보았다.

"수고했어요, 조이. 이렇게 흥미로운 프레젠테이션은 처음이에요. 배리에 대해서 발표한 내용은 매우 인상적이었습니다."

조이는 주변 사람들의 표정을 살펴보았다. 다들 고개를 끄덕이며 웃고 있었다. 믿을 수 없는 일이었다.

"감사합니다." 조이가 더듬으며 말했다.

회의는 이렇게 끝났다.

*

통로에서 알렉스가 조이의 등을 두드리며 말했다.

"잘했어요. 정말 잘했어요."

"왜 여기 있는 거예요? 이 프로젝트를 맡게 된 건 아니죠?" 조이가 물었다. 불안감이 엄습했다. 헤어진 애인과 지척에 있으려니 힘들었다.

"아니, 그냥 궁금했어요."

"뭐가요? 내가 잘할지가?"

알렉스는 한껏 영화배우스러운 미소를 지어 보였고 조이는 한때 결코 뿌리칠 수 없었던 반짝이는 그 파란 눈동자를 무시하려고 애썼다.

"점심 같이할까요? 내가 사지. 베멀먼스 바 어때요? 옛날 생각하면서?"

"아뇨, 됐습니다."

조이는 이렇게 대답하고 돌아서 사무실로 갔다. 그리고 사무실 문을 잠근 뒤 뒷벽에 붙은 가죽 소파에 누웠다. 알렉스를 맞닥뜨리는 바람에 조이의 행복감은 바늘을 댄 풍선처럼 터져버렸다. 불안하고 혼란스럽고…… 부끄러웠다. 부끄러움이 가장 견디기 힘들었다. 알렉스와의 관계 때문에 어떤 신세가 되었는지 생각하면 정말 수치스러웠다. 능수능란한 알렉스 덕택에 일과 결혼하고 상사와 잠자리를 한 흔해빠진 여자가 되었으니까.

헤어진 지 몇 개월이나 지났지만 여전히 조이는 알렉스와 마주치거나 같은 통로에 위치한 사무실에서 일하는 상황이 몹시 꺼려졌다. 하지만 어떻게든 이겨내야 한다는 것만은 알고 있었다. 에이펙스 그룹을 떠날 생각이 없었고 그건 알렉스도 마찬가지였으니까.

*

두 시간이 흐른 뒤 커다란 노크 소리에 화들짝 잠에서 깬 조이는 흘깃 시계를 보았다. 이렇게 오래 잤다고? 조이는 손가락으로 머리카락을 빗으며 문을 열었다. 앙투안이 봉투를 흔들며 서 있었다.

"조이, 설마 회사에서 잔 거예요?"

"싱거운 소리 말아요. 근데 무슨 일이에요?"

"방금 프레스턴과 통화했는데 안됐지만 또 힘든 일을 맡게 생겼네요."

"제발, 더 이상은 안 돼요!"

"뭐, 그렇다면야……." 앙투안이 돌아서는 시늉을 하며 말했다.

"항공사에 전화해서 예약 취소할게요."

"그러지 말고 알아듣게 좀 말해봐요."

"조이가 영국에 가게 됐다고요!" 앙투안이 거의 노래를 부르듯 말하며 조이를 의자로 데리고 가 앉혔다.

"놀리지 말아요, 앙투안. 농담할 기운 없어요."

"조이, 오늘 정말 잘했어요! 내가 얼마나 자랑스러웠는데요. 영국측 대표도 조이를 마음에 꼭 들어했어요. 동측 탑이며 수도사, 나나, 네버랜드, 다 굉장했어요. 데이브는 언제 복귀할지 모르고 알렉스는 결혼 준비 때문에 바쁘잖아요. 아, 미안. 아픈 데 건드리면 안 되지. 아무튼 조이보다 더 열정적이고 더 훌륭한 자격을 갖춘 사람은 없다며 모두가 만장일치로 합의했어요. 맞는 말이죠. 축하해요! 제대로 한 방 먹였어요!"

"정말요?" 조이는 눈물이 고이는 걸 느꼈다.

"정말요!"

"내가 프로젝트를 맡게 됐다고요?"

"네. 그럴 자격이 충분하다니까요! 12월 마지막 날 출발이에요."

3

새라에게 전화를 하지 않을 수 없었다. 하지만 그 전에, 세상 누구보다 가까운 친구를 만날 생각을 하는데 왜 이토록 복잡한 감정이 드는지, 그것부터 알아내야 했다. 조이는 우편물 꾸러미가 놓인 부엌 식탁으로 가 열흘 전 런던에서 도착한 봉투를 열었다.

반짝이 가루가 온 사방으로 흩어졌다. 조이는 짜증 섞인 한숨을 내쉬었다. 전에도 이렇게 쏟아져 내린 반짝이 가루를 치우느라 고생했던 사실이 그제야 기억났기 때문이다. 아이들은 5천 킬로미터 떨어진 곳에서도 이런 난장을 만들 수 있었다.

직접 만든 카드에는 '조이 이모에게'라고 적혀 있었고 새라의 아이들 이름인 마틸다, 조에, 티미, 크리스토퍼가 비뚤배뚤 각기 다른 글씨체로 쓰여 있었다. 한 번도 만나

본 적이 없는 아이들로부터 카드를 받으니 약간 미안한 마음이 들었다. 그렇지만 아이들이 '이모'라고 부르다니 적잖이 이상했다. 길에서 마주친다 해도 알아볼 수 없는 아이들인데!

조이는 아이들이 매년 보내오는 카드를 열어보았다. 마틸다가 승마 경기에서 상을 탔다느니 식탁 위 그릇 속에 살던 티미의 올챙이가 개구리로 변했다느니 하는 내용에 조이는 정말이지 집중하려고 노력했다. 미니 새라와 미니 헨리가 리버티 원단으로 된 옷이나 승마 재킷 따위를 입고 있는 모습을 상상해보려고 했지만 할 수 없었다. 그리고 치밀어 오르는 짜증도 어쩔 수 없었다. 조이가 언제 새라와 새라의 남편 헨리에게 생판 모르는 사람에 대한 소식이 담긴 연하장을 보낸 적이 있던가?

벌떡 일어나 냉장고에서 와인을 꺼내 따른 조이는 건물 앞이 내다보이는 창가 의자에 털썩 앉았다. 두 가지 중에 선택해야 했다.

하나는 새라한테 아무 말도 하지 않고 영국에 다녀오는 방법이었다. 가장 쉬운 방법이기도 했다. 새라를 만난다면 지난 10년 내지 12년 동안 벌어졌던 일들에 대해 이야기해야 할 터였다. 조이가 새라의 결혼식에 불참한 사실에 대해서, 그리고 새라가 매년 뉴욕에서 제대로 시간을 보내겠다고 한 약속을 한 번도 지키지 않은 것에 대해, 심지어 조이의 어머니가 세상을 떠났을 때마저 대서양을 건널

짬을 내지 못한 사실에 대해서도.

다른 하나는…… 어린 시절 둘은 자매나 다름없었다. 대학교를 다닐 때나 졸업 후에도 조이는 새라와 함께 살았다. 둘이 떨어져 있는 상황은 상상조차 할 수 없었다. 조이는 와인을 홀짝이며 생각했다. 현재와 미래는 어느 친구와도 공유할 수 있지만 과거의 시간을 진정으로, 깊이 함께 나눈 친구는 단 한 사람밖에 없었다.

조이는 전화기를 들었다. 새라의 익숙하고 따스한 목소리가 들리자 몇 년 동안이나 지속되었던 어색함도 사라지는 것 같았다.

"최고의 크리스마스 선물이야." 새라가 감격해서 말했다.

조이가 느끼기에는 옛 친구의 말투가 살짝 영국식으로 바뀐 듯했다.

"거기 가는 길에 꼭 우리 집에 들러 며칠 있다 가. 애들이 정말 좋아할 거야. 조이 이모가 정말 존재하는 사람인지 의심하기 시작했거든!"

10분 후, 일정이 잡혔다. 코츠월드로 이동하기 전 조이는 런던에서 헨리와 새라 그리고 아이들과 함께 하루 이틀 정도 보내기로 했다.

*

조이의 크리스마스 시즌은 언제나 조용하게 지나갔다. 어릴 때도 마찬가지였다. 하지만 좋은 기억도 많았다. 매년 1월 1일에는 부모님과 코니아일랜드로 가서 얼음장같이 차가운 대서양으로 뛰어드는 북극곰 클럽 회원들의 연례행사를 보기도 했고, 방학이 되면 새라와 함께 록펠러 센터에서 스케이트를 타기도 했다. 그러나 근래 들어 크리스마스는 어서 지나가기를 바라는 시간이 되었다. 아버지가 재혼한 뒤 사오 년간은 아버지와 새엄마가 사는 플로리다에 가서 열흘 정도 연말을 보내곤 했다. 하지만 결국 세 사람 모두 3월에 모이는 게 낫겠다는 결론을 내렸다. 미국의 절반이 움직이는 성수기에 어디론가 쫓기듯 간다는 게 합리적이지 않았기 때문이다. 게다가 3월은 일주일가량 뉴욕을 벗어나기에 아주 적합한 시기였다.

올해는 영국 여행 준비 때문에 연말 기분을 제대로 느낄 수 없었다. 그러나 조이는 자기만의 연례행사는 놓치지 않을 생각이었다. 크리스마스 아침 센트럴 파크에서의 오래 달리기였다.

상쾌하고 맑은 아침이 밝았고 조이는 커피를 마시자마자 달리기 복장으로 갈아입었다. 그리고 집에서 몇 블록 떨어져 있는 센트럴 파크 안의 재키 오나시스 저수지로 갈 준비를 했다. 이 달리기는 자신에게 주는 선물이었다. 크리스마스 아침마다 이곳은 얼마나 한산한지 조이의 마음에 꼭 들었다. 조이는 온 동네 아이들이 선물을 푸는 동안 이곳을 독차지하다시피 할 수 있어 정말 좋았다. 특히 동틀 때 이곳에서 달리기하는 것을 좋아했는데 떠오르는 태양 빛에 반짝이는 뉴욕 스카이라인이 수면에 비치는 것을 바라보곤 했다.

조이는 팅크의 목줄을 풀어주었고 둘은 작은 언덕을 뛰어 올라가 저수지를 에두르는 길로 접어들었다. 4년 전 크리스마스 날 바로 이 저수지에서 팅크를 만났다. 평소와 다름없이 달리기를 했고 공원은 텅 비어 있다시피 했다. 조이를 제외한 누구도 크리스마스 아침에 달리기를 하려는 의지가 없는 듯했다. 2킬로미터 트랙을 다섯 번 돌고 났을 때였다. 근처에 있을 법하지 않은 이상한 물체가 눈에 띄었는데 위험할 정도로 물 가까이 있었다. 빨간색 백팩이었다. 조이가 몸을 굽히는 순간 가방 안에서 무언가가 움직였다! 그 안에서 낑낑대는 소리가 희미하게 들려왔고 조이는 혈관을 통해 아드레날린이 격렬하게 요동치는 것을 느꼈다.

조이는 머뭇거리지 않고 울타리를 기어올랐다. 누군가 아기를 유기한 것이 틀림없었다. 조이가 땅바닥에 무릎을 대고 살펴보는 동안에도 가방은 여전히 꿈틀대고 있었다.

"대체 뭐지?"

가방 안에서 나는 울음소리에 조이는 소름이 쫙 끼쳤다. 조이는 가방을 죄고 있던 밧줄과 지퍼와 씨름하다 마침내 힘껏 잡아당겨 가방을 찢고 포로를 구출했다.

아기가 아니었다. 축축하게 젖은 자그마한 외돌토리 팅크였다! 누군가 강아지를 물에 빠뜨려 죽이려고 한 것이다! 나중에 안 일이지만 그 당시 팅크는 태어난 지 며칠밖에 되지 않은 새끼였다. 그렇지만 건강하게 살아 있었고 무엇보다 팅크는 너무도 사랑스러웠다. 조이는 팅크를 집으로 데려가 목욕을 시키고 따뜻한 수건으로 감쌌다. 일주일간은 안약을 넣는 도구로 먹이를 주고 그 이후로 젖병을 사용했지만 쉽지 않았다. 조이는 개를 키워본 적도 없었고 강아지를 돌보거나 훈련시킬 줄도 몰랐다. 하지만 아무런 문제도 없었다. 첫날부터 둘은 서로에게 푹 빠져 버렸다.

*

수의사인 싱 선생님이 짬을 내 27일에 팅크를 봐주었다.

"예방접종은 모두 다 했어요. 비행기에서 평온을 유지할 수 있게 진정제를 좀 드릴게요." 싱 선생님이 말했다.

"괜찮겠죠, 우리 팅크?" 조이가 물었다.

"그럼요." 싱 선생님은 여느 때처럼 차분하고 매끄러운 목소리로 말했다.

"한동안 졸음이 오겠지만 금세 괜찮아질 거예요."

"그렇겠죠. 그런데 수하물 칸에서 춥지 않을까요? 그런 고문이 따로 없겠던데."

"아니에요. 걱정 마세요. 기내와 같게 기압이 정상으로 유지돼요. 좀 외롭기는 하겠죠, 소음도 심하고. 늙거나 아픈 동물이라면 저도 말릴 거예요. 하지만 팅크는 어리고 건강하니까 괜찮을 거예요."

"괜찮을까요?"

싱 선생님이 고개를 끄덕였다.

"검역소에서 격리될 일도 없고요? 확실한 거죠?"

"확실해요. 아무 걱정 말고 잘 다녀와요."

*

조이는 한동안 보지 못했던 사람들을 만나야 할지 날이 갈수록 고민이었다. 대부분 뉴욕에 없거나 연말 약속이 잡혀 있을 것 같았다. 물론 조이가 전화를 한다면 갑작스럽더라도 친구들은 시간을 짜내서 함께 술을 한잔한다거나, 가기 싫은 가족 모임이나 회사 모임에 조이를 초대해 분위기를 띄우려고 할 것 같았다. 그래도 조이는 왠지 망설여졌다. 잠들기 전 이런 생각에 잠긴 조이는 전화가 망설여지는 두 가지 이유를 문득 깨닫게 되었다.

첫 번째 이유는 알렉스 와일더였다. 알렉스는 강박적으로 둘 사이를 숨기려고 했다. 다른 커플과 함께 만나지 않았고 조이의 친구들과 술 한잔 마시지도 않았다. 저녁 식사에 사람들을 초대하는 일도 없었고 친구의 집이나 별장에 간 적도 없었다. 알렉스 와일더와 헤어진 후 조이는 여러 우정이 떠나갔다는 사실을 깨달았다. 함께 자란 친구나 뉴욕대 동창들 가운데 멀어진 친구가 대여섯은 됐다.

대체 어쩔 작정이었던 걸까? 이렇게 되도록 내버려두다

니. 조이는 자기답지 않은 처사였다고 생각했다. 그렇지만 주말마다 조이의 그런 행동은 반복되었고 모든 건 그 한심한 놈에게 더 많은 시간을 할애하기 위해서였다. 처음 사귀기 시작한 날부터 쓰라린 이별 때까지 조이는 그 인간의 규칙만을 따랐다. 다시는 그런 실수를 범하지 않으리라.

두 번째 이유는 일이었다. 조이는 주어진 기회를 최대한 잘 활용할 능력이 있다고 자신했지만 그래도 준비는 되어 있어야 했다. 회사에서 요구하는 일을 몇 주 안에 해내려면 온 신경을 집중해 몰두해야 했다. 당분간은 신경 쓸 일 만들지 말고 스탠웨이 저택 프로젝트에 전력을 다해야 했다. 그러나 뉴욕으로 돌아오면 분명 어떤 변화는 주어야 할 터였다.

4

2백 명쯤 되어 보이는 인파가 공항 검색대 앞에 서 있었다. 조이는 넘쳐나는 여행객의 물결을 바라보면서 한 해의 마지막 날을 참 잘도 보내고 있다고 처량히 생각했다. 어딜 둘러봐도 여기저기 소리 지르는 아기들 아니면 입 맞추는 연인이나 노년의 여행객들, 너무도 다양한 국적의 가족들로 북적였다.

오랜만의 해외여행인지라 강화된 보안 검색 절차가 놀랍게 느껴졌다. 조이도 물론 안전을 중요하게 여겼지만 좀 심하다고 생각될 정도였다. 짐은 풀어야 하고 옷은 벗어야 하고 또 탐지기에 엑스레이까지. 팅크는 어떻게 검색할까? 이동용 상자에서 꺼내 검색하려고 할까? 모든 요구에 응하려면 손이 모자랄 것 같았다.

조이가 손을 대지 않고 구두를 벗는 동안 보안 요원이

퉁명스럽게 물었다.

"개 탑승권 있습니까?"

조이가 가방을 뒤져 탑승권을 꺼내 건넸다.

"이동장 주세요." 보안 요원이 명령하듯 말했다.

"벌써요? 탑승할 때까지 데리고 있으면 안 되나요?"

"이동장 주세요."

보안 요원이 좀 더 엄하게 말하자 조이는 상자를 건넸다. 더 버텼다간 뭔가 숨기는 게 있다고 오해받거나 탑승이 거부되거나 지연이 될 것만 같았다. 겉옷을 다시 입고 가방도 다시 싸고 추가로 온갖 서류를 작성하고 난 다음 탑승 대기 구역으로 가니 독한 술이 당겼다. 다행스럽게도 얼마 안 가 출발 시각을 알리는 안내 화면에 조이의 비행기 편이 떴다.

기내는 금방 승객으로 가득 찼다. 조이는 겉옷을 접어 랩탑 컴퓨터, 가방과 함께 좌석 위 짐칸에 넣었다. 그리고 자리에 앉아 안도의 한숨을 내쉬었다. 조이는 팅크가 크림치즈 덩어리와 함께 꿀꺽한 진정제에 취해 잘 자고 있기를 바랐다.

승무원들이 조명을 줄이자 웅성대던 기내는 조용해졌고 비행기는 활주로로 이동해 이내 이륙했다. 그러나 안전벨트 등이 꺼지자 파티 분위기가 시작됐다. 승무원들이 샴페인을 제공했고 승객 대부분은 아주 즐거워 보였다. 타인과 가까이 붙어 앉은 채로 바다와 대륙을 횡단해야 하는 상황에서 지켜져야 할 기본 규칙들은 지켜지지 않았고 사람들은 거리낌 없이 통로 저편에 있는 사람과도 수다를 떨었다.

"샴페인 드릴까요?" 남자 승무원이 물었다.

"진토닉으로 주세요."

한동안 조이는 캐서린 헵번과 캐리 그랜트가 나오는 흑백 고전 영화 〈홀리데이〉를 보려고 애썼다. 기내용 잡지는 이 영화를 '달콤 발랄한 연말용 작품'이라고 했지만 영화 속 익살스러운 장면들을 보니 쓸쓸함이 새삼 사무쳤다. 캐리 그랜트를 보니 알렉스 와일더가 떠올랐고 그러다 보니 지난해 12월 31일이 생각났다. 그때 알렉스는 조이를 데리고 햄프턴에 있는, 아침 식사가 제공되는 사치스러운 숙소로 갔다. 두 사람은 돔 페리뇽(샴페인)을 곁들여 샤토브리앙(프랑스식 소고기 스테이크)을 먹었고 비옥하고 짙은 흙냄새를 떠올리게 하는 올드 바인 진판델(늙은 진판델 포도나무의 열매로 만드는 적포도주)도 마셨다. 자정 무렵에는 옷을 두둑이 입고 해변으로 걸어 내려갔다. 어디선가 불꽃놀이가 한창이었지만 막 새해로 넘어가려는 순간 두 사람은 물가에서 손을 잡은 채 하늘의 별자리를 바라보았다.

조이는 헤드폰을 벗고 주위를 살폈다. 눈길이 가는 곳마다 가족이거나 연인이거나 아니면 부부였다. 이 비행기 안에서 나만 혼자인 걸까? 분명 그런 것 같았다. 통로 저편, 잠자는 남편 옆에 앉은 여자가 조이에게 호기심 가득한 눈길을 주었다. 조이는 그 여자가 무슨 생각을 하고 있을지 궁금했다. 런던에 있는 애인을 만나러 가는 길이라고 생각할까? 아니면 모두를 제치고 누구보다 먼저 새해를 시작하려는 독한 직장 여성이라고 생각할까?

조이는 창문 가리개를 위로 밀어 올렸다. 얼어붙은 툰드라처럼 보이는 거대한 구름 위로 바늘구멍처럼 미세한 빛의 조각들이 반짝였다. 어둠 속을 날아가는 비행기 아래로 영원히 녹지 않는 눈밭이 아니라 하늘을 덮은 구름이 있다는 사실이 믿기 힘들었다.

세 시간 남짓 지나면 런던에 도착할 터였다. 런던은 이미 낮이었다. 진토닉을 마시고 나른해진 조이는 좀 쉬어야겠다고 생각했다. 그리고 얼마 지나지 않아 어렴풋이 깨어났다. 기내에는 독서 등 두어 개만 켜져 있었다. 조이는 얄팍한 담요를 걷고 똑바로 앉았다. 옆자리에 다섯 살쯤 되어 보이는 소녀가 앉아 있었다. 소녀는 분홍색 안경을 쓰고 조이를 물끄러미 바라보았다. 검디검은 머리카락은 짧은 바가지머리 스타일이었다. 소녀의 너무나 귀여운 점퍼스커트 밑으로 드러난 작은 두 다리는 고통스러워 보이는 교정기 속에 들어 있었다.

"안녕." 조이가 인사를 건넸다.

"안녕하세요!" 소녀가 조용히 대답했다.

조이는 아이와 마지막으로 대화한 게 언제였는지 기억

할 수 없었다. 조이가 만났던 아이들은 대개 버릇이 없거나 이유 없는 자신감으로 가득 차 있거나 어른과 소통하는 데 눈곱만큼의 관심도 없어 보였다. 어릴 적 조이는 수줍음이 많은 편이었고 학교에선 자기보다 나이가 많은 아이들한테 곧잘 겁을 먹었다. 외동딸이었기 때문에 부모님과 지내는 게 편했고 식구 많은 집 아이들처럼 서로 가볍게 놀리고 괴롭히며 단단해질 계기가 없었다. 성인이 되어서도 목소리가 크고 야단법석인 아이들 사이에 있으면 혼란스럽고 초조했다.

"이름이 뭐니?" 조이가 물었다.

"데이지예요. 개는 어디 갔어요?"

"자고 있어."

"어디다 놨어요? 공항에서 봤는데 인사하고 싶었어요."

"기내에는 탈 수 없단다. 애완동물은 동물만 갈 수 있는 특별한 칸에 타야 해. 개들이 서로를 보고 짖으면 어떻겠니!"

"외롭지 않을까요?"

조이는 소녀의 영국식 억양에 미소가 지어졌다.

"잠을 잘 수 있게 약을 좀 줬어. 한 번도 비행기를 타본 적이 없어서 겁을 먹을까 걱정스러웠거든."

데이지는 귀담아 듣더니 말했다.

"겁먹지 않아도 돼요. 전 맨날 비행기를 타는걸요."

"그러니? 어디로 가니?"

"뉴욕이요. 댄 선생님 보러 가요. 제 다리를 봐주시는 선생님이에요."

데이지가 한 다리를 뻗어 교정기를 보였다. 조이는 무얼 봐야 할지 잘 몰랐지만 환하게 웃어주었다.

"그렇구나. 대단해!"

데이지가 처음으로 활짝 웃었다. 앞니 두 개가 빠져 있었다. 그리고 불쑥 나타났을 때처럼 갑자기 일어나 통로 저편에 있는 잠든 여자의 옆자리로 돌아갔다. 참 귀엽고 재미있는 소녀라고 생각했다. 조이는 자신이 아이들을 싫어하는 게 아닐 수도 있다고 생각했다.

비행기가 마지막 하강을 시작했다. 조이는 창밖으로 눈길을 돌려 우거진 초록 들판을 내려다보았다. 보이지 않는 곳까지 이어져 있는 조각 이불 같은 들판에는 나무와 산울타리, 담장이 줄지어 늘어서 있었다. 흥분이 몰려왔다. 어릴 때부터 와보고 싶던 영국이었다.

런던에 가까이 갈수록 풍경이 바뀌었는데 새 건물과 옛 건물, 큰 건물과 작은 건물이 뒤섞여 무질서한 선을 그리며 뻗어 있었다. 하늘에서 본 런던은 컴퓨터 칩의 내부를 닮아 있었다. 철저히 무질서해 보였고 비좁은 골목길은 서로 다른 방향으로 뻗어나가고 있었다. 비행기가 템스 강 위에서 선회하며 런던의 중심 위를 활공하자 조이는 숨을 멈추었다. 시계탑 빅벤과 국회의사당, 런던 브리지 그리고 대관람차 런던아이가 보였다! 얼굴을 창문에 갖다 대다시피 한 조이는 이 모든 광경을 깊이 들이마셨다.

*

다시 만난 팅크는 여전히 나른해 보였다. 그래서 조이는 택시를 타고 가는 동안 팅크를 이동장에서 꺼내지 않았다. 그렇지만 한 시간 뒤 택시 기사가 노팅힐 근교에 있는 헨리와 새라의 집을 향해 가고 있을 때 팅크가 복용한 진정제의 약효가 끝난 것 같았다. 팅크는 더 이상 갇혀 있기 싫다고 확실하게 의사 표현을 했다.

"쉿! 안 돼!"

조이가 날카롭게 주의를 주었지만 아무 효과가 없었다. 택시는 홀랜드 공원 주위를 돌고 있었고 조이는 스쳐가는 풍경에서 눈을 뗄 수가 없었다. 공원에 조성된 정원의 간결하고 기하학적인 디자인, 시원한 아침 햇살 세례를 받고 있는 우아한 단독주택들.

"48번지라고 하셨나요?" 기사가 물었다.

"네, 홀랜드 가 48번지예요."

"여깁니다."

"여기요?"

조이가 창밖을 뚫어지게 보았다. 집은 거대했다. 위엄 있는 조지 왕조 풍의 보석 같은 주택으로 3층 집이었다. 거대한 화분에 심어진 가문비나무가 현관문으로 이어지는 계단 양쪽으로 줄지어 늘어서 있었다. 설마 이 집 전체가 헨리와 새라의 집은 아니겠지! 작은 호텔처럼 보였다. 두 가구가 살고 있겠지. 아무리 아이가 넷이라도 집이 이 정도로 넓을 필요는 없겠지. 헨리가 이렇게 부자일 리도 없고…….

택시 기사가 트렁크에서 짐을 꺼내는 동안 조이는 재빨리 집 앞 계단을 뛰어 올라가 초인종을 눌렀다. 안에서 초인종 소리가 들려왔다. 곧이어 문이 열리고 어린 여자아이와 남자아이가 숨을 헐떡이며 나타났다. 뛰어와 문 앞에 미끄러지듯 정지한 모양새였다.

"잠깐만요. 잠깐만요." 여자아이가 말하고는 이내 "엄마!"를 외쳤다.

안쪽에서는 하얗고 커다란 무언가를 어설프게 든 아이들이 무리지어 웅성대며 실실 웃고 있었다.

택시 기사가 트렁크 문을 쾅 닫는 순간 아이들은 집에서 만든 커다란 현수막을 펼쳤다. '조이 이모 환영해요!!!'라고 적혀 있었다.

흰 종이를 대충 이어 붙여 만든 현수막은 무지개, 새, 꽃, 웃는 얼굴을 한 막대 인형 등 유치원 선생님들에게 익숙하기 그지없을 그림들로 채워져 있었다.

"예쁘다!" 갑작스레 감정이 북받쳐 오른 조이가 크게 외쳤다.

"잠깐만, 이것부터 좀 하고."

조이가 팅크의 이동장을 내려놓고 서둘러 택시 기사에게 돌아가 공항에서 환전한 파운드로 택시비를 지불했다. 영수증을 주머니에 넣고 다시 와보니 아이들은 뒤늦게 합류한, 맏이로 보이는 남자아이와 함께 팅크의 이동장 앞에 엎드려 있었다. 팅크는 정신없이 짖고 있었다.

"너무 귀여워요! 수컷이에요? 꺼내도 돼요? 이름이 뭐예요?" 아이들이 잠시도 쉬지 않고 질문을 쏟아냈다.

"암컷이야. 이름은 팅크. 꺼내도 돼."

맏아이가 이동장 문고리를 잘 열지 못해서 조이가 도와주었다. 팅크가 도망가지 않을까 잠시 걱정했지만 워낙 관심받기를 좋아하는 성향이 있어서 자신을 쓰다듬어주려는 수많은 손길을 피해 달아나지는 않을 것 같았다. 아니나 다를까 팅크는 잠시 근처의 나무에 영역 표시를 하더니 신이 난 꼬마들 중심에 다시 자리를 잡았다.

그 와중에 누군가가 조이의 시야에 들어왔다. 고개를 들어보니 앞치마를 두른 추레한 중년 여성이 계단 위에 서 있었다. 그 여자가 다름 아닌 새라라는 사실을 깨닫고 조이는 충격을 받았다.

흰머리가 섞여 있었지만 새라의 머리카락은 여전히 길었고 핀으로 고정되어 있었다. 새라의 엄마나 할머니들이 흔히 하고 다니던 빵 모양의 올림머리였다. 여덟 살 때 조이와 새라는 그 머리를 '둥지'라고 부르곤 했다. 조이는 웃지 않기 위해 입술을 꽉 깨물어야 했다. 어린 시절 새라와 함께 새라네 차 뒷자리에 앉아 헤어스프레이로 고정한 새라 엄마의 올림머리에 이쑤시개를 꽂던 일이 자꾸만 떠올랐다. 새라 엄마는 눈치를 채지 못했거나 모르는 척하며 머리에 이쑤시개가 가득 꽂힌 채 차에서 내리곤 했다. 새라와 조이는 터져 나오는 웃음을 참느라 몸이 쑤실 정도였다.

조이는 눈앞에 선 여인을 다정한 눈길로 바라보았다. 새라는 종아리 중간까지 내려오는 헐렁한 치마를 입고 있었고 두꺼운 모직 양말 위로 나막신을 신고 있었다. 밀가루가 묻은 큰 앞치마로 다 가려지다시피 한 터틀넥 스웨터는 낡고 늘어져 있었다. 마치 네 아이를 임신한 내내 입고 살지 않았을까 싶은 스웨터였다. 조이는 훨씬 더 나이 들어 보이고 촌스러워진 옛 친구에 대한 놀라움을 숨기려고 애썼다.

"알아, 나도 내가 엉망이라는 거." 새라가 터놓고 말하며 조이의 마음을 편하게 해주었다.

"아니야." 조이가 외쳤다.

새라가 계단을 내려왔다.

"네 얼굴에 다 쓰여 있어. 넌 항상 그래."

"그게 말이지, 둥지 때문이야!" 속으로만 생각하고 있던 말이 조이의 입에서 불쑥 튀어나왔다.

새라의 손이 즉각 머리로 갔다.

"그러게 말이야." 새라가 웃기 시작하더니 변명하듯 말했다.

"요리하고 있었거든."

조이는 갑자기 죄책감이 들었다. 새라였다. 누구보다 사랑하는 친구. 겉모습이 어떻든 무슨 상관인가?

"내 친구!"

"자기야!"

서로의 품에 몸을 맡긴 두 사람은 끌어안고 한참을 그대로 있었다. 그러고는 떨어져서 서로의 눈을 바라보았다.

"좋아 보인다. 그런데 정말 마음에 안 든다. 어떻게 이렇게 날씬할 수가 있니!" 새라가 말했다.

"안 그래." 조이가 손을 내저었다.

실상 조이의 몸무게는 스무 살 때 그대로였다. 그건 노력의 결과였다. 조이는 조깅을 하고 적게 먹으며 언제나 체중계에서 눈을 떼지 않았다.

"난 애들 낳느라 이렇게 됐어. 너도 알게 될 거야." 새라가 놀리듯 말했다.

조이는 정말 알게 될까 싶었다. 출산은 '언젠가 할 수도 있겠지만 가까운 미래에는 생각이 없는' 일의 범주에 속해 있었다.

"피곤하겠다. 안으로 들어가자. 크리스토퍼, 티미, 우리 좀 도와줘."

남자아이 둘이 일어나 새라와 조이를 도와 집 안으로 짐을 들고 들어갔다.

"헨리는 서재에서 어머님하고 통화하고 있어. 새 컴퓨터 설정하는 방법을 설명해드리느라고. 곧 나올 거야." 새라가 설명했다.

"어머님?"

"응, 애그니스 하워드 부인. 내가 말 안 했었나?" 새라가 재미있다는 듯 눈썹을 추켜올렸다.

"스탠웨이 바로 옆에 사셔. 정말 놀랍지? 세상 참 좁아. 꼭 만나봐."

마주보고 얘기하니 새라의 영국식 억양이 더욱 도드라졌다. 문장의 끝이 올라가는 경우가 전혀 없다시피 했다.

한 시간 후 조이와 새라는 거실에 있는 세련된 현대식 가스난로 앞에 앉아 불을 쬐고 있었다. 집 안 구석구석과 모든 방을 구경시켜준 아이들은 어느 틈엔가 두 사람의 곁에서 사라지고 없었다.

두 가구가 사는 주택이 아니었다. 새라의 가족이 온 집을 차지하고 있었다. 방은 아홉 개, 욕실은 여섯 개였다. 그러나 바깥의 웅장한 모습이 안까지 이어지지는 않았다. 오래된 책상과 서가, 수리가 필요한 등나무 의자 등 골동품 가구가 이 방 저 방에 흩어져 있었다. 그리고 안락함을 위해 스타일을 포기했다고 표현할 수밖에 없는 튼튼하고 평범한 가족용 가구도 섞여 있었다.

무엇보다 조이는 어수선한 집안 분위기에 약간 놀랐다. 그러나 따지고 보면 새라는 꾸미는 데나 옷에 관심을 가진 적이 한 번도 없었다. 옷은 잘 맞고 깨끗하다면 그냥 입었는데 태평스럽고 자유로운 그런 태도 덕분에 사람들과도 잘 어울렸다. 그렇지만 그때는 젊고 날씬했다.

조이는 부드러운 가죽 소파에 파묻힌 채 새라가 쟁반에 가져다준 맛있어 보이는 점심을 먹었다. 갈색 빵, 농장에서 만든 맛 좋은 체다 치즈 그리고 거친 파테(다진 고기와 지방을 섞어 빵에 바를 수 있게 만든 음식). 조이는 새라가 따라준 상세르 포도주를 딱 한 잔만 마시겠다고 다짐하면서 더 이상 잠이 쏟아지지 않도록 음식도 적당히 먹으리라 마음먹었다. 정말이지 깨어 있고 싶었다! 지난 몇 년간 벌어진 일들에 대해 대강 윤곽을 그리는 이야기를 나누었을 뿐 의미가 깊은 구체적이고 핵심적인 내용은 건드리지도 못하고 있었다. 그러나 난로의 온기, 새라의 편안하고 낯익은 목소리, 와인, 거기다 비행기에서 뜬눈으로 지새운 밤, 이 모두가 총 공세를 펼치며 두 사람의 재회를 서둘러 끝내도록 재촉했다.

조이가 꾸벅 졸기 시작했다. 온 힘을 다해 잠을 쫓고 집중하려 했으나 아무리 노력해도 더 이상 눈을 뜨고 있을 수가 없었다.

"좋아, 그럼 이제 꿈나라로 가자고." 마침내 새라가 말했다.

"정말 미안해. 잠깐만 눈을 붙이면 괜찮아질 것 같아."

"알아, 가자."

조이는 어떻게 계단을 기어올라 침대로 미끄러져 들어갔는지도 모를 지경이었다. 새라가 덧문을 닫자 방이 어두워졌고 조이는 애써 잠을 물리치며 몸을 일으켰다.

"아, 팅크를 깜빡했네!" 조이가 중얼거리듯 말했다.

"팅크는 잘 보고 있으니 걱정 말아요."

새라의 대답 소리가 들렸다.

5

조이가 눈을 떴다. 아이들의 외침, 쾅쾅 닫히는 문소리, 계단을 오르내리고 복도를 왔다 갔다 하는 아이들의 발소리를 무시하려고 애썼지만 소용이 없었다. 새라와 헨리가 어떻게 이 정도의 소음을 견딜 수 있는지 궁금했다. 조이는 옆으로 누워 블랙베리를 확인했다. 3시가 다 되어가고 있었다. 두 시간 이상 낮잠을 잤지만, 몸은 계속 나른했다.

조이는 침대에서 일어나 앉아 방을 둘러보았다. 밝은 녹색 줄무늬 벽지가 도배된 방에는 키 높은 창이 두 개 있었다. 창틀이 넓었고 내부 덧문에 바른 페인트는 포근해 보였다. 조이는 일어나 덧문 한쪽을 열었다. 벌써 석양이 깔리고 있었지만 뒷마당의 윤곽은 알아볼 수 있었다. 석재가 깔린 테라스의 가장자리에는 장식용 단지가 줄지어 놓여 있었고 이미 낙엽을 떨군 큰 나무들은 잔디 정원을 에워싸고 있었다. 작은 정원은 자전거와 그네, 정원 용품이 가득한 손수레로 복잡했다. 한 나무 아래에는 놀이집으로 보이는 물건도 있었다.

무슨 소리가 들리는 것 같아 뒤를 돌아보았더니 아이 둘이 침실 문을 조심스레 열고 있었다. 아이들 이름은 아직 헷갈렸다. 동글동글한 여자아이는 금발이었고 이 아이보다 한 뼘은 더 커 보이는 오빠는 제법 조숙하고 영리해 보였다.

"들어오기 전에 노크를 해야지!" 조이가 엄하게 말했다.

조이는 새라가 아이들에게 어째서 기본적인 예의도 가르쳐주지 않았을까 의아해하며 그나마 옷을 입고 있어 다행이라고 생각했다.

"엄마!" 금발의 아이가 외쳤다.

"엄마, 이모 일어났어!"

"조에! 크리스토퍼!" 아래층에서 새라의 목소리가 둥둥 떠올라왔다.

"이모 가만 놔둬. 깨우지 말고."

아이들은 뒷걸음쳐 방을 나가더니 문을 쾅 닫았다.

"괜찮아. 일어나 있었어." 조이가 이렇게 말하면서 방을 가로질러 문을 열고 내다보았다.

"새라?"

옆방에서는 한껏 볼륨을 키운 비디오 게임 소리가 들렸다. 여자아이 둘은 말다툼을 하는 것 같았는데 어느새 둘

중 한 아이가 추레해진 마들린느 인형을 손에 쥔 채 소리를 지르며 계단을 뛰어오르고 있었다. 조이는 도로 침실로 피신했다. 옷을 갈아입고 립스틱을 바른 다음 아래층으로 내려가 남은 하루를 맞이할 생각이었다.

조이가 스웨터를 입는데 작은 노크 소리가 들렸다.

"조이?"

"들어와! 막 내려가려던 참이었어."

새라는 반짝이는 은쟁반을 들고 문간에 서 있었다. 조이가 얼른 방을 가로질러 문 여는 걸 도와주었다.

"어머, 이게 뭐야?"

"너 주려고 만들었지."

쟁반 위에는 고급스러운 은그릇이 놓여 있었다. 손님 접대용 뚜껑이 덮인 작고 오목한 그릇이었다. 새라가 쟁반을 침대 위에 올려놓자 조이는 서둘러 신발을 벗고 도로 침대 위로 기어올랐다.

"준비됐어?"

새라의 물음에 조이가 고개를 끄덕이며 매우 조심스럽게 은그릇 뚜껑을 열었다. 그 안에서 특별한 무엇이라도 튀어나올지 모른다는 듯 과장된 기대의 몸짓으로. 그런데 예상과 달리 따스하고 맛있는, 달콤한 초콜릿 향이 퍼져 나왔다. 자세히 살펴보니 그릇 안에는 단단하게 굳은 까맣고 하얀 쌀알 뭉치 같은 것이 세 덩어리 들어 있었다. 더 가까이 들여다보며 냄새를 맡던 조이가 갑자기 웃음을 터뜨렸다.

“새라, 말도 안 돼! 초콜릿 라이스 크리스피 트릿? 대학교 때 이후로 처음 먹어봐!”

“그렇겠지! 마른 것 좀 봐. 너 6사이즈 입지?”

조이는 몸매에 신경을 쓰지 않는 것처럼 보이려고 일부러 제일 큰 초콜릿 덩어리를 집어들었다. 이런 걸 먹다니 조이 자신도 믿을 수 없었다. 될 수 있으면 설탕이 든 음식은 먹지 않았기 때문이다. 조이는 초콜릿을 입안에 넣었다.

“어머, 이게 얼마나 맛있는지 잊고 있었어!”

새라가 두 번째 초콜릿 덩어리를 먹고는 세 번째 덩어리를 굳이 조이에게 양보했다. 그러고 나서 벌떡 일어나며 말했다.

“아래층으로 내려와. 스토브 위에 이거 잔뜩 쌓아놨어.”

*

계단 벽에는 액자 십여 개가 줄지어 걸려 있었다. 갓난아기들 사진, 이가 빠진 채 환히 웃고 있는 아이들 사진, 몸이 점점 불어나고 있는 새라와 놀랍게도 그대로인 헨리의 사진이 담겨 있었다. 헨리는 언제나 그랬던 것처럼 날씬하고 건강해 보였다.

계단을 내려가자 헝클어진 금발머리 아이가 재빠르게 움직여서는 조이의 앞을 가로막았다. 곧 시끄러운 발소리가 들리고 잔뜩 윤을 낸 마룻바닥 위를 미끄러지며 다른 두 아이가 모퉁이를 돌아 들어왔다. 조이의 침실 문을 열었던 남자아이가 마지막으로 나타났다. 마음을 다잡는 것 같아 보였다.

"조이 이모, 전 크리스토퍼예요."

"그냥 조이라고 해. 이모라고 안 해도 돼."

크리스토퍼가 예의 바르게 손을 내밀고는 조이가 붙잡아주기를 기다렸다. 어른스럽게 행동하려고 무척 애쓰고 있는 게 분명했다.

"그래, 다시 만나서 반갑다." 조이가 크리스토퍼의 손을 잡고 말했다.

크리스토퍼가 조이의 손을 꽉 잡고 흔들었다. 곧 두 아이가 소리를 지르며 나타났다.

"조이 이모!" 작은 금발머리 아이가 노래 부르듯 말하며 조이의 허벅지를 꼭 안았다.

"얘는 조에예요." 크리스토퍼가 말했다.

"조이 이모!" 아이가 허벅지를 더 세게 껴안으며 목청을 높였다.

조이는 넘어지지 않으려고 애썼다.

"이모라고 하지 않아도 돼. 그냥 조이라고 해." 조이가 단호하게 다시 말했다.

그러자 아이들은 웃으며 외쳐대기 시작했다.

"그냥 조이, 그냥 조이!"

"자, 이제 그만." 조이가 말했다.

"그냥 조이, 조에는 방금 네 살이 됐어요." 크리스토퍼가 말했다.

"그냥 조이와 조에, 운이 잘 맞아요."

"그렇네." 아이들의 되풀이되는 놀림에 금세 지친 조이가 대답했다.

"티머시는 아시죠, 그냥 조이." 크리스토퍼가 모자 달린 겉옷을 망토처럼 두르고 있는 남자아이를 가리켰다.

"난 티머시 아닌데." 아이가 퉁명스럽게 말했다.

크리스토퍼가 조이에게 양해를 구하는 듯한 눈빛을 던졌다.

"여기 있는 슈퍼맨은 여덟 살이에요. 마틸다와 쌍둥이고요. 마틸다는 수줍음이 많아요. 지금 정원에 있어요."

'나랑 비슷한 친구네. 떨어져 있기 좋아하는 걸 보니.' 하고 조이는 생각했다.

"크리스, 넌 몇 살이랬지?"

"6월에 열 살 돼요"

"그래, 맞아. 그랬지. 엄마는 부엌에 계시니?"

"제가 모셔다드릴게요. 이쪽으로 오세요, 그냥 조이."

크리스토퍼가 앞장을 섰고 조이와 다른 아이들이 그 뒤를 따랐다. 조에와 티미는 특이한 경례를 붙였는데 조에는 경례라기보다 어설프게 손을 흔드는 모양새였다. 부엌으로 통하는 뒷길인 듯한 침침한 통로를 따라 지그재그로 움직이니 불쑥 햇빛 가득한 부엌이 나왔다.

"왔구나."

새라가 고개를 숙여 티미의 코에 입을 맞춘 다음 끈적이는 과자 부스러기가 붙어 있는 팬을 크리스토퍼에게 주었다.

"팬에 붙은 부스러기 먹게 해줄 테니까 대신 정원으로 갖고 나가."

"밖은 진짜 추워요!" 티미가 칭얼거렸다.

"그럼 옷을 껴입고 나가면 되지." 새라가 차분하게 지시했다.

"그리고 그렇게 춥지 않아. 마틸다는 티셔츠만 입고 밖에 나가 있잖니."

조에가 창가로 달려가 확인했다.

"정말이네."

"내가 다 먹는다!"

크리스토퍼가 약을 올리며 과자 부스러기가 붙어 있는 팬을 들고 도망가자 티미와 조에가 칭얼대며 뒤따랐다.

부엌은 매우 넓고 바람이 잘 통하는 현대식 공간이었다. 검은 철제 의자에 둘러싸인 널따란 참나무 식탁이 공간의 대부분을 차지했고 벽에는 크기와 성능으로 보아 업소에서나 쓸 법한 광이 번쩍이는 스테인리스 기기들이 붙어 있었다. 어느새 파랑과 하양 줄무늬가 있는 앞치마로 갈아입은 새라는 스토브 앞에 서서 진흙 범벅처럼 보이는 녹은 마시멜로와 초콜릿을 또 한 냄비 가득 젓고 있었다.

"티미가 친구 생일 파티에 초대받았는데 이 과자를 보내면 말 그대로 날개 돋친 듯 팔리거든. 차 끓여놨어. 주전자에 있어."

조이는 부엌 조리대로 다가가 열린 선반에 놓인 컵을 내려 차를 따랐다. 그리고 크림이나 우유를 찾아 냉장고를 열며 말했다.

"만들기 어려워?"

새라가 과자 만드는 방법을 줄줄 늘어놓는 동안 조이는 지금까지 어디서도 본 적 없을 정도로 꽉 들어찬 냉장고 안을 말똥말똥 쳐다보며 서 있었다.

"이렇게 쉬운 것도 없어. 마시멜로와 초콜릿에 버터 반 토막 넣어 녹인 다음 라이스 크리스피를 섞어주면 돼. 그런 다음 넓은 팬에 눌러 담아 식히거나 손가락으로 뭉쳐내면 되지. 그게 다야!"

새라가 라이스 크리스피 시리얼을 계량해 젓고 있던 냄비에 넣는 동안 조이는 부엌을 둘러보았다. 자세히 보니 부엌은 거의 난장판이었다. 한구석에는 해적 섬처럼 보이는 무언가가 플라스틱과 나무배로 이루어진 함대에 에워싸여 있었고 대부분 팔다리가 없는 플라스틱 인형이 여기저기 널브러져 있었다. 반대편에는 어린이용 분홍색 페달 자동차가 있었고, 벽은 아이들이 그린 그림으로 꾸며져 있었다. 조이는 머그잔을 들고 부엌 반대편으로 가 그림을 살펴보았다. 바다에 떠다니는 배, 사과가 주렁주렁 열린 나무, 종을 알 수 없는 여러 가지 동물.

갑자기 부엌으로 뛰어 들어온 티미가 그림을 구경하고 있는 조이를 발견하고는 조르르 곁으로 다가왔다.

"이건 내가 그렸어요." 티미가 그림 하나를 가리키며 자랑스럽게 말했다.

"토끼?"

조이가 추측한 대로 말했지만 티미의 표정이 어두워졌다.

"토끼 아니에요. 민디예요." 티미는 기분이 나쁘다는 듯 말했다.

"민디?" 조이가 새라에게 눈빛으로 도움을 요청하며 쭈뼛쭈뼛 말했다.

"우리 집 고양이야." 새라가 대답했다.

"약간은 고양이라고 생각했어." 조이가 재빨리 덧붙였다.

"고양이라고 말하려고 했어."

티미가 원망하는 눈빛으로 조이를 쏘아보았지만 새라가 과자 부스러기가 붙은 또 다른 펜을 핥아먹으라고 내놓은 덕에 살았다. 티미는 펜을 받아 들자마자 감쪽같이 사라졌다.

새라는 마시멜로 범벅을 식탁에 내려놓고 차를 따른 다음 조이에게 오라고 손짓했다. 두 사람은 식탁에 앉았다.

"그래서?"

"그래서라니?" 조이가 되물었다.

"어디까지 말했지?"

"어디까지 말하다니, 언제 무슨 말 했어?"

"네가 날 놔두고 잠들어버리기 전에 말이야!"

조이는 어디까지 말했는지 정확히 알고 있었다. 조이의 연애사라는 위험한 주제에 접근하는 중이었다. 건드리고 싶지 않은 주제였지만 피할 방법이 없었다.

"글쎄. 어디까지 했더라?" 조이가 차를 홀짝이며 둘러대듯 말했다.

새라는 조이를 쏘아보았지만 물러서지 않았다.

"만나는 사람 있어?"

조이가 고개를 가로저었다.

"링컨 센터에서 일한다던 그 사람은?"

"조나단? 새라, 그게 몇 년 전인데."

"우리 못 본 게 몇 년인데. 몇 년간 이야기도 제대로 못 나눴지. 이런 문제에 관해서는. 너 그 사람 정말 좋아하는 줄 알았는데."

"좋았지. 그런데……."

"그런데 뭐?"

"그 사람 너무…… 너무……."

"너무 뭐?"

"키가 작았어."

"키가 작았다고? 키가 너무 작아서 헤어졌어? 진심이야?"

"그것뿐만은 아니지. 유머 감각도 없고 인색한 데다 요트놀이에만 관심이 있었다고. 난 요트 싫어. 어쨌든 그건 몇 광년 전 일이야."

"그래, 그렇네. 잠깐, 최근에 어떤 회사 사람 얘기도 한 것 같은데."

새라의 어조로 보아 조이가 새라에게 알렉스와의 관계를 말하면서 일급비밀이라고 했던 모양이다.

"내가 얼마나 말해줬지?" 조이가 물었다.

"별로 안 해줬어." 새라가 한숨을 쉬었다.

"전부 다 듣고 싶어. 네가 여기 앉아 있으니까 정말 천국 같다."

새라가 그릇에 손을 넣고 과자 한 덩어리를 크지 않게 떼어내서는 입에 털어 넣었다.

"다 끝났어. 차였어." 조이가 간단하게 말했다.

새라는 천천히 입을 우물거리며 조이가 말을 잇기를 기다렸다. 그런데 아무 말도 하지 않자 물었다.

"왜 차였어?"

"내가 바보였어. 회사 파트너랑 사귀는 게 아니었는데."

"누가 먼저 시작했는데?"

"그 사람이지. 큰 재개발 건이 있었는데 나를 팀원으로 뽑았지. 얼마 안 가 둘이 밤늦게까지 일하고 음식 시켜 먹고 하다가……."

"기타 등등?" 새라가 대신 말을 이어주었다.

조이는 고개를 끄덕였다.

"회사 사람들은 알고 있었어?"

"처음엔 몰랐어. 의심하는 사람도 있었겠지만. 그러다가 정말 입이 싼 비서 하나가 4월에 식당에서 우릴 봤어. 그러고 얼마 안 돼서 그 사람이 날 찾지."

"두 사람 관계가 알려지는 게 싫어서?"

"그 사람 말이 그랬지. 그 사람한테도 안 좋고 나한테는 그야말로 재앙이라면서. 그런데 한 달쯤 뒤에 알고 보니 그 사람이 8, 9개월 전부터 햄프턴에 사는 어떤 여자를 사귀고 있었더라고."

"너 지금 농담하는 거지."

조이는 고개를 가로저었다. 갑자기 기분이 형편없어졌다. 알렉스와 함께한 시간들이 머릿속을 스쳐 지나갔다. 낸터킷 섬에서 보냈던 휴가, 베일에서 스키를 타거나 조이의 집에서 파스타를 만들었던 일, 센트럴 파크 웨스트에 있는 알렉스의 집에서 사랑을 나누었던 일. 조이는 한동안 말을 잇지 못했다. 새라는 차를 홀짝이며 딱한 표정으로 식탁 맞은편의 조이를 바라보았다.

"그 사람 정말 좋아했구나."

조이는 다시 현실로 돌아왔다. 그리고 갑자기 눈물을 글썽이는 자신에게 놀랐다. 쏟아지는 눈물을 멈추지 못하며 조이는 고개를 끄덕였다.

"정말 바보 같았어."

"바보 같았던 거 아냐." 새라가 나지막하게 말하며 의자를 당기고 식탁 위로 손을 내밀어 친구의 손을 잡았다.

"그 사람한테 마음을 연 것뿐이야. 바보 같은 건 그 사람이지."

조이가 눈물을 멈추려고 애쓰며 고개를 가로저었다. 새라는 동의하지 않았다.

"그 사람이 바보였어. 멍청이지. 사는 동안 계속 후회할 거야."

"그럴 일 없을걸." 조이가 속삭였다.

"있을걸." 새라가 단호하게 말했다.

두 사람은 가만히 한참을 앉아 있었다. 새라가 과자 그릇을 내밀었지만 조이는 고개를 가로저었다. 이미 너무 많이 먹은 터였다.

"산책할까?" 새라가 제안했다.

"저녁 먹기 전에 바람 좀 쐬자. 아이들이 동네 구경시켜 줄 거야. 정말 좋아할걸."

조이는 어깨를 으쓱했다. 과자는 배 속에서 납덩어리가 된 것 같았고 갑자기 다시 피곤해지는 느낌이었다. 위층으로 가서 혼자 있고 싶었다.

"글쎄. 가도 혼자 갈게."

새라가 흘깃 한번 쳐다보았다.

"구경시켜달라고 하면 애들이 정말 좋아할 거야. 네가 오기를 얼마나 기다렸는데."

"내가 애들을 다 데리고 다닐 힘은 없는 것 같아."

새라의 미소가 살짝 옅어졌지만 목소리에는 부드러움이 남아 있었다.

"그래. 너 하고 싶은 대로 해."

6

새라가 아이들에게 '차'를 준다고 말했을 때 조이는 하워드 집의 네 어린이가 부엌 식탁에 둘러앉아 우유를 탄 얼그레이 홍차를 홀짝이며 마마이트(이스트 추출물로 만든 스프레드)를 바른 샌드위치와 다이제스티브 비스킷을 먹는 그림을 상상했다. 그런데 '차'가 사실 저녁 식사를 의미한다는 사실을 조이는 뒤늦게 깨달았다. 아이들을 어딘가 좀 떨어진 곳에서 놀게 하고 헨리, 새라와 함께 추억을 되새기며 긴 저녁 식사를 즐길 줄 알았건만 그러기는커녕 6시라는 매우 이른 시각에 부엌 식탁에서 다 함께 식사를 하게 된 것이다.

조이가 산책을 마치고 돌아오자 헨리가 문을 열어주었는데 벽에 걸린 사진이 과연 거짓이 아니었다. 헨리는 거의 나이를 먹지 않은 것 같았다. 조이는 전부터 헨리가 영화배우 콜린 퍼스를 닮았다고 생각했고 지금도 여전히 그래 보였다. 10년간의 가정생활이 새라의 외모에 그토록 영향을 미친 반면 헨리에게는 어째서 별다른 영향을 끼치지 않았는지 의아했다. 새라가 아기를 낳았기 때문일까? 아니면 부엌에서 너무 많은 시간을 보내서? 사회생활을 하지 않으니 외출복에 몸을 맞출 필요가 없어서? 그것도 아니면 단지 외모에 더 이상 신경을 쓰지 않아서? 이유야 어쨌든 조이는 아이를 낳더라도 절대 그렇게 되지 않겠다고 결심했다.

"보기 좋네요." 헨리가 조이와 따뜻한 포옹을 하고 아래층으로 데리고 가면서 말했다.

"마음에 없는 말 말아요." 조이가 새라 쪽을 흘깃 바라보며 놀리듯 말했다.

"시차 적응이 안 된 얼굴에다 10년은 늙어 보이는데."

헨리가 미소를 지으며 와인을 한잔 따라주었다. 우유를 먹지 않아도 된다니 다행이었다.

"가서 손 씻고 와." 새라가 스토브 앞에 서서 김이 모락모락 피어나는 감자와 야채를 그릇에 담으며 말했다.

조에와 티미는 이미 식탁에 앉아 있었다.

"손 씻었어." 조에가 말했다.

"거짓말." 티미가 반박했다.

"씻었다니까!" 조에가 빽 소리를 질렀다.

헨리가 차분히 조에 옆으로 가서 손을 내밀었다. 조에

도 손을 내밀어 아빠한테 검사를 받았다.

"이 정도 깨끗하면 됐어." 헨리가 선언하듯 말했다.

마틸다가 나타나 조용히 의자 위로 미끄러지듯 올라갔다. 조이의 옆자리였다. 조이는 마틸다에게 눈길을 보내며 미소를 지었지만 수줍은 어린 소녀는 거의 눈조차 맞추지 못했다.

새라가 앞접시를 나누어주는 동안 헨리가 오븐에서 구운 양다리를 꺼내 도마 위에 올렸다.

"크리스는 어디 갔어?" 새라가 물었지만 아무도 대답하지 않았다.

"형 어디 갔니, 티머시?" 새라가 다시 물었다.

"위층에 있어요."

"그럼 가서 데려와!" 새라는 기운이 없어 보였고 목소리에는 짜증이 섞인 듯했다.

"왜 맨날 내가 가요? 조에한테 가라고 해요!"

티머시가 조에에게 심술궂은 눈빛을 보냈다.

"내가 데려올게." 헨리가 말했다.

"아니야, 가지 마." 새라가 날카롭게 대답했다.

"양다리 지금 잘라야 하잖아." 그러고는 곧이어 티머시에게 말했다.

"어서 가지 못해! 그 조그만 입으로 또 한 번 버릇없이 말대답했다간 저녁도 못 먹고 자야 할 줄 알아."

와! 잘한다! 조이가 속으로 외쳤다. 이 아이들은 따끔하게 혼이 좀 나야 한다고 생각하고 있던 참이었다.

"하, 하!" 조에가 약을 올렸다.

"닥쳐!" 티머시가 의자에서 내려오며 쏘아붙였다.

"너 지금 뭐라고 했니?" 헨리가 차가운 어조로 물었다.

"티머시 스노우든 하워드!"

"닥치라고 했어요." 조에가 신난 듯 고자질했다.

"내가 너한테 물어봤어? 오빠한테 물었잖아." 헨리가 단호히 말했다.

티머시는 아버지의 목소리에 몸을 돌려 비참한 얼굴로 뒤편 계단 옆에 서 있었다. 잘못을 저지른 아이가 애처로웠는지, 말다툼을 서둘러 끝내고 싶었는지 헨리가 차분하게 말했다.

"우리 집에서는 그런 못된 말 쓰지 않는다! 자, 어서 가서 형한테 저녁 먹으라고 해."

조금 전까지만 해도 당연히 벌을 받을 줄 알았던 티머시는 안도한 표정으로 한마디도 더 보태지 않고 계단을 뛰어 올라갔다.

*

얼마 후 조이는 바라던 대로 새라, 헨리와 함께 오붓하게 옛 이야기를 나눌 수 있게 되었다. 아이들은 위층에서 잠자리에 들 채비를 하고 있었다. 하지만 위층에선 거의 10시까지 말소리와 뛰는 소리가 들려왔다. 자야 할 시간이 넘었는데도 왜 저렇게 떠들도록 내버려두는지 의아했지만 조이는 아무 말 하지 않았다. 필요할 때 채찍을 드는 데만큼은 아무 문제가 없는 게 분명했다. 그렇지만 타는 불꽃 앞에서 와인을 홀짝이는 동안 이들 부부는 위층에서 벌어지는 아이들의 소동을 들은 척 만 척 했다.

"여기는 대체 무얼 하러 왔는지부터 들어봅시다." 다 같이 자리를 잡은 뒤 헨리가 물었다.

"헨리!" 새라가 꽥 소리를 질렀다.

"일에 관해서 듣자는 소리지! 물론 우리야 조이가 와서 정말 좋죠."

조이가 스탠웨이 저택을 언급하자 헨리가 눈썹을 추켜올리며 말했다.

"아, 그 개발 건 말이죠……."

"헨리, 조이 힘들게 하지 마. 자기가 오히려 도움을 줄 수 있을지도 몰라."

"그래, 미안." 헨리가 뒤로 기대어 앉으며 와인을 한 모금 마시고 말했다.

"먼저 우리 엄마를 소개시켜줄게요. 벤브로 저택은 스탠웨이 저택에서 몇 킬로미터만 가면 되니까. 엄마는 그 지역에 모르는 사람이 없어요."

"새라한테 들었어요." 조이가 웃었다.

"정말 세상 좁네요! 고향이 거기세요?"

헨리가 고개를 끄덕였다.

"몇 대에 걸쳐 살고 있죠. 엄마는 지금도 우리가 다 함께 거기 살기를 바라시고."

"미안하지만 싫어." 새라가 웃으며 말했다.

"어머님은 정말 좋지만. 정말이야. 정말 좋으셔. 그렇지만 난 도시 여자라고. 런던이 뉴욕 같지는 않더라도 거기보다는……."

"촌구석보다는 나아?" 헨리가 즐거워하며 덧붙였다.

"바로 그 말이야!"

"그래도 언젠가는 가고 싶게 만들 거야." 헨리가 놀리듯 말했다.

"잘해봐." 새라가 응수했다.

조이는 미소를 지었다. 저녁을 먹으면서 생각했던 것들에 대해 약간의 죄책감이 들었다. 조이는 새라의 변한 외모 때문에 헨리가 한눈팔 생각을 한 적은 없었는지 궁금했던 것이다. 영국도 결국 유럽이니까. 유럽 사람, 특히 헨리와 같은 명백한 귀족 출신은 배우자에 대한 의무를 미국인보다 좀 더 가볍게 여기는 경향이 있지 않은가? 그렇지만 서로 약 올리는 자연스러운 모습이라든가 저녁 식사 때 주고받은 가벼운 대화는 유머와 상호간의 이해가 녹아든 둘 사이의 애정을 보여주기에 충분했다.

"도움을 줄 수 있다고 하셨나요?" 조이가 말했다.

"제가 모르고 있는 게 있나요?"

헨리와 새라가 눈빛을 교환했다.

"엄마가 원한다면 뭐든 도와줄 수 있을 거예요." 헨리가 말했다.

"더 자세히 말해봐, 헨리. 너무 과장하지 말고." 새라가 말했다.

"과장하다니?" 조이가 물었다.

그러자 헨리가 새라에게 손짓을 했다. 지나친 과장이 걱정된다면 직접 얘기하라는 뜻이었다.

"별거 아니야. 정말이야." 새라가 말했다.

"나 점점 긴장하고 있어." 조이가 빈 잔을 내밀며 말했다.

헨리가 이야기를 계속했다.

"내가 좀 짓궂게 말했어요. 다른 게 아니라 그 동네 노인네들 중에 스탠웨이 저택이 재개발되어서 호텔로 변신하는 걸 별로 좋아하지 않는 사람들이 있다고 해요. 그 사람들은 그 저택이 개인 소유로 남기를 원해요. 디즈니 월드가 될까봐 겁이 나는 거죠."

헨리는 이내 거만한 노인 흉내를 내며 비꼬듯 말했다.

"스파가 들어온다는 소문도 있던데."

"작은 스파가 생기기는 할 거예요." 조이가 말했다.

"하지만 독일 바덴바덴의 스파를 생각해야지 에퀴녹스 클럽을 생각하면 안 돼요."

"에퀴녹스 클럽이 뭔데요?" 헨리가 물었다.

"됐어!" 새라가 끼어들었다.

"중요한 건 다들 어머님을 좋아한다는 사실이야. 누구

보다 겸손하신 분이지. 어머님이 네 편에 서신다면 절반은 성공이야. 그리고 어머님은 분명 네 편이실 거야.”

*

아침이 오고 조이가 잠에서 깼을 때 집은 조용했다. 11시 반쯤 잠자리에 들었던 조이는 와인과 시차 덕분에 푹 잘 수 있었다. 흘깃 블랙베리를 보니 9시 반이었다. 더 이른 아침에 밖이 시끌시끌했던 것이 어렴풋이 기억났다. 새라가 애들을 깨워 집 밖으로 내보내는 소리였다. 조이는 집이 조용해지자마자 다시 잠들었다. 이제 집은 고요했다.

조이는 자리에서 일어나 후다닥 옷을 갈아입고 부엌으로 내려갔다. 아침 식사 그릇은 여전히 식탁 위에 있었지만 새라도 헨리도 보이지 않았다. 아이들 생일 파티가 있다고 말했었는데 새라는 아마 그곳에서 하루 종일 일손을 돕고 올 것 같았다.

그래도 상관없었다. 좋은 손님은 주인이 즐겁게 해주기를 바라며 어슬렁거리지 않는 법이다. 바빠 죽겠는데 할 일 없는 친구까지 책임져야 하는 것처럼 번거로운 일은 없다. 게다가 여긴 런던이었다. 조이는 미국에 있을 때 건축 잡지 등에서 세인트판크라스 역(빅토리아 시대 건축물로 유명한 런던의 주요 기차역) 보수 사업에 대해 꽤 많이 읽었고 결과가 어떻게 되었는지 궁금했다. 이번이 좋은 기회였다.

조이는 아침 설거지를 하고 가야 할지 잠깐 고민했다. 새라의 살림 솜씨를 비난하는 것처럼 보이고 싶지는 않았다. 놔두는 편이 좋을 것 같았다. 게다가 뭘 어디다 둬야 할지도 모르겠고.

그래도 팅크는 잘 있는지 보고 가야 했다. 조이는 복도 아래 창문에 놓인 이동장을 들여다보았다. 팅크는 이동장 뒷구석에서 담요 위에 웅크린 채 깊은 잠에 빠져 있었다. 조이는 팅크가 하루 종일 잠을 자게 그냥 놔둘까도 생각했지만 밖에 한 번이라도 나갔다 왔는지 어쨌는지 알 수가 없었기에 이동장을 열고 팅크를 정원으로 데리고 나왔다. 그리고 다시 들어와선 아이들이 남긴 계란과 소시지를 접시에 모아 바닥에 놓아주었다. 팅크는 허겁지겁 음식을 먹어 치운 다음 놀랄 만치 순순히 이동장 안으로 들어갔다.

*

한 시간 반 뒤 조이는 조지 길버트 스콧 경의 놀라운 작품 앞에 서 있었다. 사람들은 세인트판크라스 역사가 런던에서 가장 낭만주의적인 건물이라고 묘사하곤 했지만 조이는 어떤 의미에서 낭만주의적이라고 하는지 결코 이해하지 못했었다.

그러나 이제는 이해할 수 있었다. 세부적인 부분을 봐야 했다. 고딕풍 아치와 기둥에 둘러싸인 수백 개의 창, 우아한 첨탑을 가진 눈부신 시계탑 그리고 벽돌과 석벽의 다양한 색깔. 단연 세부가 돋보였다. 강조, 구성, 대비, 표현을 위한 요소들이 겹겹이 쌓였는데도 복잡하지 않았다. 어떻게 해낸 걸까?

내부는 아름다움이 에워싸고 있다고 말할 수밖에 없었다. 야외 택시 정거장이었던 부분은 수리 후 내부로 들어왔고 붉은 벽돌과 철제 장식이 가득한 넓은 로비로 변신했다. 중앙 대 계단을 본 조이는 옴짝달싹할 수 없었다. 루이 9세의 개인 성당인 파리의 생샤펠이 떠올랐다. 왕의 개인 성당도 아닌데 계단에 이처럼 정교한 세부 장식을? 루비색의 벽체와 높이 솟은 아치, 계단의 천장을 이루는 눈부신 별 무늬 패널. 게다가 키가 높고 중간 칸막이가 있는 스테인드글라스 창은 성당에 있는 것들과 같았다. 이곳은 성당이나 다름없다는 게 조이의 결론이었다. 아름다움과 건축적 야망에 바치는 압도적인 기념물이었다.

일반인에게 개방된 공간을 구경한 뒤 선물 가게로 향하는데 힘이 빠지는 느낌이었다. 이런 아름다움을 티끌만큼이라도 따라갈 만한 무언가를 디자인할 수 있을까? 쉽지 않을 것이다. 그렇지만 배울 점은 많았다. 이 건물에 관한 책이 있을 터였다. 조이는 이 건축물에 담긴 아이디어들을 자세히 기억하고 싶었다.

가게에서 조이는 찾던 물건을 발견했다. 기존에 미들랜드 그랜드 호텔이었던 건물이 개보수를 마치고 세인트판크라스 역이 되기까지의 역사를 따라가는 책이었다. 조이는 새라를 위한 선물도 사고 싶었지만 가게에는 선물할 만한 물건이 보이지 않았다. 그렇지만 몇 블록 떨어진 곳에 괜찮은 옷가게가 있었다. 택시로 집에 가는 길에 들러 보기로 했다.

*

“어디 갔었어?” 새라가 현관문을 활짝 열면서 외쳤다.

“시내에 갔었어. 세인트판크라스 역 구경하러.”

“얼마나 걱정했는데. 집에 왔더니 없길래.”

“바쁜 줄 알았어. 애들 생일 파티가 있다고 했잖아.” 조이가 어깨를 으쓱하며 말했다.

“그건 그렇지만 왜 쪽지도 하나 안 남겼어?”

“전화하지 그랬어. 블랙베리 가져갔는데.”

“네 번호 없어. 내가 네 블랙베리로 전화한 적 있니?”

두 사람은 여전히 현관에 서 있었다.

“없지. 미안해. 네가 다른 일이 있을 거라고 생각했어. 나 때문에 접대라든가 그런 부담 주고 싶지 않았어.”

새라가 조이의 팔을 잡아 안으로 끌어들이고는 문을 쾅 닫았다.

“접대라니? 넌 세상에서 제일 오랜 내 친구야. 10년 만에 만났고. 접대? 그래, 맞아, 내가 지금 제일 하고 싶은 게 널 접대하는 거라고.”

"미안해, 나는……."

"점심 예약도 해놨었는데. 내가 좋아하는 식당도 데려가고 내가 좋아하는 서점, 내가 좋아하는 옷가게, 내가 좋아하는 술집까지 데려가려고 했어. 다 계획해놨었다고."

"아무 말도 안 했잖아. 그러니 내가 어떻게 알아?"

"일부러 안 했지! 놀래주려고. 12시까지는 꼬박 잠들어 있을 줄 알았어. 내가 11시에 들어왔는데 넌 벌써 나가고 없더라고."

"미안해. 정말 미안해. 난 그냥 너한테 부담 주지 않으려고 그랬던 거야." 조이가 한숨을 쉬며 말하고는 어떻게 해야 할지 몰라 들고 있던 분홍색 가방을 불쑥 새라에게 건넸다.

"이건 뭐야?"

"선물."

"뭔데?"

"실크 블라우스."

새라는 이제 막 울음이라도 터뜨릴 것처럼 보였다.

"노력이 가상해서 봐준다, 내가." 새라가 포장을 뜯어 옷을 대보며 말했다.

"근데 이건 좀 아니다." 조이가 새라 대신 결론을 냈다.

새라가 슬픈 표정으로 고개를 끄덕였다.

7

지나가는 풍경을 우두커니 바라보고 있자니 머릿속에 전날 저녁에 벌어졌던 일들이 차례로 떠올랐다. 새라가 블라우스를 입어봤지만 사이즈는 턱없이 작아 보였고 크리스가 저녁 메뉴에 대해 불만을 토하자 화가 난 헨리는 크리스를 방으로 쫓아버렸다. 조에는 티머시가 자꾸 쳐다본다고 울음을 터뜨렸고 팅크는 부엌 바닥에 먹은 걸 토해버렸다.

대체로 잊고 싶은 일들만 가득한 밤이었다. 설상가상 조이는 집안에서 느껴지는 긴장감을 해소하려고 와인을 너무 많이 마셔버렸다. 그 때문에 스탠웨이 저택으로 향하는 울퉁불퉁한 시골길을 달리는 택시 안에서 엄청난 두통을 견뎌야 했다. 조이는 어떻게든 저택에 도착하고 싶었다. 어제의 망친 계획이나 저녁 내내 찜찜했던 기분에 대해 이제 와서 끙끙 앓아봤자 소용없었다. 새라에게 상처를 주려는 생각은 없었다. 단지 좋은 손님이 되고 싶었을 뿐이다. 다행히 며칠만 지나면 새라를 다시 만날 수 있었다. 아이들이 벤브로 저택과 가까운 승마장에서 승마 레슨을 받았고 주말에는 조랑말 클럽의 승마 대회가 있었다. 온 가족이 다 시골로 내려올 계획이었고 그때 조이와 새라는 반나절 동안 둘만의 시간을 갖기로 했다. 조이는 새라와 화해할 수 있기를 바랐다.

가로수가 우거진 비뚤어진 대로를 따라 마지막 언덕을 오르던 택시는 작은 골목으로 꺾어들었다. 관리인 사택을 지나자 느닷없이 스탠웨이 저택이 나타났다. 기사가 시동을 껐고 조이는 몇 달 전부터 그토록 마주하길 고대해왔던 건물을 가만히 바라보았다. 두 눈으로 직접 보고 체험하고 싶었다. 제임스 1세 시대 풍의 건물은 지역에서 채취한 걸팅 옐로우라는 돌로 지어져 있었다. 중앙 아치의 양편에는 퇴창이 있었고 지붕선은 소용돌이 모양이 새겨진 돌로 장식되어 있었다.

"도착했습니다." 기사가 숨을 내쉬며 말했다.

조이는 차에서 내려 황홀한 듯 건물을 올려다보았다. 늦은 오후 햇살에 건물은 황금빛 노란색을 띠고 있었다. 조이는 홀린 듯 건물에 다가가 오래된 석벽을 손으로 천천히 쓰다듬으며 건물에서 뿜어져 나오는 온기를 느꼈다. 건물은 말을 건네고 있었다.

기사가 트렁크에서 짐을 꺼내며 요금을 달라고 하는 바람에 건물과의 대화는 끊어졌다. 조이는 신중하게 지폐를 세어 기사에게 건넸다. 런던에서 택시를 대절해 이 멀리까지 나오는 값은 꽤 비쌌지만 렌트를 할 수는 없었다. 면허증은 있었지만 운전을 거의 하지 않았던 데다 운전석이 오른쪽에 있는 차는 더욱이 감당할 수 없었다. 택시가 떠나는 동안 조이는 현관으로 짐을 옮겼다. 그러고 나서 이동장에서 팅크를 꺼내 목줄을 묶었다.

조이와 팅크는 아치에서 오래된 나무숲으로 이어지는 길을 따라 거닐었다. 이 프로젝트에 여러 달 매달려왔던 조이는 이미 저택을 잘 알고 있는 느낌이었다. 사진으로만 보던 친척을 직접 만나는 듯한 묘한 기분이 들었다.

나무 뒤편으로는 가지가 무성한 진달래가 양쪽으로 촘촘히 줄지어 선 오솔길이 있었고 영국에서 가장 아름답기로 손꼽히는 연못 정원으로 이어지는 통로도 있었다.

조이가 방향을 돌려 저택의 정면으로 향하는데 현관에 한 소녀가 서 있었다. 열넷이나 열다섯 살쯤으로 보이는 소녀는 에메랄드빛으로 반짝이는 눈과 시선을 뗄 수 없을 정도로 풍성하게 물결치는 머릿결을 가지고 있었다. 뉴욕 여자들 가운데 절반은 금발을 갖고 싶어했고 원래부터 금발인 것처럼 보이기 위해 한 달에 한 번 내지 석 달에 두 번씩 거금을 지출하곤 했다. 그러나 조이가 염색 천재라고 여기는 마르타조차도 소녀의 아름다운 머릿결에 굽이치는 다채롭고 은은한 빛깔을 흉내 낼 수는 없었을 것이다.

소녀가 입은 치마가 어찌나 짧았던지 조이는 자신이 과감한 의상을 입고 집을 빠져나가려고 할 때마다 나무라던 아버지의 말이 떠올랐다. "치마가 너무 짧아서 네가 아침으로 뭘 먹었는지 다 보인다!"

"안녕." 조이가 먼저 인사를 건넸다.

"난 조이 루빈이야."

"안녕하세요. 전 릴리예요. 아빠 이름은 이언이고요. 우리는 저 골목 끝에 있는 사택에 살아요."

조이는 전화로 몇 번 이야기를 나누었던 이언 맥코맥과의 만남을 기대하고 있었다. 트레이시 경과 그 부인이 저택의 열쇠를 양도하고 런던에 있는 집으로 이사 간 뒤부터 이언은 조이의 회사가 연락을 취할 수 있는, 부지와 가까운 유일한 대상이었다. 조이는 이언을 설득해 보수가 끝난 뒤에도 호텔과 부지를 관리하게끔 하고 싶었다. 마을 사람이 관리를 한다면 도움이 될 것 같았다. 게다가 저택과 부지를 누구보다 잘 알고 있을 터였다.

"어디서 오셨어요?" 소녀가 조이를 세세히 훑어보며 물었다.

"뉴욕." 조이가 대답했다.

그 나이 또래의 사춘기 소녀에게서 보이는 경계의 눈초리가 순식간에 사라졌다.

"멋져요. 저도 뉴욕으로 이사 갈 거예요."

곧이어 한 남자가 현관에 모습을 드러냈다. 분명 이언 같았다. 딸과 꼭 닮아 있었기 때문이다. 그러나 무엇보다 조이가 주의를 빼앗긴 것은 남자의 지적이고 사려 깊은 두 눈이었다. 남자는 두꺼운 면바지와 울 셔츠를 입고 있었고 그 위로는 굵은 양털로 짠 짙은 회색 스웨터를 걸치고 있었다. 스웨터는 낡아 보였다. 소매와 밑단의 세로 짜임이 해지고 풀어져 있었다.

"뉴욕으로 간다고?" 남자가 다소 비웃듯 딸에게 물었다.

이번에는 남자가 딸을 훑어보았다. 불만 가득한 눈길은 딸의 치마에 멈춰 있었다.

"그 옷은 어디서 난 거야?"

"재활용 가게."

"다 입고 나온 거 맞아?"

"아빠!"

조이는 입술을 꽉 깨물며 웃음을 참았다.

"가서 옷 갈아입어."

"아빠!" 소녀가 투덜거렸다.

"릴리!" 남자가 딸의 말투를 그대로 따라했다.

소녀는 조이에게 난처한 눈빛을 보냈다. '남자들은 정말 못 말려. 내 맘 알죠?'라는 표정으로 릴리는 뒤돌아 발을 쿵쿵대며 집으로 들어갔다.

조이는 이언을 뉴욕 스타일로 바꾼다면 어떨지 상상했다. 짧게 자른 머리, 깨끗하게 면도한 수염, 이탈리아제 쓰리피스 수트. 조이는 누굴 만나든 이런 상상을 하곤 했다. 자신이 상대의 옷과 차림새 등 모든 부분을 세세히 관리한다면 어떤 모습으로 탈바꿈할지. 그러나 이날만은 상상을 접었다. 이탈리아제 수트가 어울리지 않는 남자는 드물었다. 그러나 해진 꽈배기 스웨터를 입고 이언처럼 멋질 수 있는 사람은 많지 않았다.

"직접 만나 뵙고 싶었습니다." 조이가 손을 내밀며 말했다.

눈가에 자잘하고 귀여운 눈주름을 보이기는커녕 이언은 미소조차 짓지 않았다. 목례만 했을 뿐 악수를 하지는 않았다. 선을 긋는 이언의 행동에 조이는 찬물을 뒤집어쓴 것 같았다.

"윌슨이 오는 줄 알았는데요."

"원래 그랬는데 사고가 났어요."

"저런! 괜찮아요?"

"괜찮을 거예요." 조이가 대답했다.

"그래서 이제 그쪽이 담당이에요?"

"네, 그렇습니다. 도움이 많이 필요할 겁니다. 내일 아침 일찍부터 시작할 거예요. 시공사측과 부지를 돌아보기로 했어요."

"시공사? 벌써 선정했어요?"

조이가 고개를 끄덕였다.

"마시모 포르티넬리의 회사로 정했어요."

이언이 믿을 수 없다는 표정으로 조이를 바라보았다.

"그 이탈리아 놈만은……."

"무슨 말씀이세요?"

"맙소사." 이언이 비웃는 표정으로 고개를 가로저었다.

"하지만 다들 마시모를 추천했어요. 함께 일했던 사람들 모두 좋은 말밖에 없었다고요."

"그게 누군데요?" 이언이 다그치듯 물었다.

"누구냐면……."

조이는 잠깐 머뭇거렸다. 기밀에 속하는 대화를 세세히 전달하는 게 과연 도덕적인지 고민이 되었기 때문이다. 그렇지만 이내 숨길 게 없다 싶어 말을 이었다.

"앨러스데어 뉴웰이라든지……."

"물론 뉴웰이라면."

"무슨 뜻이죠?"

"그러니까 두 사람은……." 이언이 두 손가락을 들어 꼬아 보이며 말을 이었다.

"이렇게 친하다는 말씀이죠! 뉴웰이 그 사람 편인 게 당연하죠."

"뉴웰이 마시모를 인정하지 않는다면 둘이 친하게 지낼 리 없지 않은가요? 두 사람은 벌써 서너 개 프로젝트를 함께 진행했어요."

"그렇고말고요." 이언이 쏘아붙였다.

"아무튼 마음대로 하세요. 계실 방은 정리해놨어요."

"감사합니다." 조이가 나지막이 말했다.

"구경부터 좀 할게요."

"편할 대로 하세요. 제 허락은 필요 없어요. 여긴 이제 그쪽 거예요."

"정말 제 것이면 좋죠." 조이가 대답하며 공기중에 떠도는 냉랭한 기운을 덥혀보려고 애썼다.

"우리 집은 아마 이 저택 욕실 한 개에 다 들어갈걸요."

이언은 아무 반응이 없었다. 집 안으로 들어가 잠시 후 열쇠 꾸러미를 들고 나왔을 뿐이다.

"고맙습니다." 조이가 말했다.

이언은 고개를 까닥하고는 사택으로 향하는 골목길을 따라 내려갔다.

*

한 시간 뒤, 조이는 앞으로 몇 주 동안 머물게 될 우아한 방 몇 칸에 짐을 푸느라 정신이 없었다. 트레이시 부인의 나이 든 이모 마가렛이 쓰던 방으로, 마가렛은 지난겨울 뇌졸중을 앓은 뒤 91세에 세상을 떠났다. 조이가 머물 곳은 큰 거실에 넓은 침실과 욕실이 딸려 있었다. 마가렛은 트레이시 가족과 함께 종종 식사를 하기도 했고 집안 일손이 방으로 식사를 날라다 주는 경우도 있었다.

그래서 당분간 부엌 없이 살아야 했지만 그걸 제외하면 더없이 머물기 좋은 곳이었다. 다행히 방에는 가구도 남아 있었다. 다른 방은 저택이 팔릴 때 가구를 빼서 비어 있었다. 스탠웨이 저택이 시장에 나오기는 했어도 영국에는 트레이시 집안 사람들이 수십은 흩어져 살고 있었고, 그들은 재산이 될 만한 물건들은 가능한 전부 빼내갔다. 그런데 마가렛의 방은 왜 건드리지 않았는지 의아했다. 아무튼 조이는 근처 여인숙이나 베드앤드브렉퍼스트에서 머물지 않고 저택에 있게 되어 신이 났다. 밤낮을 가리지 않고 저택의 분위기를 제대로 느낄 수 있을 터였다.

은은하게 광을 낸 가구와 누군가 애정을 갖고 관리한 장식을 살피며 방 안을 둘러보던 조이는 느닷없이 슬픔이 밀려오는 것을 느꼈다. 처음엔 이 방에 살던 부인이 더 이상 존재하지 않는다는 사실이 명백한 현실로 다가와서 그러려니 생각했다. 부인의 갑작스러운 죽음이 절실히 느껴졌다. 그런데 실은 그게 아니었다. 조이의 슬픔의 근원은 그 방 자체에 있었다.

쿠션에는 손으로 놓은 자수 장식이 있었고 액자 속 사진들은 사사롭고 허물없는 모습을 담고 있었으며 침대보 역시 손으로 코바늘뜨기를 한 물건이었다. 방 안의 물건 하나하나가 어떤 한 개인의 사상과 욕망, 의미를 담고 있었다. 방은 추억으로 가득 차 있는 것 같았고 방 안의 모든 물건은 사랑받았던 장소와 사랑받았던 사람들, 그리고 인연과 애정으로 활기찼던 시간들의 부적 같았다.

조이는 살던 아파트를 뒤집어 수리하면서 버린 온갖 물건들을 떠올렸다. 아파트를 자기만의 공간으로 만들 작정이었다. 엄마가 오랫동안 투병해오던 곳이었기 때문에 마루를 재시공하고 벽을 뜯고 부엌과 욕실을 완전히 개조함으로써 공간 전체를 수리하는 일은 당시 무척 중요하게 느껴졌다.

그렇지만 새로운 출발을 하겠다는 의욕이 과했던 탓에 안락하고 유쾌한 공간을 연출해주었던 집의 물건들, 손뜨개 아프간 담요, 액자에 든 스냅 사진, 선물이나 유품 등 서로 어울리지 않는 여러 잡동사니들을 모조리 처분했다. 조이는 어릴 때 썼던 특별한 컵이나 그릇들이 생각났다. 새 냄비와 접시를 사들이면서 그것들은 재활용 상자로 들어갔다. 너무 서둘렀나 싶기도 하다.

조이는 어딘가 파묻혀 있던 화장품 가방을 꺼내 침실 화장대 앞에 앉았다. 그리고 오래된 향수병의 유리 뚜껑을 열고 향기를 들이마셨다. 짙고 강렬하면서도 매혹적이고 고풍스러운 향이 났다. 조이는 귀 뒤에 향수를 살짝 바르고 커다란 타원형 거울 앞으로 몸을 기울여 거울 속에 비친 모습을 물끄러미 바라보았다.

피곤해 보였다. 사실 피곤했다. 눈가에 이전까지는 미처 몰랐던 주름이 보였다. 이 주름을 '햇살무늬'라고 부르는 사람도 있던데 그건 좀 심했다. 까마귀 발이 맞다. 까마귀 발! 앞으로 자동 반사적으로 웃음 짓는 일이 없도록 유의해야겠다고 생각했다. 꼭 필요할 때만, 정말 진심으로 우러나올 때만 웃어야겠다고.

조이는 독서 의자 옆에서 기분 좋은 표정으로 할딱거리고 있는 팅크를 흘깃 바라보았다. 때맞춰 팅크가 옆으로 한번 구르더니 깊고 만족스러운 한숨을 내뱉었다.

'넌 피곤할 리 없겠구나. 이틀이나 잠을 잤으니!'

조이의 생각은 다시 이언과의 만남으로 흘러갔다. 애써 매력을 내비치려고 하지는 않았지만 그렇다고 엷은 미소나 아주 진부한 인사말조차 이끌어내지 못하다니 마음이 불편했다. 이언은 도대체 뭐가 불만인 것일까? 집에서 쫓아내겠다는 것도 아닌데. 삶이 변하기는 하겠지만 인생이란 원래 그런 것이다. 바뀌는 것이다. 원하기만 한다면 좋은 일자리도 기다리고 있었다.

은근히 걱정스러운 생각이 들었다. 이언은 조이가 매력이 없다고 생각하는 것 같았다. 너무 능력 있어 보이고 너무 외국인 같고 너무 막무가내처럼 보여서? 매력적으로 보이려고 굳이 애를 쓰지 않더라도 조이는 대개의 경우 어떤 식으로든 약간의 반응, 작은 불꽃이라도 일으킬 수 있었다. 하지만 이언은 마치 조이에게서 벗어나고 싶어 안달인 사람 같았다.

이 불편하고 조급한 기분을 달래는 데는 한 가지 방법밖에 없었다. 실컷 달려야 했다.

8

정원을 지나가는데 하늘에 낮게 걸린 태양이 정원을 신성한 우윳빛 광채로 뒤덮고 있었다. 여름에는 무성한 초록이었을 덩굴은 이제 앙상했다. 건물을 뒤덮은 짙은 갈색 줄기는 마치 수천 개 핏줄 같았다. 한겨울에도 아름다움이 있다고 조이는 생각했다. 줄기가 촘촘히 뒤덮인 건물 정면은 어떤 형태도, 이유도 없이 떨어뜨린 물감 같아 보이지만 잘 곱씹어보면 어떤 의미가 있는 잭슨 폴록의 캔버스 같았다.

사택 앞 아치를 지나 빠른 속도로 달리자 얼음장 같은 찬 공기가 목구멍을 신선하게 자극했다. 산속 샘에서 솟아나오는 맑고 신선한, 산소가 풍부한 물을 마시는 느낌이었다.

조이는 어디서 어느 방향으로 꺾었는지 잊지 않으려고

애쓰면서 여러 갈래로 뻗친 시골길을 따라 달렸다. 10분, 15분을 달렸지만 지나는 사람을 단 한 명도 볼 수 없었다. 지금까지 살며 바깥에서 그렇게 오래 홀로 있어본 적이 있었던가…… 맨해튼에서는 어딜 가나 사람들로 붐볐다.

이런 고독이 처음엔 불안하게 느껴졌다. 비명을 질러도 아무도 들을 수 없을 것 같았다. 그렇지만 계속 달리다 보니 짜릿한 해방감이 느껴졌다. 불만 가득한 팅크도 내버려두고 온 터였다. 이제 조이는 원하는 대로 무엇이든 할 수 있었다. 목청껏 노래를 부르든 몸 가는 대로 가볍게 차차차 스텝을 밟든 이상하게 볼 사람이 아무도 없었다. 만끽해야 할 순간이었다.

풍경은 마치 인간의 철저한 부재를 만회라도 하듯 눈부셨다. 온 들판과 수풀이 청색 하늘과 대비되어 두드러졌다. 도로라고 보기 힘든 오솔길 양쪽에는 오래된 돌담이 있었다. 무너지고 있는 부분도 있고 최근에 복원된 부분도 있었다. 마을로 들어서자 초가지붕과, 한쪽에 창고가 딸린 정원이 있는 집들이 늘어서 있었다. 조이는 이곳을 지나 우편물을 취급하는 아담한 돌집과 아주 오래돼 보이는 여인숙 '펌프 하우스' 앞에 다다랐다. 다양한 모양의 유리 조각을 납선으로 이어 붙인 여인숙 유리창 너머로 대화에 열중한 생기 넘치는 얼굴들이 보였다. 외로움이 밀려왔지만 이번만큼은 습관적인 자기 연민에 지지 않으리라 다짐하며 조이는 마을 중앙을 한 바퀴 돌아 마을 저편으로 넓게 뻗어 있는 농지를 향해 갔다. 몇백 미터를 더 달려 이번엔 진창길로 꺾어 들어갔다. 집으로 돌아가는 방향인 것 같았다. 길바닥이 울퉁불퉁해서 바닥만 쳐다보고 가느라고 하마터면 숫양과 충돌할 뻔했다.

숫양이 길 한가운데 버티고 서 있었고 조이는 이로부터 불과 몇 미터 떨어진 곳에서 발길을 멈추었다. 아드레날린이 폭주하면서 조이는 날카로운 숨을 들이쉬었다. 무슨 짐승이지? 달려들 생각인가? 뿔로 받으려나? 그렇게 보이지는 않았다. 숫양은 노여운 눈빛으로 바라볼 뿐 조이를 길에서 쫓아낼 생각은 없어 보였다. 대치가 시작됐다.

숫양은 길고 태연한 얼굴로 조이를 빤히 바라보았다. 조이는 울타리에 몸을 바짝 붙인 채 빠져나가려고 오른쪽으로 옆걸음질을 쳤다. 숫양이 조이 쪽으로 한 걸음 다가왔다. 조이가 그 자리에 섰다. 숫양도 섰다.

조이는 이번에는 왼쪽으로 움직였다. 새 운동화가 진창에 푹 빠졌다. 양은 귀를 털더니 조이 쪽으로 다가오려고 움직였다. 조이는 다시 그 자리에 섰다. 무엇보다 양의 두 귀가 조이를 불편하게 만들었다. 조이가 움직일 때마다 그 두 귀는 마치 작은 위성 안테나처럼 조이를 추적하는 것 같았다.

"훠이!"

숫양이 빤히 바라보며 귀를 돌렸다.

"훠이!" 조이가 한 번 더, 이번에는 감정을 실어 강하게 말했다.

“저리 가, 훠이!”

양은 꿈쩍도 하지 않았다.

“제발! 좀 지나가게 해달라고!”

바로 그때 우측 들판에서 무언가 움직이는 게 보였다. 조이는 고집 센 도전자는 새카맣게 잊은 채 더 자세히 살피려고 울타리 앞으로 다가가 그 곁을 따라 문 쪽으로 움직였다.

들판에는 덩치 큰 소들이 여러 마리 흩어져 있었다. 희고 검은 소들이 여기저기. 들판 너머로는 물웅덩이 같은 게 보였다. 커다란 연못이었는데 중간쯤의 작은 섬에는 어린 자작나무가 몇 그루 모여 있었다. 그런데 물속에서 무언가가 움직이고 있었다. 그냥 움직이는 게 아니라 몸부림을 치는 것 같았다. 조이는 깊어지는 햇살 속에 눈을 가늘게 떴다. 분명 무슨 문제가 있었다.

“저기요!” 찬 공기 속에서 조이의 목소리는 너무 가늘었다.

대답은 없었다.

“저기요!”

물체는 다시 움직였다. 조이는 마침내 상황을 파악했다. 누군가 팔을 허우적대고 있는 게 분명했다. 조이는 울타리 문을 열고 들판을 가로질러 전력 질주했다. 연못은 꽤 멀리 있었고 진흙과 풀은 미끄럽고 푹신했다.

"기다려요! 갈게요!" 조이는 목청껏 외쳤다.

완만하게 언덕진 초원의 맨 꼭대기에 이르니 연못이 잘 내려다보였다. 둔치와 나무가 있는 섬 중간에 한 할머니가 있었다. 할머니는 힘없이 발헤엄을 치며 가까스로 물 위에 떠 있는 것처럼 보였다. 다른 생각할 겨를도 없이 조이는 언덕을 내달렸고 둔치에 이르자 운동화를 벗어던졌다. 그리고 힘찬 도약으로 갈대를 뛰어넘어 연못의 수면을 깨뜨렸다.

찬물로 뛰어든 조이는 마치 수북이 쌓인 칼 속으로 뛰어드는 느낌에 기겁했다. 조이는 수면으로 올라온 뒤 물 위로 고개를 내밀고 사정없이 두 팔을 저어 헤엄쳐 갔다. 노인은 불과 몇 미터 떨어져 있지 않았고 혼탁한 물속에서 여전히 분투하고 있었다.

'얼마나 추울까.' 조이는 속으로 걱정하며 전속력으로 헤엄쳤다. 그리고 때마침 자기가 그곳을 지나가고 있어서 천만다행이라고 생각했다.

"제가 구해드릴게요."

조이는 노인의 허리를 팔로 감싸 안고 둔치를 향해 맹렬히 헤엄쳤다. 당황한 기색이 역력한 노인은 여전히 팔을 휘두르고 있었고 자신이 구조되고 있다는 사실조차 깨닫지 못하고 있는 듯했다.

"됐어요. 이제 괜찮아요, 할머니."

헤엄을 치면서 동시에 말하고 숨 쉬기가 쉽지 않았지만

조이는 온 힘을 다했다. 할머니는 힘이 정말 셌다! 하긴 그렇게 강인하지 않았다면 얼음장 같은 물속에서 그토록 오래 버티지 못했을 것이다. 할머니를 붙잡고 발장구를 치며 둔치로 향하던 조이는 믿을 수 없다는 듯한 할머니의 표정을 보았다. 충격에 휩싸인 백발의 얼굴이었다. 물에 빠져 죽을 뻔했으니 당연히 충격을 받지 않았을 리 없다. 할머니가 무슨 말인가를 하려는 것 같았지만 조이는 거기 신경 쓸 겨를이 없었다. 조이도 할머니도 일단 뭍으로 가야 했다.

마침내 두 사람은 발이 닿는 깊이에 다다랐다. 조이는 할머니가 설 수 있도록 도왔는데 뭍에서 할머니가 꽤나 무겁게 느껴져 놀랐다. 또 놀라웠던 점은 할머니가 수영복을 입고 있다는 사실이었다. 수영복? 두 사람은 갈대 사이를 비틀비틀 지나 안전한 둔치 위로 쓰러지듯 주저앉았다. 조이는 숨을 헐떡이며 고개를 돌려 할머니를 바라보았다.

"괜찮으세요?"

할머니는 기침을 하며 요란하게 물을 뱉었다. 조이는 머릿속으로 인공호흡법을 되새기기 시작했다.

'먼저, 환자의 기도를 확보한다.'

할머니는 어느새 기침을 멈추고 조이를 바라보며 눈을 빠르게 깜빡이고 있었다.

"덕분에 물을 좀 먹었네요."

정말 특이한 반응이라고 조이는 생각했다. 할머니가 마지막으로 큰 기침을 한번 하더니 차분한 어조로 말했다.

"고마워요, 아가씨. 10분만 들어가 있을 예정이었는데 아마도 15분 가까이 되었나 봐요. 그렇다고 해도 이렇게 극적인 방법으로 물에서 나올 시간을 알려줄 줄은 몰랐어요."

조이의 몸이 얼어붙었다. 할머니가 미소를 띠고 있긴 했지만 화가 난 게 분명했다.

"말투를 들어보니 미국인 같네요." 할머니가 말했다.

"어머, 저런. 떨고 있네!"

할머니는 놀라울 정도로 민첩하게 미끄러운 둔치를 올라 큰 수건 두 개와 옷이 정갈하게 놓여 있는 곳으로 갔다. 그리고 수건 하나를 허리에 묶더니 다른 하나는 조이에게 던졌다.

"난 항상 두 개를 가지고 다녀요." 할머니가 친절한 미소를 지으며 말했다.

"정말 미안해요. 나 때문에 깜짝 놀랐죠?"

"물에 빠지신 줄 알았어요." 조이가 겨우 입을 열었다.

얼굴이 화끈거렸다. 이제야 알 것 같았다. 그렇게 경솔한 판단을 하다니 믿을 수 없었다. 그렇지만 정신 나간 사람이 아니고서야, 그것도 연약한 할머니가 1월에 얼음이 떠다니는 연못에서 헤엄칠 생각을 하다니 그 또한 믿을 수 없었다.

"그쪽은 조세핀이겠군요."

조이는 다시 한 번 할 말을 잃었다. 너무 이상한 일이었다. 소똥 가득한 풀밭 위로 전력 질주하여 구조를 원하지도, 구조가 필요하지도 않은 노인을 구하는 부끄럽기 짝이 없는 일을 했지만 적어도 남에게 들킬 리는 없다고 생각했기 때문이다. 그곳은 인적이 드문 곳이었고 조이는 센트럴 파크의 뱃놀이 연못으로 뛰어든 게 아니었다. 그렇지만 할머니는 조이의 본명을 알고 있었다.

"맞아요. 조이라고 해요."

아무리 애를 써도 이가 딱딱 맞부딪쳤다. 온몸이 부들부들 떨렸다. 태어나서 그토록 추워본 적이 없었던 것 같았다.

"만나서 반가워요. 난 애그니스예요. 새라가 우리 며느리고."

'애그니스?' 이분이 헨리의 어머니 하워드 부인? 하워드 부인이 한겨울에 얼어붙은 연못에서 헤엄을 칠 리가 없었다. 하워드 부인이라면 왠지 트롤로프(빅토리아 시대의 영국 작가)를 읽고 병원 이사회에서 활동하며 집안의 가정부와 집사들을 관리할 것 같았다.

"오늘 온다고 새라한테 들었어요." 할머니가 말을 이었다. "안 그래도 오늘 저녁에 스탠웨이 저택에 가보려고 했는데."

애그니스는 밝은 터키색 눈동자를 반짝이며 다시 한 번 미소를 지었다. 그리고 물기를 다 닦은 뒤 바지를 입고 터틀넥 셔츠와 스웨터를 입었다. 그런 다음 나무둥치에 앉아 방수 장화를 신었다. 수건을 챙긴 애그니스가 말했다.

"어서 안으로 들어가야지 안 그러면 조이가 죽겠어요."

조이는 애그니스를 뒤따라갔고 놀라움은 생각할수록 커져갔다. 조이가 새라와 헨리의 결혼식에 갔더라면 애그니스를 몰라보지 않았을 테지만 그 약속도 다른 여러 약속과 마찬가지로 막판에 취소해야 했다. 이유는 기억할 수 없었다. 회사에 일이 있었고 당시에는 그 일이 굉장히 중요하다고 생각됐던 모양이다.

조이는 눈을 들어 애그니스를 바라보았다. 애그니스는 확고한 발걸음으로 언덕을 올라 숲으로 가고 있었다. 애그니스는 귀족 칭호가 있는 사람이었다. 가끔은 여왕과도 점심을 먹는 사이였다! 사실이 그러한데, 헐거운 진흙투성이 장화라든지 한겨울에 홀로 수영이라든지, 어떻게 이런 것들과 양립할 수 있을까 조이는 도무지 이해가 안 갔다. 그러나 애그니스의 얼굴 골격은 분명 귀족다웠으며 발걸음은 절도 있고 품위 있었다. 또한 그처럼 위급한 상황에서 품위 있게 행동한 모습으로 보건대 애그니스는 귀족 칭호를 받아 마땅했다. 만약 애그니스에게 그랬듯 누군가가 조이에게 달려들었다면 조이는 그 미치광이를 냅다 후려쳤을 것 같았다.

"정말 죄송해요." 조이가 마침내 목소리를 되찾으며 말했다.

두 사람은 들판 가장자리에 있는 울타리에 다다라 디딤대를 밟고 넘어가고 있었다.

"부끄러워 어쩔 줄을 모르겠어요."

"말도 안 되는 소리 말아요. 사람 살린다고 그렇게 뛰어들 수 있는 여자가 많을 것 같아요?" 애그니스가 꾸중하듯 말했다.

"옷을 봤어야 해요. 제 마음대로 생각해버리면 안 되는 거였는데……."

애그니스가 미소 지으며 조이의 팔을 토닥였다.

"아주 고귀한 행동이었어요. 이제 그 얘긴 더 이상 말아요."

두 사람은 몇 분간 말없이 걸었다. 조이는 옷이 흠뻑 젖어 있는 상황을 못내 아쉬워하며 어떤 주제로 대화해야 좋을지 몹시 고민했다. 귀부인과는 어떤 이야기를 나누어야 할지 몰랐기 때문이다. 절대로 건드리면 안 되는 주제가 있는지, 규칙이 있는지조차도 몰랐다.

마을 쪽으로 방향을 틀자 소가 길을 막고 있었다. 한 마리가 아니었다. 얼마나 많은지 조이와 애그니스가 거의 옴짝달싹할 수조차 없을 정도였다. 소떼 한가운데서 얼굴이 시뻘건 농부가 작대기를 휘두르고 있었다.

"저런." 애그니스가 작은 소리로 중얼거렸다.

남자가 작대기로 조이를 나무라듯 가리켰다.

"당신!" 남자의 고함 소리가 소떼의 어지러운 울음소리를 눌렀다.

"당신 뛰어가는 거 봤어! 내 울타리 문을 활짝 열고 내 땅을 지나갔지! 이 난장판이 되도록. 보라고……." 남자가 작대기를 휘두르며 뒤죽박죽이 된 소떼를 향해 손짓했다.

"이게 다 당신 때문이야!"

조이는 넘어지지 않으려고 애를 쓰며 소떼를 피해 길가 담 쪽으로 바짝 붙어 섰다. 그리고 소가 말처럼 발길질을 하지는 않을까 걱정했다. 시골은 거친 곳이고 무슨 일이 벌어질지 알 수 없는 곳이었다.

"고든." 애그니스의 목소리가 대혼란을 잠재우듯 울렸다.

"순전히 내 잘못이에요. 조이에게 함께 수영하자고 말해놓고 깜빡하고 울타리에 대해서 아무 설명도 안 했지 뭐예요. 정말 미안해요. 내 정신도 참. 조이는 우리 손님인데 방금 이 동네에 도착해서 아무것도 몰랐을 거예요."

농부의 얼굴은 붉은 기를 넘어서 파랗게 질려갔다.

"상식이잖아요! 단순하고 분명한 상식이요."

"정말 죄송해요." 조이도 함께 사과했다.

정말 부끄러웠다. 하루 동안 이렇게 많은 무례를 범하다니.

"정말 몰랐어요."

애그니스는 조이의 팔을 잡고 무리에서 떨어져 나온 소들을 헤집고 갔다. 소떼는 농부의 지시에 따라 천천히 가까운 들판으로 이동하고 있었다.

"고든, 내가 사과하는 의미에서, 새로 꽃이 핀 난이 있는데 좀 나눠줄게요. 내일 갖다줄게요."

놀랍게도 농부는 누그러지는 듯했다.

"그러실 필요 없어요."

농부는 느린 말투로 대꾸하며 작대기를 이용해 소 몇 마리를 마지막으로 울타리 안에 모두 몰아넣었다. 소들은 튼튼해 보였다. 조이는 나중에 또 만나게 될 상황에 대비해 이를 기억해두기로 했다. 소들은 작대기로 꾹 찔러도 개의치 않는 것 같아 보였다.

"그런데 월요일이 틸리 생일이니까 그것도 괜찮겠네요." 농부가 울타리 문에 금속 고리를 채워 단단히 고정시키며 말했다.

"그럼 그렇게 해요." 애그니스가 말했다.

"정원 창고에 놔두고 갈게요. 고든이 준비한 깜짝 선물로 해요. 그럼 안녕히 계세요."

애그니스는 머리카락에서 물이 뚝뚝 떨어지고 있는 데다 축축하고 구겨진 옷을 입고도 조금도 품위를 잃지 않았다.

"안녕히 가세요."

말소리가 들리지 않을 만큼 멀어지자 애그니스가 속삭였다.

"사람은 좋은데 아내 생일을 꼬박꼬박 챙기는 스타일은 아니에요. 이번에는 점수 좀 따겠네."

애그니스는 조이를 데리고 서둘러 갔다. 두 사람은 이윽고 우거진 숲속 깊이 자리잡은 웅장한 석조 건물 앞에 도착했다.

"벤브로 저택이군요." 조이가 알아맞혔다.

"들어와서 몸 좀 녹여요. 나 때문에 지독한 감기에 걸리게 할 수는 없어요." 애그니스가 미소를 지으며 말했다.

"전 정말로 괜찮아요."

"들어와요. 저체온증에 걸려 몸져눕게 내버려둘 순 없지요. 앞으로 할 일이 많잖아요. 누구보다 내가 정말 그 계획을 듣고 싶어요."

안으로 들어가자 애그니스는 안나에게 차를 내오라 하겠다고, 그리고 조이가 빌려 입을 만한 옷을 가져오라 하겠다고 말했다.

"서재에서 기다리고 있어요." 애그니스가 길고 어두운 복도 끝을 가리키며 말했다.

"알겠습니다."

조이는 복도를 따라 내려가서 가만히 문을 밀었다. 조각 장식이 들어간 묵직한 문은 끼익 소리를 내며 열렸다. 커다란 정방형의 공간은 박물관에서 흔히 볼 수 있는 고풍스럽고 웅장한 분위기로 꾸며져 있었다. 높은 천장은 몰딩 장식이 되어 있었으며 어두운 바니시로 칠한 나무 바닥의 곳곳에는 색이 짙은 동양풍 양탄자가 깔려 있었다. 조이는 조용히 타오르고 있는 벽난로의 불을 보고 안도했다. 온몸이 얼어붙을 것 같았기 때문이다.

가장 놀라웠던 것은 바닥에서 서까래까지 이어진 서가였다. 새 책, 낡은 책, 문고본, 양장본 등등 종류를 가릴 것 없이 책들이 차고 넘쳐났다. 조이는 서재를 한 바퀴 돌며 여러 시대, 여러 장소에서 만들어진 여행 서적들을 살펴보았다. 이집트와 피라미드에 관한 책, 아프리카의 정글과 보르네오의 우림에 관한 책, 중국과 중국 너머의 영토들에 관한 역사적 기록도 있었다.

뉴욕을 떠나본 적 없이 살다시피 한 조이는 그렇게 다양한 지역을 방문하는 일은 상상도 할 수 없었다. 서재에는 문학 서적도 다양했다. 제인 오스틴, 오스카 와일드, 헤밍웨이의 소설, 살인 미스터리뿐만 아니라 백과사전, 다양한 언어 사전도 있었다. 책이 너무 많아서 아찔할 정도였다. 잠시 정신을 가다듬고 조이는 표지가 가죽으로 된 큰 책을 집어들었다.

"아름답죠?" 애그니스가 두 팔 가득 옷을 안고 경쾌한 발걸음으로 서재로 들어왔다.

"이걸 입어요. 복도로 나가면 욕실이 있어요."

조이는 재빨리 욕실로 들어가 젖은 운동복을 벗고 애그니스의 것으로 보이는 운동복 바지와 부드러운 캐시미어 상의를 입었다. 조이가 다시 서재로 들어갔을 때 애그니스는 소리를 내며 타들어가는 장작불 옆 가까이로 팔걸이가 있는 의자 두 개를 끌어다놓고 있었다.

"안나가 차를 내올 거예요. 그 전에 우리 이걸로 먼저 몸을 좀 녹이기로 합시다."

애그니스는 가까이 있는 쟁반에서 유리잔을 집어들고 책상 위 디캔터의 술을 따라 건넸다.

"건배." 애그니스가 말했다.

조이는 향을 맡은 다음 한 모금 마셨다.

"정말 맛있어요."

"63년산 콕번 스페셜 리저브예요. 헨리한테는 비밀이에요. 자기한테 주려고 아껴두고 있는 줄 알거든요." 애그니스의 눈동자가 반짝거렸다.

조이는 까마귀 발 같은 눈주름이나 걱정하고 있던 자신을 떠올렸다. 애그니스는 더할 나위 없이 아름다웠다.

애그니스는 포트와인을 홀짝이다가 갑자기 신이 난 아이처럼 뛰듯이 일어섰다.

"컴퓨터 좋아해요?"

"요즘은 다들 그렇죠, 뭐."

애그니스는 책상에서 번쩍이는 새 노트북 컴퓨터를 들어올리며 말했다.

"생일 선물로 받은 거예요. 정말 멋지지 않아요?"

"저도 맥이 좋아요." 조이가 대답했다.

"나도 그래요. 헨리가 바로 얼마 전에 세팅을 해줬어요. 사진을 저장해둘 수 있어서 정말 마음에 들어요." 애그니스가 흡족한 말투로 이야기하며 조이가 손자 손녀들의 사진을 볼 수 있도록 앨범을 열었다.

"아이들이 어떻게 지내고 있는지 보는 게 정말 즐거워요. 하나같이 예뻐요. 그런데 보여줄 게 또 있어요."

애그니스는 마치 새로운 장비에 막 적응해가는 사람처럼 천천히 컴퓨터를 만졌다. 그리고 마침내 순백의 눈이 있는 풍경 사진을 열었다. 눈이 쌓인 작은 들판을 둘러싼 나뭇가지들에는 서리가 무겁게 내려앉아 있었고, 중앙에는 꽁꽁 얼어붙은 투명한 회색 연못이 죽은 듯 고요하게 자리하고 있었다. 조이는 곧바로 이 연못이 그 연못임을 알았다. 오후에 부끄러운 사건이 벌어졌던 바로 그 현장이었다.

사진에는 얼음으로 뒤덮인 둑에 일렬로 선 고령의 여인 다섯 명이 있었다. 수영 모자를 푹 뒤집어쓴 사진 속 여인들은 하나같이 흠뻑 젖은 채로 겨울 추위 속에서 눈을 반짝이고 있었다.

"릴리아, 비브, 게일라, 그리고 메그." 애그니스가 말했다.

"친구분들도 겨울에 수영을 하세요?"

"50년도 넘게 해왔지요."

조이는 애그니스가 오늘 물에 잠깐 들어갔었던 것도 이제 이해가 갔다.

"언제 우리랑 같이 물에 들어가요."

"그럼 좋죠."

조이는 예의 바르게 대답했지만 동시에 절대 그럴 일은

없을 거라고 생각했다. 그래도 50년간 이어진 우정이라니 꽤 놀라웠다. 그리고 그럴 수 있었던 이유 중 하나는 보통 사람은 미친 짓이라고 여길 만한 의식을 공유한 덕분이었다. 조이는 새라와 40년 뒤에도 친구로 남아 있을지 궁금했다. 두 사람의 우정은 10년 가까이 이어진 별 뜻 없는 무관심에도 살아남았지만 의미 있는 관계를 유지하고 싶다면 친구를 영영 무시하고 살 수 없었다. 게다가 대학교 룸메이트였던 에바, 수전, 마티나와의 우정이 최근 어떻게 변했는지 염두에 둔다면 가까운 친구들과 친밀한 관계 속에서 함께 나이 들기 위해서는 무엇을 우선순위에 둘지 다시 생각해야 했다.

"그런 친구들이 있다니 운이 좋으세요." 조이가 나지막하게 말했다.

"운이 좋은 것과 아무 관계 없어요. 우리는 친구가 되기로 했고 비가 오나 눈이 오나 있는 그대로의 모습을 가지고 친구로 남기로 결정했어요. 조이도 이 친구들을 곧 만나게 될 거예요. 여기 이 사람이 릴리아예요. 릴리아의 사위가 바로 이언 맥코맥이죠. 스탠웨이 저택의 관리인. 아직 안 만났어요?"

"만났어요."

"참 좋은 사람인데, 안됐어요."

"안되다니요?" 조이가 애그니스를 바라보았다.

"이언의 아내, 그러니까 릴리아의 딸 케이트는 차 사고로 죽었어요." 애그니스가 다음 사진으로 넘어가며 말을 이었다.

"이제 9년인가 10년 됐지요. 딸아이와 이언만 남기고 갔죠." 애그니스가 고개를 가로저으며 말을 멈추었다.

"힘들었어요. 아주 힘들었지요."

"릴리의 엄마가요? 정말 안됐네요."

"릴리아는 딸 이야기는 절대 꺼내지 않아요. 수영으로 아픔을 달래죠. 여기 있는 이 친구는 메그 롤랜드, 뛰어난 작가이자 역사가." 애그니스는 뒤로 돌아 의자 뒤에 있는 책장에서 검은 장정의 책 한 권을 꺼냈다.

"이걸 썼어요."

조이는 책을 받아 표지를 훑어보았다. 어린 남자아이 다섯이 허세 넘치는 모험가로 분장하고 포즈를 취한 갈색 사진이 보였다.

"무엇에 관한 책인가요?" 조이가 물었다.

"J. M. 배리."

"말도 안 돼요! 제가 요즘 그 작가에 대한 온갖 책을 읽고 있던 참이거든요. 정말 대단한 삶을 살았더군요."

"그렇다면 그가 휴가를 종종 스탠웨이 저택에서 보냈다는 사실도 알고 있겠네요. 표지에 있는 아이들은 르웰린 데이비스 집안 아이들이에요. 스탠웨이 저택을 소유한 가문이었죠. 이 아이들의 아버지가 세상을 떠나자 배리는 친아버지처럼 아이들을 돌봤어요."

“저도 그쪽으로 알아보던 중이었어요. 건물을 수리할 때 어떤 방식으로든 배리에게 경의를 표하고자 해요.”

“경의를 표한다고? 어떻게요?”

“배리의 이름을 딴 특별한 방을 디자인한다든가 하는 식으로요. 배리의 정신을 환기시키는.”

“그것 참 좋은 생각이네요. 마을 사람들 중에 분명 좋아할 사람들이 있을 거예요…….”

“그 책은 전기인가요?” 조이가 물었다.

“배리는 신시아 애스퀴스와 그 집안과 가까웠어요.” 애그니스가 설명했다.

“메그는 둘 사이에 오갔던 편지들을 입수했고 그 시대를 몹시 흥미로운 역사로 재구성했지요. 배리도 수영을 좋아했답니다. 불쌍한 마이클이 익사하기 전까지는.”

“마이클이요?” 조이는 혼란스러워졌다. 마이클은 『피터 팬』의 등장인물이 아니던가?

“책에 나오는 마이클이요?”

애그니스는 자기도 이해할 수 없다는 듯 어깨를 으쓱했다.

“메그도 『피터 팬』의 ‘길 잃은 아이들’과 르웰린 데이비스 집안 아이들이 연관성이 있다고 결론짓고 있어요. 배리는 특히 마이클과 가까웠는데 스물한 번째 생일 직전 옥스퍼드에서 익사했어요. 비극이죠.”

“그게 책의 내용인가요?” 조이가 물었다.

“부분적으로는. 한번 읽어봐요.”

"이분은 누구죠?"

조이는 포트와인을 한 모금 더 들이켜며 컴퓨터 화면에 뜬 또 다른 사진을 가리켰다.

"게일라 골드스틴."

"굉장한 이름이네요. 새로 개량한 사과 품종 같아요."

애그니스가 웃음을 터뜨렸다.

"정말 그렇네요."

그러나 애그니스의 표정은 곧 심각해졌고, 이어진 애그니스의 말에 조이는 이름을 가지고 농담한 것을 후회했다.

"게일라는 아우슈비츠에 있었어요. 온 가족이 눈앞에서 죽임을 당하는 걸 목격했지요. 당시 겨우 여덟 살이었어요. 정말 대단한 친구죠. 대단하고말고."

"다들 대단하세요." 조이가 나직하게 말했다.

"대단히 늙었죠!" 애그니스가 장난스럽게 말했다.

바로 그때 한 여자가 차를 담은 쟁반을 들고 문간에 나타났다. 애그니스가 자리에서 일어나 컴퓨터를 책상에 놓는 동안 조이는 쟁반 놓을 공간을 마련하느라고 책을 치웠다. 표지 안쪽에는 메그의 헌정 글귀가 쓰여 있었다.

"J. M. 배리 여성수영클럽에 바칩니다."

*

릴리는 애그니스의 자동차가 자갈길을 지나가는 소리를 들은 것이 분명했다. 애그니스의 벤틀리가 조이를 내려주고 길을 떠나자마자 릴리가 사택 현관에 모습을 드러냈기 때문이다. 조이는 다시 한 번 릴리의 눈동자 색깔에 감탄했다. 그러나 릴리는 탐탁지 않은 표정으로 조이를 바라보고 있었다.

"개가 짖고 있었어요."

"그래?"

"집 옆을 지나가는데 다 들렸어요."

릴리가 자갈길을 건너오기 시작했고 조이는 신발끈에 묶어두었던 열쇠를 풀어 자물쇠에 넣었다.

"짖고 있었니, 아니면 청승맞게 울부짖고 있었니?" 조이가 물었다.

"울부짖는 것 같았어요." 릴리가 확인해주었다.

조이는 고개를 끄덕이며 웃음을 지었다.

"나한테 화가 난 거야. 내가 얼마나 잔인하고 무관심한 주인인지 온 세상에 알리려는 거지."

"왜요?" 릴리가 차분하게 물었다.

"왜기는?" 조이가 무거운 현관문을 열며 대꾸했다.

"왜 아줌마한테 화가 났어요?"

"내가 떼어놓고 조깅을 다녀왔거든."

"평소에는 데리고 다니세요?"

"그렇지. 그런데 어젯밤에 좀 아팠어. 내가 소시지와 계란을 줘서 그런지 몰라도. 그래서 좀 더 자게 내버려뒀지."

릴리가 고개를 끄덕였다. 릴리는 이야기를 더 하고 싶

은 듯이 서성거렸다.

"들어가도 돼요?"

조이가 발길을 멈추고 릴리를 돌아보았다.

"물론이지. 아빠 허락만 있다면."

"아빠 허락이 왜 필요해요? 전 다섯 살 어린애가 아니라고요. 아줌마 변태는 아니죠? 도끼 살인자거나?"

"아니야."

"그럼 됐어요." 릴리가 어깨를 으쓱하며 말했다.

"그래, 그럼 됐어." 조이가 릴리의 말을 되풀이했다.

두 사람은 저택 안으로 들어갔고 조이가 문을 닫았다.

"이곳은 네가 나보다 더 잘 알겠지."

"맞아요." 릴리가 말했다.

릴리는 조이를 따라 현관홀로 들어서더니 걸음을 멈추고 주위를 둘러보았다. 표정이 어두워진 릴리가 고개를 절레절레 흔들었다.

"다 사라졌어요."

"트레이시 집안 사람들이 이사 갈 때 거의 다 가져갔어."

"알아요. 그때 저도 있었어요."

릴리는 조이를 빤히 쳐다보았다. 조이는 입을 다물었다. 다가올 변화를 받아들이기가 이언에게도 힘든 일일 테지만 릴리에게는 더욱 힘들 터였다. 릴리는 아이 취급을 받기 싫다는 말투였지만 조이는 사춘기 아이의 예민한 태도 밑에 깔린 아픔을 감지할 수 있었다.

"그 집안하고 가깝게 지냈니?" 조이가 물었다.

"아니요." 릴리가 쏘아붙이듯 대답했다. 그리고 얼마 후 덧붙였다.

"트레이시 경은 별로였어요. 어딘가 항상 화가 나 있었죠. 엘레노어 부인은 괜찮았어요."

조이가 고개를 끄덕였다. 텅 비다시피 한 현관홀을 바라보는 릴리의 눈빛을 따라가면서 조이는 나이 든 트레이시 부부와 장성한 자식들이 남의 손에 집을 넘기기에 앞서 그들에게 조금이라도 의미 있는 짐을 하나하나 꾸리는 우울한 광경을 상상했다. 그렇지만 이 집은 릴리의 유년 시절의 일부이기도 했다.

두 사람은 홀을 가로질러 큰 계단 앞에 다다랐다. 릴리가 숨을 멈추었다.

"왜 그래?" 조이가 물었다.

"공주 그림이요." 릴리는 계단참 위로 문제의 그림이 걸려 있었던 것으로 보이는 빈자리를 가리켰다.

"공주라니, 누구?"

"진짜 공주는 아니었어요." 릴리가 갑자기 다시 새침한 사춘기 아이의 모습으로 돌아와 말했다.

"그냥 멋진 드레스를 입은 여자애 그림이었어요. 머리가 정말 예쁜 빨강이었는데."

"네 머리야말로 정말 예뻐."

"전 제 머리 진짜 싫어요." 릴리가 계단을 올라가다 말고 멈추어 서서는 조이를 바라보며 말했다.

"뭐? 왜? 내가 사는 동네 사람들은 그런 머리색을 가질 수 있다면 뭐든 할걸?"

"내년에 열여섯 살 되면 검게 염색할 거예요. 그때는 아빠도 말릴 수 없어요."

"안 돼!" 조이가 날카로운 목소리로 말했다.

"염색하면 안 돼! 사람들이 네 머리색 같은 구릿빛 줄무늬를 얻기 위해 부분 염색을 하느라고 얼마나 애쓰는 줄 아니? 염색하지 않겠다고 약속해줘!"

"그럴 순 없어요!" 릴리가 말했다.

그러나 조이는 릴리의 얼굴에 스치는 아주 희미한 미소를 눈치챘다.

두 사람은 2층 홀에 다다라 조이가 머무는 방으로 향했다. 발소리를 들은 팅크가 정신없이 짖어대기 시작했다. 조이와 릴리는 문 앞에서 잠시 머뭇거렸다.

"마가렛 부인과는 아는 사이였니?"

"조금요."

목소리가 들리자 팅크가 한결 요란하게 짖어댔다. 문이 열리자 팅크가 이동장에서 쏜살같이 튀어나왔고 릴리는 바닥에 웅크리고 앉아 처음으로 환한 미소를 보여주었다. 팅크가 릴리의 얼굴을 핥으며 무릎에 올라가려고 애썼다.

"너무너무 사랑스럽고 착해요."

조이가 미소를 지었다.

"네가 좋은가 봐. 괜찮으면 얼른 씻고 나올게. 연못 찌꺼기가 묻었어."

"연못 찌꺼기요? 설마 할머니랑 수영하러 들어간 건 아니죠? 할머니는 제정신이 아니에요. 그 할머니들 다 똑같이 제정신이 아니에요."

"너희 할머니는 안 계셨어. 이따가 자세히 얘기해줄게."

릴리는 고개를 끄덕이며 무심하게 방 안을 둘러보았다. 그러고는 조이를 따라 침실로 들어왔다.

"맙소사. 이거 아줌마 거예요?"

릴리가 무릎을 꿇고 조이의 스웨이드 펜디 부츠 한 짝을 집어들었다.

"이거 정말 멋져요! 진짜 갖고 싶……."

"신어봐." 조이가 웃으며 말했다.

"정말요?"

"그럼."

릴리가 운동화와 양말을 벗었다.

"사이즈가 몇이에요?"

"미국 사이즈로 8이니까…… 영국 사이즈로 7 정도?"

조이가 욕실로 향했다.

"금방 씻고 올게."

"천천히 하세요." 릴리가 여기저기 흩어진 조이의 옷과 화장품에 눈독을 들이며 말했다.

씻으니 기분이 무척 좋았다. 조이가 수건으로 머리를

말리며 침실로 돌아왔을 때 놀랍게도 릴리는 화장대 앞에 앉아 온갖 병에 든 크림과 튜브의 색조 화장품을 발라보고 있었다. 조이의 부츠도 신고 있었다.

릴리가 조이를 쳐다보며 물었다.

"저 어때요?"

'아주 귀엽고 예쁜 광대 같지.' 조이는 속으로 생각했다.

"진실을 듣고 싶은 게 아니면 내 의견은 묻지 말아줘." 조이가 말했다.

"듣고 싶어요!" 릴리가 소리쳤다.

조이는 고개를 끄덕이고서 릴리와 함께 화장대 앞 의자에 앉았다. 릴리의 턱을 가볍게 쥔 조이는 자연광 아래 릴리의 얼굴이 보이도록 얼굴을 창 쪽으로 돌렸다. 그리고 잠시 생각에 잠긴 듯하다가 말했다.

"아이라이너가 너무 진해. 초록이 도는 회색이나 자두색 아이라이너가 있어야 눈동자의 초록색이 돋보일 거야. 검정 마스카라도 너무 진해. 네 피부색에는 짙은 갈색이 더 잘 어울릴 거야."

릴리가 신뢰하는 표정으로 고개를 끄덕이며 다시 거울로 눈길을 돌렸다.

"립스틱은 어때요?"

조이가 새로 산 샤넬 립스틱은 릴리에게 전혀 어울리지 않았다.

"완벽하지는 않아." 조이가 부드럽게 말했다.

"이 립스틱의 시원한 색조 때문에 피부가 창백해 보여. 하지만 산호색이 들어간 립스틱을 쓴다면 피부색을 돋보이게 해줄 거야."

"그래요?"

"원한다면 언제 화장품 사러 같이 가자. 객관적인 의견을 들으면 도움이 많이 되니까."

"정말요? 언제요?"

"언제든. 부츠는 잘 맞아?" 조이가 어깨를 으쓱하며 말했다.

릴리가 부츠를 내려다보았다.

"아직 헐렁하지만 발이 크면 맞겠죠."

"꿈도 크시네." 조이가 장난스럽게 받아쳤다.

9

피아트 한 대가 아치를 지나 집 앞에 섰다. 키가 훤칠한 마시모 포르티넬리가 차에서 내려 몸을 펼치더니 서둘러 인사를 하러 왔다. 흐트러진 머리카락은 희끗희끗했고 그 길이로 보아 지난 몇 달간 머리를 자를 새가 없었거나 일부러 섹시한 이탈리아 영화배우 비슷하게 외모를 가꾸고 있는 것 같았다. 반면 올리브색 재킷과 나긋나긋한 가죽 부츠는 꽤 평범했다. 그럼에도 그것들은 매우 뚜렷한 메시지를 드러내고 있었다. 나는 언제나 최고만을 구입한다는 메시지였다.

"안녕하세요, 안녕하세요!" 마시모가 설계도면이 든 원통 가방과 휴대 전화, 코냑 색깔 가죽으로 된 작은 수첩을 떨어뜨리지 않으려고 애쓰며 외쳤다.

"기다리게 해서 미안합니다. 용서하세요!"

"늦지 않았어요. 제시간에 오셨어요." 조이가 말했다.

"일단 전화기부터 끕시다." 마시모가 손가락을 들어 보이며 말하고는 과장된 동작으로 휴대 전화를 끈 뒤 주머니에 넣었다.

"사무실에서 연락할 일이 있으면 어떻게 해요?" 조이가 물었다.

"기다려야죠." 마시모가 단호하게 말했다.

"전 다른 사람과 있을 땐 전화 안 받아요. 우리 애가 아주 중요한 일로 전화를 한다면 모를까. 아무튼 루빈 씨, 드디어 만나 뵙게 됐군요."

마시모가 루빈의 양 볼에 차례로 따뜻하게 입을 맞추었다. 조이는 자기도 모르게 환하게 웃었다.

"이언 맥코맥 씨와는 구면이세요?"

"처음 뵙습니다." 마시모가 이언의 손을 잡고 세차게 흔들며 대답했다.

"하지만 말씀은 많이 들었습니다."

"무슨 말을 하던가요?" 이언이 조심스럽게 물었다.

마시모는 생각 없이 꺼낸 말을 후회하는 듯했지만 이제 와서 어쩔 수 없다는 듯 두 손을 들었다.

"맥코맥 씨가 아니었다면 50마일, 아니 100마일 내에 스탠웨이 저택과……." 여기서 마시모는 비밀 이야기라도 하듯 속삭였다.

"그 주인집을 관리할 수 있는 사람은 없었을 거라는 말을 들었습니다. 쓸데없는 말을 한 것은 아닌지, 그렇다면 미안합니다."

이언은 이 말에 자기도 모르게 마음이 좀 풀리는 것 같았다.

"괜찮습니다."

"정말 멋진 집안이죠. 멋졌어요." 마시모가 말을 이어갔다. "학교에 너그럽게 기부도 하고 마을 일에도 관대하게 나섰지만 아주 조금은 인색하지 않았나 싶은데, 안 그렇습니까? 이렇게 중요한 기념비적 건축을 관리하는 데만큼은 말이죠?"

마시모가 황홀한 얼굴로 저택을 올려다보았다.

"돈을 낭비하지는 않았어요. 그 정도로만 해두죠." 이언이 대꾸했다.

그러자 마시모도 계속했다.

"그렇지만 그쪽 편을 들어주자면 우리가 되돌려놓아야 할 어떠한 행위도 하지 않았어요, 그렇죠? 그 점에 대해서만큼은……."

이 시점에서 마시모는 한 손을 가슴에 대고 두 눈을 하늘로 향했다.

"감사합니다."

조이가 웃는 얼굴로 한숨을 쉬면서 이언을 흘깃 바라보았다. 이언은 호기심 가득한 표정으로 감정 표현이 확실한 마시모를 빤히 쳐다보고 있었다.

"주방에서 회의를 하면 어떨까 해요." 조이가 제안했다.

"커피를 만들어놨고 논의해야 할 내용도 목록으로 정리해놨어요. 일단 이야기를 좀 나누고 나서 이언 씨가 저택과 부지를 전체적으로 구경시켜주면 어때요?"

이언이 동의하는 의미에서 어깨를 으쓱했다.

"목록에는 항목이 몇 개쯤 있습니까?" 마시모가 히죽 웃으며 물었다.

"적어도 백 개는 돼요!"

조이의 말에 이언이 앓는 소리를 냈다.

"오늘 다 할 건 아니에요." 조이가 재빨리 덧붙였다.

"마시모 씨는 이틀간 여기 계실 거죠?"

"필요하다면 더 있겠습니다." 마시모가 예의 바르게 대답했다.

조이는 어쩌다 정반대의 두 사람과 업무 관계를 맺게 되었는지 신기하기만 했다. 이언과 마시모 사이는 말 그대로 천양지차였다.

한 시간 반이 지난 후, 커피를 다 마시고 두 쪽짜리 분량의 목록을 우선순위에 따라 정리한 이언과 마시모, 조이는 재건축이 예정된 부속 건물 가운데 하나를 점검하러 나섰다. 부지의 가장 바깥쪽에 자리한 석조 건물로 한때 외양간이었다. 이 건물은 방이 여러 개 있는 임대용 객실 네 채로 개조될 예정이었다.

"저쪽 구석과 뒷벽이 많이 삭았어요." 이언이 손으로 가리키면서 말했다.

"기초가 부서지면서 가라앉고 있어요."

마시모가 얼굴을 찌푸린 채 고개를 끄덕이며 건물 안을 가로질러 갔다. 그리고 창밖을 내다보면서 지적했다.

"냇물이 굉장히 가깝네요. 바닥이 아주 축축해요."

마시모가 이언을 돌아보며 물었다.

"건물을 사용하지 않은 지 몇 년이나 되었나요?"

"적어도 10년, 15년은 됐을 거예요. 농기구를 보관하는 창고로 썼었지만 지붕에 문제가 생기기 시작하자……."

마시모와 조이가 고개를 들어 위를 보았다. 당장 무너질 것 같지는 않았지만 지붕에 들쭉날쭉한 크기로 난 각양각색의 구멍을 통해 잿빛 하늘이 조각조각 드러나 있었다.

"지붕의 돌기와를 무엇으로 고정했는지 아시죠?" 이언이 물었다.

"처음 건축했을 당시 말입니다."

이언은 약간의 의심이 담긴 눈초리로 마시모를 바라보는 듯했고 조이는 이 질문이 일종의 시험인가 싶었다. 마시모가 미소를 지었다. 알 듯하다는 표정이었다. 하지만 이언에게 설명할 기회를 양보했다.

"양의 등뼈로 했어요."

"이탈리아에서도 그렇게 했고요." 마시모가 동조했다.

"그래요?" 조이가 마시모를 흘깃 쳐다보자 그가 고개를 끄덕였다.

"어떻게 고정했죠?"

조이의 물음에 마시모가 이언을 향해 고갯짓을 하며 설명하도록 했다.

"양의 등뼈가 쐐기 모양이라서 무거운 돌기와를 고정하는 역할을 했어요. 지금 저 지붕을 분해한다면 등뼈 하나하나가 기와하고 나란히 줄지어 있는 모양을 볼 수 있을 거예요."

마시모가 관자놀이를 톡톡 치며 이언에게 고개를 끄덕였다.

"대단하시네요. 그걸 아는 영국인은 처음 만났어요. 조이, 이런 분의 도움을 받다니 우리는 엄청 운이 좋은 겁니다."

이언은 부끄러운 듯 칭찬을 사양했지만 조이는 그의 얼굴에 비치는 엷은 미소를 본 것 같았다.

*

2시 반이 되자 마시모는 자기가 마을에서 가장 좋아하는 식당이 있다며 점심을 먹으러 가자고 한사코 우겼다.

"진짜 이탈리아 음식을 하는 곳이에요."

이언은 거절하려고 몹시 애를 썼다. 한 시간 정도 있으면 릴리가 학교에서 돌아와 아빠를 찾을 거라고 했다. 그러나 마시모는 어떤 핑계도 받아들이지 않았다. 4시 전까진 꼭 돌아올 거라며 그 자리에서 식당에 전화를 걸어 문을 닫지 말라고 간절히 부탁하고는 곧바로 점심 주문을 넣었다. 신나게 떠드는 것으로 보아 단골인 모양이었다.

그런데 조이와 이언이 테이블에 자리하고 앉아 마시모를 기다리려니 정작 마시모한테 사무실로부터 연락이 온 듯했다. 마시모는 식당 앞 인도를 왔다 갔다 하면서 전화 상대와 열띤 대화를 나누고 있었다. 테이블에는 전채 요리 세 가지가 이미 놓여 있었다. 참치, 계란, 올리브, 감자가 들어간 샐러드와 와인에 졸인 홍합 한 접시, 그리고 토마토, 바질, 양파가 잔뜩 올라간 치아바타 토스트. 조이는 화이트 와인을 홀짝이고 있었고 결국 식당에서 점심 식사를 하는 데 동의하고 만 이언은 키안티 와인 한 잔을 주문했다.

"마시모 씨가 어디가 그렇게 마음에 안 들어요?" 조이가 조용히 물었다.

"전 그 사람한테 아무 감정 없어요." 이언이 숟가락으로 앞접시에 샐러드를 옮기며 대답했다.

"제가 받은 인상은 그게 아닌데요."

이언이 어깨를 으쓱하며 샐러드를 한입 먹고는 고개를 저었다.

"제가 모르는 게 있어요? 얘기 좀 해주세요!"

이언은 한동안 말없이 음식을 씹으며 조이의 표정을 살폈다. 그러고는 말없이 포크를 내려놓고 헛기침을 했다.

"일을 굉장히 잘하죠." 이언이 딱 잘라 말했다.

"그렇죠. 그래서요."

"그리고 모두들 마시모 씨 아내도 좋아해요."

조이는 이언이 말을 잇기를 기다렸다.

"그런데 뭐가 어떻다는 거죠? 제발요, 전 도움이 필요해요."

"알았어요, 알았다고요! 문제는 단지 다른 사람들이 회사 문을 닫아야 했다는 점이에요."

"다른 시공업자들이요?"

이언이 고개를 끄덕였다.

"다른 회사를 망하게 했다는 건가요?"

"의도적으로 그런 건 아니죠. 사실 루시언 브라이드와 해리 더글래스는 경쟁사 사람이었지만 마시모가 고용하기까지 했어요."

"회사는 어떻게 됐는데요?"

"경쟁 상대가 되지 않았어요. 다들 포르티넬리 사와 일하기 시작했으니까요. 물론 다 그런 건 아니에요. 지역 사람들은 대체로 의리를 지켰지요. 그렇지만 새로 들어온 자본이나 별장을 수리하려는 사람들, 주말마다 찾아오는 외지 사람들 일은 다 마시모한테 갔어요."

"왜요? 마시모가 훨씬 낮은 가격을 매겼나요?"

"아니요. 아닐 거예요. 아주 싸지는 않았을 거예요."

"더 빨랐나요?"

"빨랐죠. 게다가 마시모가 현장을 굉장히 보기 좋게 관리한다고 다들 말하니까요."

"그게 무슨 뜻이죠?"

"밤에 현장을 지나가도 깨끗하게 비질이 되어 있고 쓰레기는 모아서 안 보이는 곳에 둔대요. 공사가 끝나기 전인데도 아주 깔끔하다는 거죠."

"저도 그 얘기는 들었어요. 그러면 뻔뻔스럽게 자기 일을 잘한다고 해서 미워하는 거예요? 그게 어디 그 사람 잘못인가요?"

"인터넷에 광고도 한대요."

조이는 짧게나마 소리 내어 웃지 않을 수 없었다.

"저런, 감옥에 보내야겠네요."

이언은 웃지 않았다.

"여긴 작은 동네예요. 더글래스와 브라이드 씨 회사는 역사가 오래됐죠. 그런데 가족을 부양해오던 사람들이 갑자기 회사 문을 닫고 다른 사람 밑에서 일하게 되었다고 생각해봐요. 영어도 거의 못하는 사람 밑에서 말이에요."

"그건 사실이 아니에요. 아시잖아요."

조이가 와인을 한 모금 마시고 앞접시에 홍합을 몇 개 덜었다.

잠시 불편한 침묵이 이어졌다. 두 사람은 생각에 잠겨 말없이 천천히 식사만 했다.

"만약 그쪽이 스탠웨이 저택의 보존과 보수를 담당하고 있다면, 만약 결정권이 그쪽에게 있다면……."

조이는 이언이 자기 말뜻을 이해하기 바라면서 몸을 앞

으로 기울였다. 이언은 알아들었을지 몰라도 아무런 티를 내지 않았다.

"그렇다면 더글래스 씨나 브라이드 씨가 일을 잘해내리라고 자신할 수 있을 것 같아요?"

이언이 자세를 고쳐 등받이에 등을 대고 앉았다.

"혼자서요?"

"혼자서든 하청업자들과 함께든요. 이언이라면 이 정도 규모의 사업을 그 사람들한테 맡겼을까요?"

이언은 곤혹스러워하며 시선을 돌렸다.

"대답해주세요. 전 이언 씨 의견을 중요하게 생각해요. 제가 지금 실수를 하고 있다면 너무 늦기 전에 알아야 해요."

이언이 긴 한숨을 내쉬었다.

"실수하시는 거 아니에요. 이 지역에는 아마 마시모만한 사람이 없을 거예요. 그래도 사람들은 루크와 해리 처지를 안타까워해요."

"알겠어요." 조이가 속삭였다.

환한 웃음을 지으며 문간에 나타난 마시모가 서둘러 다가오고 있었다.

"미안합니다. 벌써 시작하셨군요. 맛있게 드십시오!"

마시모가 자리에 앉았다.

"식사 중엔 일 얘기 하지 맙시다. 한마디도. 소화에 나빠요."

마시모는 냅킨을 풀어 무릎에 올려놓고 와인을 한 모금

마셨다.

"우리 사는 애기나 합시다. 일 얘기 말고. 조이는 뉴욕에 살지요? 집이 어디에요?"

"어퍼 이스트 사이드예요. 맨해튼을 잘 아세요?"

"잘 몰라요. 그렇지만 정말 좋아해요! 이언은 맨해튼에 가봤어요?"

이언이 고개를 가로저었다.

"주택에 사시나요? 아니면 아파트?"

"아파트에 살아요. 어릴 때부터 살았던 아파트인데 엄마는 오래전에 돌아가셨고 아빠는 재혼해서 플로리다로 이사를 가셨어요."

마시모가 슬픈 표정을 지었다.

"그럼 뉴욕에서 쓸쓸하게 혼자 살아요? 형제는 없어요?"

"일 때문에 쓸쓸할 틈도 없어요."

마시모가 웃는 얼굴로 고개를 끄덕였다. 조이의 처지가 아주 별나지는 않더라도 꽤 특이하다고 생각하는 듯했지만 한편으로 업무 관계에서 지켜야 할 예의 차원에서 개인적인 질문을 삼가는 것 같았다. 마시모는 고개를 끄덕이며 잠시 이언을 쳐다보았다가 다시 조이를 보았다.

마시모가 자기 접시에 홍합을 덜고 나서 그릇을 돌렸다.

"정말 맛있어요. 라고 디 가르다로 신혼여행을 갔을 때가 생각나네요. 두 분 다 거기는 꼭 한번 가보세요."

10

조이는 무거운 현관문을 닫고 잠갔다. 이미 하루 할 일을 충분히 마친 뒤였고 긴 점심 식사로 배가 부른 데다 잠이 왔다. 침대에서 낮잠을 자고 싶은 마음도 있었지만 일어나면 나른하고 기분이 언짢을 것 같았다. 달리기를 하러 나가기로 했다.

조이는 낮게 깔린 잿빛 하늘을 쳐다보았다. 영국의 추위는 뉴욕의 추위와는 다르게 느껴졌다. 뉴욕에서는 언제나 택시를 타고 다니기도 했을뿐더러 도심의 높은 건물들이 최악의 바람은 막아주었기 때문인 것 같기도 했다. 어쨌든 영국의 추위는 축축하고 살을 파고드는 느낌이었다. 조이는 심호흡을 하고 느린 속도로 달리기 시작하며 몸을 풀었다.

팅크를 두고 나가려니 조금 미안했지만 일어나서 벌써

두 번이나 데리고 나갔다 온 데다 조이는 혼자 있고 싶었다. 생각할 게 정말 많았다. 점심 식사 중에 마시모, 이언과 논의했던 문제들만 해도…… 뛰다 보면 늘 머릿속이 어느새 정리되곤 했다. 오늘은 뛰면서 이언에 대한 여러 상반되는 감정도 정리되기를 바랐다. 이언은 매우 부정적이고 냉소적이면서도 분명히 유머 감각이 있었다. 적의가 느껴질 때도 있었지만 이언이 건네는 말은 때때로 조이가 일을 제대로 하고 있다는 뜻으로 들리기도 했다.

속도를 올리자 근육이 따뜻해지면서 풀리는 것 같았다. 뭉치고 꼬였던 부분들이 느슨해지면서 편안해지기 시작했다. 처음에 매섭게 느껴졌던 추위는 이제 전혀 괴롭지 않았다. 얼핏 시계를 보니 5킬로 가까이 뛴 것 같은데 알고 보니 애그니스의 연못이 있는 지역이었다.

전과 다른 길로 온 탓이었다. 이전에는 남서쪽이 아닌 북동쪽에서 접근했기에 위치를 제대로 가늠할 수 없었다. 그렇지만 왼쪽으로 보이는 들판이 낯익었고 연못이 가까운 게 분명했다.

조이는 달리기를 멈추고 작은 구름 같은 입김을 내뿜었다. 대체로 고요한 가운데 바람에 실린 웃음소리가 들려왔다. 조이는 충동에 이끌려 빽빽한 숲속으로 나 있는, 정돈이 잘된 오솔길로 달리기 시작했다. 웃음소리와 목소리는 점점 커졌고 어느새 조이는 연못이 내려다보이는 언덕 위에 서 있었다.

그 전날 조이는 두려움과 넘치는 아드레날린 탓에 제대로 보지 못했다. 익사하고 있다고 여겨졌던 여자에게 온 정신이 쏠려 있었고 애그니스가 물 밖으로 나온 뒤에도 조이는 수치와 혼란에 사로잡혀 주변을 자세히 돌아볼 겨를이 없었다.

조이는 숨을 멈추었다. 지금 눈앞에 펼쳐진 광경은 전혀 다른 세계의 모습으로 어른거리고 있었다. 눈부신 신기루에 가까웠다. 초록과 금빛 갈색으로 에워싸인 채 구름 사이로 새어든 햇빛 줄기에 빛나고 있는 넓은 수면은 일부가 아주 얇은 얼음으로 덮여 있었고, 얼마나 잠잠한지 마치 자연이 숨을 멈추고 있는 듯했다. 주변으로는 자작나무와 버드나무가 버티고 서 있었다.

조이는 모든 게 꿈인 것 같다는 말도 안 되는 생각이 들었다. 한 걸음만 더 다가가면 연못은 감쪽같이 사라질 것 같았다. 그러나 확신하건대 목소리는 진짜였다. 목소리가 진짜라면 이 눈부신 환영도 진짜여야 했다.

관목과 늘어진 가지들을 헤치며 언덕을 내려가자 곧 연못 전체가 한눈에 들어왔다. 애그니스도 보였다. 힘찬 동작으로 헤엄을 치면서 애그니스는 동료와 나란히 얼음이 얼지 않은 수면을 우아하게 미끄러져갔다. 이끼로 뒤덮인 오래된 잔교가 동동 떠 있는 연못가 쪽에서는 요정 같은 여자가 자맥질을 즐기고 있었다. 조이는 발걸음을 멈추고 미소 지었다. 여자들은 파도 속을 노니는 세 인어 같았다.

몇 걸음 더 다가가자 오른쪽으로 키가 작고 통통한 여자가 보였다. 여자는 장대로 수면의 얇은 얼음을 깨고 있었다. 그 덕분에 수영이 가능했던 것이다.

투박하게 지은 오두막 옆 벤치에는 빛바랜 빨강 머리의 또 다른 여자가 앉아 있었다. 여자는 옷이라기보다 이불처럼 보이는 무언가를 싸매고 있었다. 뜨개질을 하고 있는 것 같았다. 체리 색의 두꺼운 털실이 가방에서 위로 빠져나와 있었다.

"스웨터예요." 여자가 마치 조이의 마음을 읽고 있다는 듯 말했다. 그런 다음에야 뜨개질을 멈추고 고개를 들었다.

"길을 잃었나요? 도움이 필요해요?"

"아니요. 전 애그니스 친구예요. 그냥……."

"그 미국 여자? 스탠웨이 저택을 망치러 온?"

조이는 당황했다.

"망치는 게 아니에요. 저희는 그저……."

"농담이에요. 망칠 리 없죠! 벼랑 끝에 놓인 구닥다리 집을 구하러 온 건데요! 난 비브예요. 그쪽은?"

"조이예요. 만나서 반갑습니다."

애그니스의 친구라고 하기엔 비브가 굉장히 젊어 보였다. 60대 초반쯤?

"조이!" 애그니스가 외쳤다.

조이가 돌아보니 애그니스는 잠시 수영을 멈추고 물속에 몸을 담근 채 서 있었다. 요정같이 생긴 여자도 연못가로 와 조이 쪽으로 다가섰다.

"오늘은 물이 아주 따듯해." 요정 같은 여자가 무심히 말하면서 아주 오래되어 보이는 수영모의 턱 끈을 풀었다.

여자가 조이에게 손을 내밀었다.

"메그예요. 메그 롤랜드."

"책을 쓰셨죠? 어제 읽기 시작했어요." 조이가 말했다.

"배리가 스탠웨이 저택에서 어떤 시간을 보냈는지 무척 궁금해요."

"14, 16, 17장에 있어요." 메그가 대꾸했다.

"14장은 1차 대전 이후 배리와 스탠웨이 저택 가족 간의 관계에 대한 내용이고 16, 17장은 배리의 크리켓 팀 알라카배리스에 관한 내용이에요. 굉장한 팀이었죠."

"그래요?"

조이는 배리가 저택 부지 내에 있는 크리켓 파빌리온을 지었다는 사실은 알았지만 팀이 있는 줄은 몰랐다.

"그럼요. 문학계의 유명 인사들이 전부 다 그 팀에 있었죠. H. G. 웰스나 코난 도일, A. A. 밀른, P. G. 우드하우스."

"그만해!" 비브가 갑자기 끼어들더니 과장된 손짓으로 뜨개질을 끝내고는 조이를 바라보았다.

"조이는 수영을 하러 왔다고. 문학을 논하러 온 게 아니라. 물속에 들어갈 거죠?"

"저요? 아니요! 전 수영복도 없어요." 조이는 핑곗거리가 있음에 감사하며 대답했다.

"걱정 말아요." 비브가 대답했다.

"안에 서너 개는 있어요. 언제 손님이 올지 모르니까요."

조이는 물을 흘깃 내려다보았다. 애그니스는 다시 계속해서 몇 바퀴를 돌고 있었는데 전혀 힘들어 보이지가 않았다. 조이도 사실 좀 끌리기는 했다. 해가 나와 공기도 조금 따뜻해진 것 같았다. 잊지 못할 경험이 될 것은 분명했다. 게다가 나이 든 여자 다섯이 할 수 있다면 힘들어봤자 얼마나 힘들겠는가 싶기도 했다. 애그니스를 구해야 한다는 생각으로 물속에 뛰어들었을 때 이미 한 번은 용기를 냈었고 그때 기억으론 물이 그렇게 차갑지 않았던 것도 같았다.

물에 들어갈 생각을 하는 진짜 이유는 따로 있었다. 자신보다 나이가 세 배는 많은 여자들이 거의 날마다 하는 일에 도전해보지도 않고 물러선다는 건 조이에게 있을 수 없는 일이었다.

"겁쟁이!"

조이가 깜짝 놀라 돌아보았다. 장대를 든 여자가 한 말이었다. 여자는 히죽 웃고 있었다.

"저쪽은 게일라예요." 비브가 설명했다.

"게일라, 예의 바르게 굴어. 딱한 이 아가씨한테도 생각할 시간을 좀 줘야지!"

"절대로 안 할걸?" 게일라가 외쳤다.

이 말이 결국 도전을 부추기고 있다는 사실을 다들 너

무나도 잘 알고 있는 듯했다. 거기다 조이는 한 번도 도전에 응하지 않은 적이 없었다.

"두고 보시죠." 조이가 받아쳤다.

조이는 물이 밀려들고 있는 연못가로 갔다. 수면 위로 미끄러져오는 얼음장 같은 공기가 느껴졌다. 물속에 손을 넣어본 조이는 애써 비명을 삼켰다. 정신이 나간 여자들 같았다! 물이 어찌나 차가운지 꽝꽝 얼어 있지 않다는 사실이 놀라웠다.

어느새 메그가 조이 곁에 와 있었다. 조이는 물의 온도를 느끼고 받은 충격이 얼굴에 드러나지 않도록 애를 썼다.

"그거 알아요?" 메그의 꼬마 도깨비 같은 얼굴이 생각에 잠긴 채 일그러졌다.

"손과 같은 말단 부위의 경우 한쪽을 찬물에 담그면 다른 쪽도 같은 온도로 내려간다는 사실."

"아니요, 몰랐는데요." 대답하면서 조이는 얼기 직전의 물에 손을 담가도 동상에 걸릴지 헛된 호기심이 생겼다.

메그는 신이 난 듯 설명을 계속해나갔다.

"찬물이 체온을 얼마나 많이 빼앗아가면 신경계를 통해 내부 장기에까지 영향을 주겠어요. 신경계는 반대쪽 팔에도 같은 신호를 보내는 방식으로 반응하죠."

조이가 어리둥절한 얼굴로 메그를 쳐다보았다. 물에 들어가려는 조이를 말릴 생각이었을까? 메그는 무심한 듯 말을 이었다.

"몸이 완전히 물속에 잠기면 입술이 파래지고 호흡이 경직되면서 맥박이 빨라져요. 피가 내부 장기로 몰리는 때인 거죠. 아주아주 운이 좋다면, 몸이 견디어주기만 한다면 바로 그때 갑작스러운 환희를 느낄 거예요. 순수하고 절대적인 행복이랍니다."

요점은 그거였구나, 하고 조이는 생각했다.

"당연히 견딜 수 있지." 비브가 비웃듯이 말했다.

"조이는 지금 여기까지 뛰어왔잖아! 마지막으로 조깅한 게 언제였더라, 메그?"

메그가 어깨를 으쓱했다. 비브가 조이에게 말했다.

"한번 해봐요! 아무리 못해도 몸에는 좋을 거야. 난 40년 동안 감기 한번 걸려본 적이 없어요."

조이가 비브에게 의심의 눈빛을 보냈다.

"이게 정말 잘하는 짓일까?"

낮게 웅얼거리는 듯한 스코틀랜드식 거센 발음이 들려왔다. 클럽의 마지막 멤버 릴리아가 분명한 여자가 오두막에서 나와 대화에 끼어들었다.

"여기가 북극은 아니잖아, 릴리아." 비브가 타박했다.

"너무 말랐어." 릴리아가 받아쳤다.

"부러워서 그런 거지?" 비브가 되받아쳤다.

"부럽지 않아." 릴리아가 당당하게 대답했다.

"난 여자같이 생긴 여자가 좋아."

"체중이 영향을 미치긴 하지." 메그가 이어받았다.

"아가씨 BMI가 뭐예요?"

"그게 뭐죠?"

"BMI. 체질량지수. 비만도를 평가하는 지수."

"잘 모르겠는데요. 전 그냥 보통이에요."

"미국인들은 전부 수치에 집착하는 줄 알았는데. 좋은 콜레스테롤이 어떻고, 나쁜 콜레스테롤이 어떻고! 그러면서도 먹다가 때 이른 무덤 신세나 지고."

"게일라!" 비브가 나무랐다.

"어떻게 그런 말을 할 수가 있어!"

"사실이 그렇대도." 게일라가 반박했다.

"플로리다에 가본 적이나 있어?"

"사실이건 어쨌건. 무례한 건 무례한 거야."

"이 친구가 뚱뚱하다고 말한 건 아니잖아." 게일라가 입을 내밀며 항의했다.

"당연히 그런 소리 하면 안 되지!" 메그가 갑자기 조이 편을 들며 말했다.

"이렇게 날씬한데! 아무튼 잔뜩 겁이나 주고 있을 게 아니라 격려를 해줘야 마땅하지."

조이가 메그와 릴리아, 게일라, 비브를 번갈아 쳐다보았다. 그리고 애그니스가 여전히 몸을 놀리고 있는 연못을 내려다보았다. 그들이 할 수 있다면 조이도 할 수 있었다.

"수영복 입고 올게요."

조이가 새침하게 말했고 여자들은 환호성을 질렀다.

조이가 오두막으로 들어가자 게일라가 뒤따라왔다. 안은 따뜻했다. 한구석에 있는 화목 난로에서 향기로운 냄새가 났다. 저편 벽에는 작은 나무 탁자가 있었고 양옆으로는 할머니들이 벗어놓은 옷이 쌓인 투박한 나무 벤치가 있었다. 정갈하게 접어 포개어 올린 옷더미는 왠지 모르게 감동적이기까지 했다.

"수영복은 저 상자 안에 있어요." 게일라가 벤치 아래 있는 나무 상자를 가리키며 말했다. 그리고 낡은 들보에 장대를 기대어놓고 옷을 벗기 시작했다.

"얼음 깨는 역할을 담당하고 계시는군요." 조이가 흥미롭다는 듯 말하며 상자에서 낡고 뒤틀린 수영복을 줄줄이 꺼냈다.

"금방 다시 얼어요." 게일라가 설명했다. 그리고 발목까지 오는 내복을 벗고서 맨몸으로 오두막 안을 가로질러 가더니 화목 난로의 문을 열고 통나무 여러 개를 넣었다.

조이는 골라놓은 수영복에 집중하는 척했다. 늘어진 빨간 수영복이었는데 어깨띠는 넓고 옆구리에는 파란 줄무늬가 있었다. 조이도 축축해진 조깅복을 벗고 뭉그적거리며 수영복으로 갈아입었다. 그러면서도 게일라의 벗은 몸에 자꾸 시선이 가는 걸 어쩔 수 없었다.

조이는 헬스클럽에서 나이 든 여성의 벗은 몸을 수도 없이 봤다. 탄탄하고 잘 가꾸어진 몸매, 대개가 외과 의사나 트레이너의 도움을 받아 전문적으로 관리한 모습이었다. 그렇지만 이처럼 고령인 여성의 몸은 처음이었다. 조이는 완전히 매료되었다. 게일라의 피부는 얇고 늘어져 있었으며 남아도는 뱃살이 허리 위로 처져 있었다. 양팔은 검버섯이 가득했지만 튼튼해 보였고 여전히 보들보들한 살로 덮여 있었다. 한때 풍만했을 것이 분명한 가슴은 창백하게 늘어져 쪼그라들어 있었다. 그럼에도 게일라의 걸음걸이는 힘차고 발랄했으며 조이가 동네 그 어느 탈의실에서 마주했던, 외모에 민감한 사교계 사람들보다 더 당당하고 편안해 보였다.

조이는 팔을 넣고 수영복 끈을 올렸다.

"지금이 아니면 영영 못해요." 게일라가 올려다보며 말했다.

"지금 해야죠!" 조이는 활기차게 말하고서 게일라를 따라 밖으로 나왔다.

비브와 메그가 환호하며 물가로 내려가서는 곧장 잔교에 올라섰다. 릴리아는 애그니스와 함께 물속에 있었다. 조이는 갈등 중이었다. 머리부터 뛰어들까 아니면 천천히 미끄러져 들어갈까?

게일라는 물속으로 뛰어들더니 멀리 가버렸다. 조이는 천천히 미끄러져 들어가면서 북극과 맞먹는 온도에 조금씩 적응할 생각이었다. 잔교의 가장자리에 앉아 마침내 한쪽 발을 물속에 넣었다. 이런! 젠장!

"들어오기 싫으면 안 들어와도 돼요." 게일라가 말했다.

게일라는 어느새 한 바퀴 돌아 잔교로 와서는 3미터쯤 떨어진 곳에 동동 떠 있었다. 조이는 고개를 저었다. 꼭 들어갈 작정이었다. 조이는 엉덩이를 밀어 잔교 끝으로 갔다. 그리고 일어나 깊은 숨을 들이마신 다음 뛰어들었다.

놀라운 일이 벌어졌다. 마치 깨진 유리로 가득한 거대한 통에 떨어진 것 같았다. 목이 막히고 근육이 단단하게 경직되었으며 당황한 나머지 머릿속까지 얼어붙는 것 같았다. 물은 얼음보다 심했다. 마치 액체로 된 죽음 같았다. 얼음 깨는 송곳 수백만 개가 찌르는 듯한 극심한 고통이었다. 아무 소리도 들리지 않았다. 아무 말도 할 수 없었다. 할 수 있는 것이라고는 사정없이 발을 차면서 물 밖으로 머리를 내놓으려 애쓰는 일뿐이었다.

영영 끝나지 않을 것만 같은 그 끔찍한 순간, 조이는 그 자리에서 바로 익사할지도 모른다고 생각했다. 그것도 집에서 수천 킬로 떨어진 영국의 연못에서. 특별한 이유도 없이. 그저 바보 같은 이유로! 도전에 응했기 때문에! 겁쟁이라 불리고 싶지 않았기 때문에!

조이는 숨을 고르고 마음을 침착하게 가다듬는 데 집중했다. 곧 공포가 가시고 정신이 맑아지기 시작했다. 헤엄을 치기 시작하자 팔다리의 움직임이 점점 편안하게 느껴졌다. 금세 용기가 생겨 완전히 잠수를 해보기까지 했다. 그러자 새로운 느낌이 전해져왔다. 찬물의 단단함이 몸을 조여주는 느낌이랄까. 에너지가 충만해지는 것 같았고, 다시 아이가 된 기분이었다.

조이는 발장구를 치고 올라와 순수한 환희를 느끼며 수면을 깨뜨렸다. 온몸이 기쁨과 방종, 유쾌하기 그지없는 자유로 벅차오르고 있었다. 애그니스와 다른 여자들을 향해 소리를 질렀지만 듣고 있는지는 알 수 없었다. 이런 황홀감을 느낀 적이 또 있었던가? 없었던 것 같다. 조이는 규칙적인 팔 동작과 함께 연못 중앙으로 헤엄쳐 반대편 물가로 향했다. 걷잡을 수 없는 행복과 희열이 느껴졌다.

물과 바람과 하늘과 시간과 한 몸이 된 것 같았다. 조이의 생명은 모두의 생명과 하나가 된 것 같았다. 눈에 보이는 모든 것, 새와 나무, 태양과 풀들이 갑자기 밝고 또렷하게, 더욱 상쾌하게 보였다.

조이는 다양한 모습으로 흘러가는 구름을 올려다보았다. 토끼였다가 사자였다가 곰이 되었다! 엄마 생각도 했다. 함께 해변에 누워 구름의 모양을 읊어대던 기억을 떠올렸다. 평화로움과 여유로움, 홀가분한 기분, 자유로운 감정에 압도되었다. 달리기를 통해 얻는 희열은 지금 이 순간에 비하면 아무것도 아니었다. 거래가 성사되었을 때의 만족, 오르가슴의 흥분 같은 건 바로 지금 이 느낌의 희미한 모방에 지나지 않았다.

"조이?" 메그가 부르는 소리였다.

애그니스는 수영을 끝내고 허리에 수건을 꼭 싸맨 채 연못 기슭에 올라와 있었다. 얼굴에는 걱정이 어려 있었다.

"이렇게 오래 있다니 놀라운데." 릴리아가 보온병에서 차를 따라 홀짝이며 꾸밈없이 말했다.

"들어간 지 얼마나 됐지?" 애그니스가 물었다.

"글쎄, 10분이나 15분."

"더 오래됐어." 메그가 말했다.

"조이!" 애그니스가 외쳤다.

"조이! 돌아와요!"

애그니스의 목소리가 들리자 조이가 돌아보았다. 애그니스가 물가에서 손을 흔들고 있었고 다른 사람들도 그 곁에 있었다. 연못가로 돌아오라고 다들 손짓을 하고 있었다. 그렇지만 조이는 아직 돌아가고 싶지 않았다. 방향을 바꾸어 물가로 향하면서 조이는 가벼운 짜증을 느꼈다. 처음에는 물에 들어가라고 성화더니 들어가자마자 나오라고 난리람!

"나올 시간이에요, 조이. 당장 나와요!" 애그니스가 외쳤다.

"당장! 빨리 나와요. 손을 잃을 수도 있어요!" 메그가 벌떡 일어나 소리쳤다.

말소리는 들리지 않았지만 조이는 그들의 불안을 직감할 수 있었다. 그리고 당장 물 밖으로 나가는 일이 시급하다는, 아니 보통 위급한 게 아니란 사실을 깨달았다. 상어가 나타났나? 그건 말도 안 되는 소리였다. 여긴 바다가 아니라 연못이었다. 그러나 분명 무슨 문제가 있었다. 조이는 물가로 가려고 애쓰면서 점점 당황하기 시작했다.

그러다 갑자기 힘이 쭉 빠졌다. 마치 꿈속에 있는 것 같았다. 잘 움직여지지도 않는 팔로 간절히 앞으로 나아가려고 애쓰고 있었던 것이다.

여자들은 다들 잔교에 모여 있었고 조이가 마침내 사다리에 한 발을 얹고 난간을 향해 손을 뻗었다. 그런데 놀랍게도 팔다리가 뜻대로 움직이지 않았다. 내려다보니 사다리에 올려놓으려고 했던 발은 물속에 힘없이 처져 있었다. 난간을 향해 뻗은 팔은 금속을 스치며 살짝 건드리는데 그쳤다. 저 멀리 어딘가에 있는 손가락의 말초 신경은 금속 난간을 느낄 수 있었지만 손으로 쥐려고 하는 순간 조이는 어느새 물속으로 나자빠지고 있었다.

뭔가 잘못된 게 분명했다. 이제 아무 감각도 느낄 수 없었다.

"애그니스." 조이가 헐떡이며 떨리는 목소리로 말했다.

무엇도 마음대로 되지 않았다. 모든 게 거꾸로였다. 얼굴의 근육은 말을 하려고 할 때마다 수축했지만 팔과 다리에는 어떤 감각도 없었다.

"애그니스, 도와줘요!"

순식간에 여자들은 수상 구조대처럼 움직였다. 애그니스와 릴리아가 물속으로 들어왔고 게일라와 비브는 잔교 위에서 조이를 받을 준비를 했다. 메그는 담요와 수건을 가지러 오두막으로 향했다. 곧이어 조이는 튼튼한 팔에 안겼고 어느새 나무 잔교 위에 있었다. 여자들은 함께 오두막으로 조이를 들고 가다시피 해서 벤치에 눕혔다.

메그가 조이를 따뜻한 수건으로 감쌌다. 주변에서 소란을 피우며 재잘거리는 통에 조이는 정신을 집중하기 힘들었다. 붕 떠 있는 느낌과 동시에 피로로 기진맥진한 기분이었다. 활활 타오르는 난로 앞에 앉아 있자 발가락에서부터 발, 그리고 다리를 통해 간질거리는 느낌이 서서히 올라왔다. 조이가 손을 흔들자 메그가 말했다.

"그 따가운 느낌이 신경의 말단에서 오는 거예요. 모든 게 다 살아났다는 뜻이고 팔다리와 손가락 발가락이 여전히 건강하다는 뜻이에요. 동상에 걸렸는지 확인할 때도 그걸 봐요. 손가락과 발가락에 따끔한 느낌이 없다면 바로 도마행이죠."

애그니스는 조이의 어깨에 담요를 하나 더 둘러주면서 말했다.

"정말 용감했어요. 그렇게 오래 들어가 있다니."

"어리석은 행동이었어요." 릴리아가 조이에게 찻잔을 건네며 무뚝뚝하게 말했다.

"우리가 그때 꺼내지 않았다면 죽었을지도 몰라요."

"몰랐어요." 조이가 기어들어가는 목소리로 말했다.

"전혀 몰랐어요. 기분이…… 정말 좋았거든요."

"릴리아, 너무 그렇게 과장하지 말자." 게일라가 말했다.

"우리가 주의를 줬어야 했어. 잘못이 있다면 우리한테

있어.”

비브가 조이에게 플라스크의 뚜껑을 건넸다.

“이걸 마셔요. 이것만큼 좋은 게 없을 거야.”

조이가 뜨거운 위스키를 한 모금 마셨다. 진짜, 정말 좋았다. 피부와 근육이 편안한 온기 속에 서서히 다시 깨어나고 있었다.

“죄송해요. 몰랐어요.” 조이가 말했다.

“그건 우리 잘못이지 조이 잘못이 아니에요.” 애그니스가 선언하듯 말했다.

“아주 놀라웠어요.” 조이가 속삭였다.

“그런 느낌은 생전 처음이었어요.”

애그니스가 고개를 끄덕였다.

“알아요.” 메그가 동조했고 다른 여자들도 함께 고개를 끄덕였다.

조이는 한 사람 한 사람을 번갈아 보며 이제 자신도 함께 나눠 가지게 된 그 심오한 경험 앞에서 그들이 어떻게 그렇게 침착할 수 있는지 궁금했다.

“평생 처음 느껴본 것 같은 가장 특별한 경험이었어요.”

“그렇지 않아요.” 애그니스가 차분하게 말했다.

“그렇다니까요!” 조이가 고집했다.

“이런 건 비밀로 해야 해요! 아니면 온 세상에 알리든가! 둘 중 뭐가 더 좋을지 모르겠네요.”

여자들은 키득거리며 미소를 지었다.

“고려해볼게요.” 릴리아가 말했다.

“투표를 통해 결정하지요.” 메그가 덧붙였다.

“됐어.” 비브가 뜨거운 위스키를 컵에 좀 더 따라 조이에게 건네며 말했다.

조이는 기꺼이 잔을 받아 위스키를 홀짝였다. 몸에 온기가 퍼졌다. 주위를 응시하다가 조이는 순간적으로 여자들의 스무 살 적 모습을 보았다. 당돌하고 아름답고 자부심과 허세가 넘치는 모습, 목표를 가지고 열정적으로 살기 위해 아등바등하는 모습, 사랑하고 사랑받기 위한 간절한 모습.

인생은 특별히 이들에게만 행운을 안겨준 걸까? 그렇기도 하고 아니기도 하다. 강제 수용소에 끌려갔던 일을 행운이라고 말할 사람은 없으리라. 다 큰 자식이라도 자식을 잃는 일은 처참하고 완전한 비극이 아닐 수 없다. 그럼에도 이 아름답고 당당한 옛 여인들은 사랑하고 사랑받아왔다. 이건 특별한 일이라고 조이는 생각했다.

어쩌면 가장 중요한 일인지도 몰랐다.

*

넓은 들판을 가로질러 걷던 도중 애그니스가 조이의 팔짱을 꼈다.

뒤로는 비브, 게일라, 메그, 릴리아가 얼어붙은 잔디를 헤치며 걸어왔다.

"고맙습니다. 다들 고마워요." 조이가 들판 끝에서 걸음을 멈추고 말했다.

"이렇게 기분이 좋았던 적은 아마 없었던 것 같아요."

"슬픈 일이네!" 비브가 침울한 표정을 지으며 비꼬았다.

"더 재미있게 살아야 해요!" 애그니스가 조이의 팔을 지그시 눌렀다.

"피부 좀 봐." 메그가 말했다.

"광채가 나네."

"중독된 것 같아요." 조이가 대답했다.

"정말이에요. 또다시 들어가고 싶어요. 매일 오세요?"

"비가 오든 해가 뜨든." 애그니스가 대답했다.

"눈이 와도!" 비브가 밝은 얼굴로 말했다.

"어차피 많이 내리지도 않거든."

"그럼 내일 또 뵐 수 있을지도 모르겠네요." 조이가 넌지시 말했다.

조이는 여자들이 입을 모아 "그래요, 함께합시다!"라고 말해주기를 바랐지만 릴리아는 듣는 둥 마는 둥 하는 것 같았고 게일라는 먼 산울타리 위를 날아가는 청둥오리에 정신을 빼앗긴 듯했다.

"좋은 생각이에요." 애그니스가 말했다.

"스탠웨이 저택까지 태워다줄까요?"

처음엔 거절할 생각이었지만 몸이 으슬으슬하고 좀 후들거렸다. 팔다리 감각이 돌아오기는 했지만 집까지 뛰어갈 힘은 없었던 데다 가벼운 조깅복만 입고 집으로 돌아가는 일이 썩 유쾌할 것 같지 않았다. 조이는 다른 여자들을 둘러보면서 그들이 돌아갈 집에는 남편이 있을지, 친구가 있을지, 아니면 아무도 없을지 궁금했다. 각자 홀로 긴 밤을 보내야 할지도 모른다는 생각에 조이는 충동적으로 불쑥 말을 꺼냈다.

"좋은 생각이 있어요. 제가 저녁 대접해도 될까요? 따로 약속이 없으시다면 말이죠. 친절하게 대해주신 데 보답하고 싶어요. 사실 제 목숨을 구해주신 거나 다름없잖아요."

"우리한테 갚을 빚 없어요." 릴리아가 쏘아붙이듯 말했다.

"난 식당에서는 밥 안 먹어요." 게일라도 선언하듯 말했다.

"다른 사람들이 만드는 음식은 믿을 수가 없거든."

"그냥 다른 사람을 못 믿는 거잖아." 메그가 대꾸했다.

"못 믿다니, 그렇지 않아." 게일라가 당당하게 말했다.

메그도 고개를 저었다.

"난 요즘 저녁을 제대로 먹지 않아요. 체질에 맞지 않는 것 같아서. 6시 반에 차와 함께 반숙 달걀 두 개를 먹고, 자기 전에 핫초콜릿을 마시죠. 그리고 아침마다 찬 음식으로 간단하게 차려 먹어요."

"자세하게 말해줘서 고맙네." 비브가 비꼬는 듯한 목소리로 메그를 놀렸다.

"차에는 설탕을 얼마나 넣는지 말해주지 않으련?"

"안 넣어. 알잖니." 메그가 기세등등한 목소리로 자랑하듯 말했다.

"보시다시피 더 오래 같이 있다간 서로 남아나지 않을 거예요." 비브가 히죽 웃으며 고백했다.

그러자 릴리아가 콧방귀를 뀌었다.

"너나 잘해."

"또 오게 될 거예요." 비브가 조이에게 자신 있게 말했다.

"못다 한 얘기는 물가에서 나누자고요."

비브가 모두를 대표해서 말하고 있는 것 같았다. 여자들은 고개를 끄덕이며 손을 흔들더니 길가에 비스듬히 주차되어 있는 차들 쪽으로 터벅터벅 걸어갔다. 늦은 오후였고 어둠이 몰려들기 시작하면서 계절은 다시금 한겨울로 느껴졌다. 조이는 애그니스의 옆자리로 미끄러져 들어갔고 차 안이 따뜻해지자 고마운 마음이 들었다.

11

토요일 아침은 맑고 쌀쌀했다. 새라는 가족과 함께 전날 밤 늦게 런던에서부터 도착해 있었다. 또다시 엇갈리는 일이 없도록 하기 위해서였는지 새라는 지난밤 10시쯤 조이에게 전화를 걸어 아침 약속을 확실히 해두었다. 조랑말 클럽 대회 일정 때문에 여유로운 점심 식사는 불가능했지만 오전 중 두세 시간이면 새라가 조이에게 보여주고 싶어했던 장소 몇 군데를 족히 방문할 수 있었다.

조이는 아늑한 마을 카페에서 함께 커피를 마시며 한가로이 아침 시간을 보내는 것도 괜찮겠다고 생각했지만 새라는 기필코 관광 가이드 역할을 하려는 모양이었다. 어쩌면 새라는 자신이 하워드 집안 아이들 넷을 먹이는 데만 관심이 있는 게 아니라는 사실을 보여주고 싶은 건지도 몰랐다.

새라의 자동차 바퀴가 집 앞 자갈을 구르는 소리가 들려왔을 때는 조이가 일어난 지 두 시간쯤 뒤였다. 조이는 스탠웨이 저택 뒤편 숲에서 팅크와 함께 긴 산책을 마친 터였다. 어리석게도 팅크의 눈앞으로 뛰어든 다람쥐 몇 마리가 산보를 활기차게 해주었다.

새라의 노크 소리를 듣자마자 조이는 굽이진 계단을 내려가 무거운 현관문을 열었다. 새라는 고무장화와 부드러운 모직 바지, 녹색 바버 재킷을 입은 말쑥한 모습이었다. 살짝 바른 연한 자줏빛 립스틱은 두 볼을 더욱 화사하게 보이도록 만들었다.

"머리 잘랐네!" 조이가 소리를 질렀다.

"마음에 들어?" 새라가 머뭇거리며 물었다.

"아주 멋져."

정말 그랬다. 전체 염색을 하거나 부분 염색을 한 것은 아니었지만 어깨 길이의 단발머리가 새라의 얼굴 주변으로 우아하게 층을 이루어 물결치고 있었다.

"뒤돌아봐."

조이가 말하자 새라는 약간 쑥스러운 듯 뒤를 돌았다.

"아주 마음에 들어. 정말 예뻐."

"너무 부끄러웠거든."

"뭐가?"

"둥지."

새라가 상처를 받았던 것 같다.

"정말 미안해. 그런 말을 하는 게 아니었는데."

"아니야, 잘했어! 진정한 친구라면 그러는 게 맞아. 그래서 보다시피 노력을 좀 했지."

새라는 명백한 상처를 입었던 순간에 대해 더 이상의 언급은 피하려는 듯 현관 안으로 들어와 주위를 둘러보았다.

"어머님이 여기서 결혼하신 거 알아?"

"정말? 여기서?"

"식은 저택 예배당에서 올렸지만 피로연은 이 공간에서 했어."

새라가 조이를 데리고 넓은 석조 공간을 가로질러 들어간 큰 방 안에는 기둥으로 나뉜 유리창이 나열되어 있었다.

주위를 둘러본 조이는 순식간에 모든 걸 상상해낼 수 있었다. 나뭇가지 모양의 촛대와 벽에 걸린 촛대에서 아른거리는 수백 개의 초, 그리고 넓고 깊은 공간에 메아리치는 실내악 선율.

"여기서 영주가 재판을 열기도 했지." 새라가 조용히 말했다.

조이가 공간을 거닐자 운동화가 바닥에 닿으며 삐걱거렸다. 방은 웅장했다. 애그니스가 아름다운 드레스를 입고 미끄러지듯 움직이는 모습, 높은 허공에 뜬 티끌 같은 먼지들이 햇살에 반짝이는 모습을 떠올리기는 어렵지 않았다.

"그런데 사람들은 재수가 없다고 해."

"뭐가?" 조이가 물었다.

"여기서 결혼하면."

"그래?"

좋지 않은 소식이었다. 조이가 알기로 에이펙스 그룹은 스탠웨이 저택을 완벽한 결혼식장으로 홍보할 생각이었다. 회사에서는 이미 여러 상품을 계획해놓은 터였다. 주말 동안 저택 전체를 대여하고 직원 서비스를 제공하는 상품으로부터 시작해 작은 방에서 단출한 예식과 피로연을 할 수 있는 상품까지 다양했다. 물론 여기서 작은 방이라 함은 비교적 작다는 뜻이다.

"왜?"

"온갖 해괴한 얘기들이 떠돌았거든. 몇 년 전에 여기서 결혼한 부부가 있었는데 앨러스데어 트레이시의 친구였어. 신부는 첫 남편이 교통사고로 죽은 뒤 새로운 남자를 만난 거였어. 날이 정말 눈부셨대. 맑은 하늘 아래 손님들이 샴페인 잔을 들고 정원 여기저기에 흩어져 있었지. 피로연이 끝나자마자 신부가 사람들이 모여 있는 분수 쪽으로 눈길을 돌렸는데 거기 죽은 첫 남편의 유령이 있더래. 아무것도 하지 않고 가만히 서서 구경만 하고 있더래. 신부가 하객들을 헤치고 그 유령이 서 있는 곳으로 뛰어갔을 때 유령은 이미 사라지고 없었대. 그 뒤로도 계속해서 신부는 새신랑과 신혼생활을 하는 집에 첫 남편이 함께 살고 있다고 확신했다는 거야. 마치 셋이 결혼한 것처럼 말이지."

조이는 깊은 생각에 잠긴 듯이 보이려고 노력했지만 아무리 애를 써도 터져 나오는 웃음을 참을 수가 없었다.

"그 얘길 정말 믿는 건 아니지?"

"당연히 믿지!" 새라가 대답했다.

*

"애그니스가 영국 해협을 수영해서 건넜다고?" 조이가 기가 막히다는 듯 외쳤다.

새라와 조이는 길가에 차를 세워두고 수풀로 이어진 좁은 길을 따라 걷고 있었다.

"말씀 안 하셨어? 열일곱 살 때였대. 그 이후로 두 번 더 건너셨고."

조이는 그간의 일을 더 잘 이해할 수 있을 것 같았다. 조이였다면 동네방네 떠들고 다녔을 일인데.

"결혼 1주년 때 아버님이 요트를 빌려서 해협을 건넜대. 어머님이 수영해서 건넜던 바로 그 길을 따라서." 새라가 가볍게 숨을 헐떡이며 이야기했다.

"낭만적이다."

"그러셨지. 부전자전이야."

두 사람은 나무와 가시덤불이 만든 아치 밑을 지나 뻥 뚫린 공간으로 나왔다. 새라가 가까이에 있는 언덕 정상을 가리켰다.

회색 돌로 지어진 커다란 고딕 양식의 탑이 땅으로부터

솟아 있었다. 적어도 3층 높이는 되어 보였다. 작은 탑 여러 개가 톱니 모양의 흉벽을 장식하고 있었고 한 탑에서는 색이 다채로운 깃발이 힘차게 펄럭였다.

"근사하다." 조이가 말했다.

"2백 년도 더 됐어."

"바위처럼 탄탄해 보여."

조이가 민첩하게 언덕을 올라갔다.

"당시 건물을 지었던 사람들이 건축에 필요한 재료라든가 작업과 연관된 물리적 현상, 이처럼 노출된 부지가 건물에 입히는 피해 같은 것들을 얼마나 잘 이해했는지 생각하면 정말 놀라워. 그야말로 천재였던 거지."

새라는 허둥지둥 조이를 따라잡았다.

"내가 영국에 도착하고 몇 주 지나지 않아 헨리가 날 여기로 데려왔어. 저 위에 올라가보니까……." 새라가 탑을 가리키며 말을 멈추었다.

"내가 헨리와, 그리고 영국과 사랑에 빠졌다는 걸 알겠더라."

"누가 지었어?" 새라와 함께 무거운 아치형 대문 앞에 다다른 조이가 물었다.

"코벤트리의 6대 백작."

조이의 예상과 달리 두 사람은 쉽게 문을 밀고 탑 안으로 들어갈 수 있었다.

"그냥 이렇게 열어두는 거야?" 조이가 물었다.

"어머님이 전화 넣으셨어. 공식적으로는 4월까지 폐쇄야."

"용도가 뭐였어? 망루?"

"좀 떨어진 곳에 백작의 약혼녀가 살았대." 새라가 설명했다.

"약혼한 동안 지은 건물인데 꼭대기에서 불을 피우면 약혼녀 집에서 연기가 보였대. 백작이 약혼녀에게 널 생각하고 있다고 말하는 방법이었던 거지."

조이가 오래된 석벽과 광택을 낸 목재를 올려다보았다. 새라가 탑의 꼭대기로 이어지는 구부러진 내부 계단으로 향하자 조이도 뒤따라갔다.

"옆 동네 약혼녀가 아버지 집에 갇혀 연기만 바라보는 사이 백작은 여기서 젊고 고운 처녀들과 신나게 마지막 연애를 즐겼겠군."

새라가 계단을 올라가다 멈추고 뒤돌아보았다. 그리고 눈을 가늘게 뜨고 말했다.

"넌 너무 냉소적이야."

"그럴 리가." 조이가 미소를 지었다.

"넌 뉴욕에 너무 오래 살았어."

"넌 카멜롯(영국 전설 속 아더 왕이 살았던 평화로운 곳)에 너무 오래 살았어!"

새라는 쓴웃음을 지으며 앞장서 계단을 마저 올라갔다. 아름답게 꾸민 큰 방이 나타났다.

"이 방이 모리스 방이야." 새라가 거창하게 말하면서 방 저편에 있는 문간으로 다가갔다.

"이 장소를 별장으로 쓴 작가이자 디자이너 윌리엄 모리스의 이름을 땄어. 모리스의 최고 수준의 결과물이 상당량 이곳에서 작업한 데서 나왔지. 너도 보면 좋을 거야. 라파엘 전파의 화가들 중에 가장……."

"나도 윌리엄 모리스가 누군지 안단다, 새라." 조이가 은근히 새어나오는 짜증을 감추려고 애쓰며 말했다.

"알아?"

"나 디자인 학교 나왔잖아. 윌리엄 모리스의 모티프로 만든 카드는 어느 문구점에 가도 살 수 있어. 모리스의 벽지 패턴도 아직 사용되고 있고."

"아, 그렇네. 미안."

새라는 발코니로 나갈 수 있는 문간 앞에 다다라 조이에게 오라고 손짓했다.

"이것 봐. 여기서 주 전체가 다 보여."

조이가 방을 가로질러 문간에 섰다. 굴곡진 땅이 펼쳐져 있었다. 푸른 들판과 진홍색 잎이 달린 나무들, 풍경을 양분하며 흐르는 개울도 보였고 탑의 꼭대기에서는 마치 장난감처럼 보이는, 언덕 사이에 단정하고 아늑하게 자리 잡은 마을도 있었다.

"괜찮지?" 새라가 조이의 팔짱을 끼며 가까이 잡아당겼다.

"헨리가 날 이 발코니로 데려왔어. 영국에 온 지 몇 주 안 됐을 적에. 뉴욕이 굉장히 그리웠거든. 네가 그리웠어."

바람이 두 사람의 볼을 얼얼하게 만들었고 들판 너머를 바라보는 조이의 눈에 눈물을 고이게 했다.

"나도 네가 그리웠어."

조이는 이 말이 얼마나 사실에 못 미치는지 뼈저리게 느끼고 있었다. 조이가 지금 살고 있는 아파트에 부모님과 함께 이사 왔던 네 살 때부터 새라는 조이의 반쪽과도 같았다. 매해 여름 조이가 캠프에서 보냈던 두 주와 새라가 델라웨어 해안에서 보냈던 두 주를 제외하면 두 사람은 거의 한시도 떨어지지 않았다.

조이가 아파트를 물려받은 뒤 새라는 조이의 집에 와 살다시피 하면서 집안을 가족의 향기로 채우는 맛있는 캐서롤 요리를 만들곤 했다. 그리고 마침내 새라가 런던으로 떠나고 난 뒤 조이는 눈에 눈물이 그렁그렁한 채로 며칠 동안 고요한 아파트 안을 떠돌았고, 그 어디에서도 위안을 찾을 수 없었다. 새라를 잃었을 때 조이는 엄마를 잃었을 때만큼 힘들고 혼란스러웠다.

"우리는 바로 여기 서 있었어." 새라가 말을 이었다.

"헨리가 상사병에 걸린 백작 이야기를 해줬고 내가 물었지. '나한테도 똑같이 해줄 수 있어?'"

"설마!" 조이가 빈정대듯 말했다.

"남자한테 그런 걸 물어보면 안 되지. 거짓말을 하거나 듣고 싶지 않은 답을 할걸."

"조용히 하고 내 말 들어볼래?"

조이가 히죽 웃으며 바람이 불어오는 방향으로 다시 얼굴을 돌렸다.

"헨리는 안 된다고 했어. 해줄 수 없다고."

"내 말이 맞지?" 조이가 통쾌하다는 듯 말했다.

"나한테서 멀리 떨어지지 않을 테니까 그럴 일 없다고. 절대로. 제발 뉴욕으로 돌아가지 말라고. 있으라고. 그리고 결혼해달라고."

조이가 고개를 절레절레 흔들며 웃음을 지었다.

"너 정말 야박하구나!" 새라가 외쳤다.

조이는 웃으며 새라의 팔짱을 풀고 발코니 끝으로 걸어갔다.

"내가 이 이야기를 들려주면 다들 너무 낭만적이라고 해."

"네가 그 이야기를 들려주는 사람들이 다들 촌사람들이니까 그렇지. 탑 꼭대기로 데려가서 분위기부터 잡고 청혼하는 신랑을 어디 봤어야 말이지."

순간 조이는 새라도 웃고 있다고 생각했지만 고개를 돌려보니 새라는 웃음기가 싹 가신 얼굴이었다.

"헨리가 분위기를 잡으려고 일부러 듣기 좋은 말을 했다는 거야? 멍청한 아가씨한테 달콤한 이야기부터 한 다음에……." 새라가 갑자기 말을 끊었다.

"아니야, 그런 뜻. 내 말은, 헨리가 명색이 변호사인데, 설득력이 얼마나 좋겠어."

"가끔 널 도저히 이해 못하겠어. 너의 가장 큰 적은 바로 너야." 새라가 조이를 노려보며 말하더니 몸을 홱 돌려 안으로 들어갔다.

"그게 무슨 말이야?"

새라가 발걸음을 멈추고 뒤돌아보며 말을 이었다.

"너는 사람들을 깎아내리는 버릇이 있어. 항상 사람들의 진의를 의심하지. 단순한 인정이나 너그러운 마음씨에서 나온 행동이란 있을 수 없다는 듯이."

새라가 휙 돌아서더니 탑 안의 어둠 속으로 사라졌다.

"새라!" 조이가 새라를 따라 안으로 들어갔다.

"헨리를 흉보려는 게 아니야. 나, 헨리 좋아!"

그런데 조이에게 갑자기 찜찜한 생각이 들었다.

"너희 부부 별문제 없지?"

새라가 걸음을 멈추고 조이와 눈을 마주쳤다.

"별문제 없고말고. 이건 헨리 문제가 아니야. 내 문제도 아니고."

"그럼 뭐가 문제야?"

"네가 문제야!" 새라가 쏘아붙였다.

"난 네가 행복했으면 좋겠어."

"넌 내가 행복하지 않다고 생각해?"

"난 네가 누군가랑 함께 있는 걸 보고 싶어. 그런데 네가 그걸 어렵게 만들어."

이번에는 조이의 눈물샘이 자극을 받았다. 정말 일일이 말해줘야 아는 것일까? 지난 여섯 달간 조이가 어떤 마음

고생을 했는지 새라가 모른다는 게 과연 가능한 일일까?

"그 사람이 날 떠났어, 새라." 조이가 말을 꺼냈다.

"알아. 네가 얼마나 힘들어했을지도 알아. 하지만 선의가 담긴 몸짓이나 순수한 농담을 그렇게 일일이 밀어낸다면 진짜 인연이라도 겁을 먹고 도망칠 거야."

"우리 진짜였어." 조이가 주장했다.

"그건 진짜가 아니야." 새라가 나지막이 말했다.

*

스노우스힐 승마장으로 향하는 두 사람은 조용했다. 조이는 의도한 바 없이, 다시 한 번 친구를 화나게 한 것이다. 조이는 스쳐가는 시골 풍경을 바라보며 새라의 입장도 이해가 간다고 생각했다. 동화책 그림 같은 싱그러운 언덕과 나무와 들판에 둘러싸이면 낭만적이 될 수밖에 없을 것 같았다.

새라가 주변 환경의 태곳적 아름다움에 영향을 받은 것은 당연했다. 누군들 안 그럴까? 조이의 옛 친구는 사라진 게 아니었다. 유쾌하고 솜씨 좋은 '영국 엄마' 안 어딘가에 조이의 '뉴욕 새라'가 있을 터였다. 잠옷 차림으로 앉아 늦은 밤 TV에 나오는 유치한 사랑 이야기에 웃으며 치아 교정기에서 땅콩사탕 조각을 빼내던 바로 그 새라가. 조이는 석양이 내리는 언덕을 바라보며 한숨을 쉬었다. 그 친구가 보고 싶었다. 영국에 도착해서 보고 싶었던 옛 동무가 아닌 전혀 다른 사람을 본 뒤에야 그 친구가 얼마나 보고 싶은지 깨달았다.

두 사람은 스노우스힐 승마장 주차장에 차를 세웠다. 아이들은 오전 내내 이곳에서 말을 타고 있었다. 거세진 바람은 넓은 부지 위로 불길한 구름을 몰아오고 있었다. 조이는 오전 내내 이 순간을 피하고 싶다는 생각뿐이었다. 어떻게든 피할 수 있다면 피했을 것이다. 스탠웨이 저택에서 아마도 슬슬 불안해하고 있을 팅크를 제외하면 조이는 동물을 좋아하지 않았고, 영하의 추위에 떨며 어린 아이들이 말 타는 모습을 지켜보는 것도 별로였다.

조이는 마치 신경 치료를 하러 가는 사람같이 마지못해 새라 뒤를 따라 터덜터덜 걸어갔다. 두 사람은 추위에 온몸을 꽁꽁 싸맨 채 무리 지어 선 부모와 조부모들을 헤집고 지나갔다. 조이의 눈에 즐거워 보이는 사람은 별로 없었다. 실내로 들어가 이글거리는 불 앞에서 따뜻한 차 한 잔, 아니면 더 독한 무언가를 마시고 싶어하는 사람은 분명 조이뿐만이 아니었다.

조그마한 승마 선수들이 조랑말이나 큰 말을 타고 다양한 걸음걸이로 움직이는 동안 분위기는 놀라울 정도로 심각했다. 기껏해야 네 살밖에 안 된 아이들은 말이 속보나 구보를 하거나 껑충거리는 동안 필사적으로 매달려 있었고 조이는 이 광경을 차마 지켜볼 수 없었다. 조이는 관객석을 둘러보았다. 가벼운 언쟁이라도 벌어져 이 숨 막히는 긴장이 풀어지기를 바라는 마음이 절반이었다. 그렇지만 예의 바른 관객은 조금도 동요하지 않는 듯했다.

"헨리!"

새라가 경기장 한끝에 선 남편을 포착하고 외쳤다. 그러고는 조이의 손을 잡은 채 사람들 사이를 비집고 헨리가 서 있는 자리로 데리고 갔다. 조이는 새라의 아이들처럼 군중 속으로 끌려다니는 꼴이 부끄러웠지만 아무런 저항도 하지 않았다.

"벌써 끝난 거 아니지?" 조이는 승마용 바지와 모자를 쓴 아이들의 얼굴을 찬찬히 살펴보았다.

"크리스는 2.5피트 코스에 참가해." 경기장 저편에 있는 아들의 모습을 확인한 새라가 설명했다.

"마틸다랑 티미는 미니 코스를 뛰고."

헨리는 허리를 굽히더니 아이들의 이름을 적어 만든 현수막을 꺼냈다. 조이는 이것이 민망할 정도로 감상적이고 편파적이라고 생각했다. 어른이라면 자기 자식뿐만 아니라 모든 아이들을 응원해야 하지 않나?

"성공하자, 크리스! 넌 할 수 있어!" 헨리가 소리를 질렀다.

"크리스 최고! 크리스 최고!" 새라가 연호했다.

조이는 꺼림칙한 얼굴로 주위를 돌아보다가 줄기차게 환호하는 헨리와 새라에게서 몇 걸음 뒤로 물러났다. 어릴 때 누가 그렇게 환호했다면 조이는 죽고 싶었을 것이다. 환호성으로도 모자라 현수막까지 동원했으니, 아이들이 집에 갈 때 엄마 아빠와 한 차에 타기 싫어한다고 해도 놀랍지 않을 것 같았다. 새라가 핏줄이 터질 것처럼 열정적으로 구호를 외치는 동안 조이는 관중 속으로 물러나 헛간 옆 벤치에 앉을 자리를 찾았다.

"못 견디겠죠?"

누군가 묻는 소리가 들렸다. 머리에 스카프를 두르고 진흙이 묻은 장화를 신은, 키가 크고 우아한 여자는 자세히 보니 애그니스였다. 애그니스는 웃으며 다가와 조이의 옆자리에 앉았다.

"정말 좋은 할머니세요." 조이가 말했다.

애그니스는 무슨 뜻인지 알겠다는 듯 눈동자를 굴리며 고개를 가로저었다.

"난 애들을 정말 사랑해요. 이렇게 응원하러 나오는 것도 좋지요. 하지만 저렇게 환호하고 소리 지르는 건 정말 바보 같아요. 도저히 보고 있을 수가 없어요."

"저만 그런 줄 알았어요." 조이가 말했다.

"아니에요. 게다가 이 지루한 순서는 끝날 줄을 몰라요. 다 끝난 것 같은데 또 다른 선수들이 말을 타고 와서 대기해요! 여기 온 지 세 시간이나 지났어요. 머리 검사를 받아봐야 할 것 같다니까요."

바로 이때 갑자기 터져 나온 군중의 놀란 숨소리에 두 사람의 대화가 끊겼다. 조이와 애그니스가 무슨 일이 일어났는지 보려고 자리에서 일어났다. 말이 장애물 앞에서 주춤하는 바람에 어린 기수가 웅덩이로 떨어져 엉덩방아를 찧은 것이다. 거센 숨을 들이마신 조이의 배 근육이 조여왔다.

"괜찮을 거예요." 애그니스가 말했다.

"이런 축축하고 질퍽한 데서 놀면 애들 성격 형성에는 무척 좋아요. 전적으로 지지하지요. 여기 앉아 지켜보지 않아도 되기만 한다면 얼마나 더 좋을까."

"오늘 아침에 귀가 좀 근질거리셨겠어요." 두 사람이 다시 자리에 앉자 조이가 말했다.

"왜요?"

"영국 해협을 헤엄쳐서 건너셨다고 새라한테 들었어요. 말씀하시지 그러셨어요. 제가 그런 사람을 구조하려다 익사할 뻔했다니!"

애그니스는 엷은 미소만을 지어 보였다.

"처음 만난 사람한테 꺼낼 얘기는 아니지요."

"정말 놀라워요. 그것도 세 번씩이나!"

"달리기를 하지요?" 애그니스가 물었다.

조이가 끄덕였다.

"거의 매일 해요. 정말 좋아해요."

"마라톤도 시도해봤어요?"

"가끔 생각은 해요. 하지만 훈련에 그렇게 많은 시간을 할애하고 싶지는 않았어요. 직업을 하나 더 가지는 느낌일 테니까."

"그래도 짜릿하지 않겠어요?" 애그니스가 물었다.

"자신을 위해 그런 목표를 세우고 또 성취한다면."

"맞아요, 정말 짜릿할 거예요. 한번 생각해봐야겠어요."

"생각해봐요."

애그니스는 이렇게 말하고 다시 장내에서 벌어지는 경기에 주의를 돌렸다. 두 사람은 어색하지 않은 침묵 속에 앉아 있었다. 조이가 전공을 선택하고 인맥을 쌓는 데 도움이 될 만한 일에만 전념하고 있을 때 애그니스는 온몸에 기름을 바르고 철저한 준비를 마친 채 도버의 새하얀 절벽을 박차고 헤엄쳐나갔던 것이다. 조이는 파도가 거칠고 얼음장처럼 차가운 영국 해협의 뱃길을 따라 나아가는 느낌이 어떨지 상상도 할 수 없었다. 그렇지만 따지고 보면 조이는 먹고살기 위해 늘 일을 해야 했고 애그니스는 그렇지 않았다. 애그니스와 같은 배경을 가진 사람이 살면서 도전할 수 있는 모험은 적지 않았다.

"남편 분이 결혼기념일에 요트를 빌려서 수영했던 길을 배로 가보셨다면서요?"

"그랬죠." 애그니스는 담담하게 말했다. 그리고 기억을 떠올리며 미소를 짓더니 한숨을 내쉬었다.

"멋진 일이었죠. 멋진 남편이었으니까. 난 내가 결혼을 할 줄 몰랐어요. 아니 결혼에 대해 한순간도 어떻게 해야겠다 생각해본 적이 없었다고 말해야겠네요. 하지만 모든 걸 언제나 내가 원하는 대로 움직일 수는 없지요. 때로는 운명이 무언가를, 혹은 누군가를 뜬금없이 던져줄 때도 있거든요."

애그니스의 눈이 반짝였다.

"나는 독립적인 조이가 대단하다고 생각해요. 안타깝게도 모두가 멋진 독신으로 살 수는 없어요. 내가 어렸을 때는 시대가 달랐으니까."

조이가 반응을 보이기도 전에 새라가 토끼처럼 깡총깡총 뛰고 헨리가 그 옆에서 환호하는 모습이 두 사람의 눈에 들어왔다.

"저기 가봐야겠네요." 애그니스가 유연하게 벤치에서 일어나 관중석을 향해 갔다.

"이렇게 오래 기다렸는데 정말로 의미 있는 5분을 놓칠 수야 없지요."

조이가 애그니스를 따라 관중 속으로 향했다. 애그니스의 어조가 알쏭달쏭했다. 결혼을 하고 가정을 꾸린 일을 후회하는 것일까? 조이가 관중 너머를 살펴보는 동안 애그니스는 사람들을 비집고 앞으로 나갔다.

자랑스럽게 말을 몰고 나타난 선수는 마틸다였다. 경기장 안에서 마틸다는 아주 자그마해 보였다. 땅딸막한 조랑말은 꼬리를 휙 한번 휘둘렀다. 호명되는 순간 마틸다는 조랑말을 발로 차 앞으로 몰았다.

집중한 마틸다의 얼굴은 창백하고 경직되어 보였다. 새

라가 환호성을 내질렀고 헨리는 딸의 이름을 외쳤다. 앞줄에 앉은, 꼭 말같이 생긴 한 여자가 뒤를 돌아보더니 험악한 얼굴을 했다. 조이도 험악한 표정을 지어주었다.

"잘하자, 마틸다! 할 수 있어. 사랑해!"

새라와 헨리는 목청껏 외치고 있었다. 조이의 예상과 다르게 마틸다는 부끄러워 몸 둘 바를 모르기는커녕 고개를 들어 관중의 얼굴을 살폈고 끔찍한 현수막을 든 엄마와 아빠를 발견하고는 커다란 미소를 지어 보였다. 그리고 빠른 발동작과 함께 조랑말을 몰고 갔다.

마틸다가 코스를 돌기 시작하자 다들 숨을 멈추었다. 관중도 마찬가지였는데, 조이는 금세 그 이유를 알아차렸다. 다른 모든 엄마와 아빠, 할아버지, 할머니, 이모, 삼촌들은 마틸다가 실패하기를 원하고 있었다. 마틸다가 장애물을 넘을 때마다 안타까워하는 소리가 들릴 정도였다. 헨리와 새라는 들은 체도 않고 더 크게 환호할 뿐이었다.

조이는 동떨어진 공간에 있는 듯한 기묘한 느낌으로 이 광경을 바라보았다. 새라의 식구들을 축하하기 싫다는 기분은 아니었다. 단지 가정이라는 아늑하고 작은 우주가 조이의 세상이 아닐 뿐이었다. 그 세상은 보기 민망할 정도로 친밀했다.

그렇긴 해도…….

그 순간 헨리와 새라의 마음은 아주 솔직하고 순수해 보였다. 딸을 응원하기 위해, 아이들 모두를 응원하기 위해 무엇이라도 할 것 같았다. 바로 여기에 의미가 있었다. 먹여주고 돌봐주고 숙제 검사를 하고 야단치고 씻어주고 가르치고 이끌어주는 일이 다가 아니었다. 이런 애정과 사랑이 더 소중했다.

마틸다는 실력이 좋은 꼬마 기수였다. 장애물 경기에 대해 문외한인 조이도 놀라움을 감출 수 없었다. 세 번의 점프를 성공하고 하얀 문과 가로대도 넘은 뒤 마틸다와 조랑말은 까다로운 두 번 연속 점프를 하기 위해 경기장을 세로로 가로질러 느린 구보로 달려갔다.

조이는 새라를 흘깃 바라보았다. 새라는 자부심에 넘쳐 가슴이 터질 듯한 지경이었다. 헨리는 마치 자신의 의지로 마틸다를 성공으로 이끌 수 있을 것처럼 필사적으로 정신을 집중하고 있었다. 애그니스는 입이 귀에 걸려 있었다.

마틸다가 장애물을 넘기 위해 방향을 돌리는 순간 조이는 생각했다.

'제발. 머뭇거리지 않게 해주세요. 넘게 해주세요.'

관중도 조용해졌다. 관중의 적개심이 몸으로 느껴질 정도였던 조이는 이렇게 외치고 싶은 마음이 간절했다.

'정말 이상한 사람들이야. 아직 아기라고요!'

그러나 사실 이 순간 마틸다는 전혀 아기 같지 않았다. 굳은 얼굴로 마지막 장애물에 시선을 고정한 마틸다는 조랑말을 발로 찼고 채찍을 정확히 내리꽂으며 장애물 위를 날아 안전하게 반대편에 착지했다.

헨리와 새라는 정신없이 환호성을 질러댔고 조이도 함께 박수를 쳤다. 애그니스는 환한 미소를 지으며 손녀에게 손을 흔들었다. 나머지 관중은 뜨뜻미지근한 박수를 쳤다.

마틸다는 엄마, 아빠를 보고 환하게 웃었다. 그리고 조랑말에서 내려와 고삐를 잡아끌며 새라와 헨리, 애그니스가 서 있는 곳과 가장 가까운 경기장 가장자리로 왔다. 조이는 멀찍이 떨어져졌다. 조이는 한식구가 아니었다. 이틀 전만 해도 거리에서 마틸다와 만났다면 누군지 몰랐을 것이다. 좋든 싫든, 조이가 어떻게 생각하건 간에 이 순간은 그 가족만의 것이었다.

조이는 주머니에 있는 블랙베리를 건드렸다. 휴대 전화가 나오기 이전에 사람들은 어색한 순간 바빠 보이기 위해 뭘 했을까?

새 이메일이 이삼십 통 와 있었다. 조이는 제목을 빠르게 훑었다. 거의 대부분이 회사 일과 관련된 내용으로 다음 날이나 그다음 날 답해도 되는 내용이었다. 그 밖에도 눈에는 익숙한데 정확히 알 수 없는 주소로부터 온 메일이 몇 개 있었지만 기대와 달리 딱히 흥미로운 내용은 없었다. 조이와는 공통점이 별로 없는 지인이 조이를 독서 모임에 초청하는 메일도 있었다. 싫어. 페이스북에 가입하라는 메일도 와 있었다. 무려 세 번째였다! 짜증스러웠다.

3주 후에 치아 관리 예약이 되어 있다는 알림 메일도 있었다. 훌륭하군. 그 밖에도 용케 필터에 걸러지지 않은 스팸 메일이 있었다. 쥐 방제 광고, 여성의 '만족감을 향상시켜 주는' 약 광고, 온라인 사진 인화 할인 혜택 등.

"조이, 너 어쩌면 그럴 수가 있니!"

조이가 고개를 들어보니 새라가 노려보고 있었다. 새라의 콧방울은 십대 때 버럭 화를 내기 직전에 그랬던 것처럼 벌름벌름했다.

"지금 이메일 확인하고 있어?" 새라가 날카롭게 외쳤다.

"맙소사, 넌 언제나 네 생각뿐이지?"

조이는 황당했다. 자기 생각뿐이었던 게 아니라 바빠 보이려고 애쓰고 있었을 뿐이다.

'내 생각뿐이었으면 또 어떻고? 누구 때문에 이 엄동설한에 두 시간 가까이 야외에서 시간을 보냈는데. 지금 이딴 게 재미있다는 거야?'

그러나 조이가 대답을 하기도 전에 새라가 고개를 가로저으며 돌아섰다. 조이는 블랙베리를 도로 주머니에 넣었지만 볼이 화끈거려왔다. 새라의 목소리에 밴 매정함에 쏘인 것 같았다. 조이는 헛간 옆 벤치로 물러났고 얼마 안 가 애그니스가 옆으로 왔다.

"핫 토디(술과 물, 꿀을 섞은 음료) 한잔할래요? 필요한 것 같은데."

조이가 놀라는 사이 애그니스는 플라스크의 뚜껑을 내

밀었고 자신은 작은 플라스틱 컵을 꺼냈다.

"꿀꺽 삼켜요!"

조이는 애그니스의 지시를 따랐다. 온기가 입에서 목으로, 그리고 가슴으로 퍼졌다.

"마음 쓰지 말아요." 애그니스가 말했다.

"새라가 이런 데 오면 예민해져요. 두 사람이 얼마나 가까운지 알겠어요."

조이가 말도 안 된다는 표정을 지었다. 가깝다고? 새라와 수백만 킬로는 떨어져 있는 것 같았다.

"가까워요." 애그니스가 단언했다.

"자매처럼 싸우잖아요. 마구잡이로. 보통 친구는 그렇게 싸우지 않아요."

조이는 애그니스의 말이 고마웠고, 애그니스와 새라에 대해 이야기를 나누고 싶었지만 애그니스가 새라의 시어머니라는 사실이 꺼림칙했다. 조이가 한 말이 혹시 새라에게 전해지기라도 한다면 지금보다 더 큰 곤혹을 치를 것만 같았다. 조이는 주제를 바꾸는 게 낫겠다는 생각에 이르렀다.

"아까는 뒤섞인 감정을 갖고 계신 듯했어요."

"뒤섞여요? 뭐가?"

"결혼에 대해서요." 조이가 속삭였다.

애그니스가 고개를 끄덕이며 말을 꺼내기에 앞서 잠시 생각에 잠겼다. 그러다 마침내 조이를 따뜻한 눈으로 바라보며 말했다.

"난 남편을 사랑했어요. 헨리와 새라도 사랑하고 손주들도 정말 사랑해요. 결혼을 하지 않았다면 어떻게 살았을지 상상하기 어려워요. 그렇지만 대도시에서 일하며 살았다면 참 즐거웠겠다는 생각도 해요."

"즐겁기도 하지요." 조이가 나지막이 말했다.

"힘들기도 하고요."

"인생이 다 그렇듯이요." 애그니스가 재미있다는 듯 말했다.

"지금 하는 일은 어떻게 선택하게 됐어요? 아주 성공한 것 같은데."

"그렇게 보이나요? 다행이네요."

"겸손한 척할 필요 없어요." 애그니스가 나무라듯 말했다.

"자기 능력을 깎아내리지 말아요."

조이가 재빨리 고개를 들었다.

"뉴욕 주립대를 졸업한 지 일주일 만에 뉴욕타임스에 난 구인광고를 보고 연락했어요. 갚아야 할 학자금 대출이 있었고 먹고살아야 했으니까요. 신입사원으로 들어갔어요. 파트너의 어시스턴트 자리였죠. 그때부터 죽 있었어요."

"그런데 지금 하고 있는 일은 어떻게 하게 됐어요?"

"회사에서 대학원에 보내줬어요. 학기마다 두 개씩 수업을 들었죠. 5년 동안. 건축과 디자인 복수 학위를 받았어요."

"대단하네요. 바닥에서 시작해 올라간 여자들은 존경스러워요. 아주 뿌듯하겠어요."

조이가 어깨를 으쓱했다.

"노력하죠. 그렇지만 솔직히 말하면 동일한 위치에 오르기 위해 같은 업계 남자들보다 더 열심히 일해야 한다는 느낌은 지긋지긋해요. 일은 정말 즐거워요. 바쁘지 않으면 불안해지거든요. 저도 그런 점이 마음에 들지 않지만 사실이에요. 휴가를 가면 어쩔 줄을 모르죠."

"그럴 것 같아요."

"정말요?"

애그니스가 온화한 표정으로 고개를 끄덕였다.

"나랑 비슷한 면이 있어요."

"감사한 말씀이지만 사실 별로 안 닮은 것 같아요. 전 외톨이 기질이 있거든요."

"나도 그래요."

"제가 무서워서 남자들이 도망가는 것 같다는 생각도 해요." 미처 생각하기도 전에 뱉어버린 말이었다. 대체 무슨 생각으로 이런 말을 했지?

"많은 남자들이 여자보다 똑똑하길 원하고 똑똑하다고 생각하곤 하죠." 애그니스가 대답했다.

조이가 미소를 지었다.

"전 회사 일이 정말 즐거워요. 낡은 공간을 보고 그 공간의 아름다움을 어떻게 보존할지 고민하는 게 좋아요.

창조적이면서도 현실에 충실해야 하는 일이죠. 다른 어떤 일과도 바꾸고 싶지 않아요."

"그런 마음이라니 운이 좋네요. 회사도 조이를 얻게 되어 운이 좋고요."

조이가 얼굴을 찡그렸다.

"그런 마음을 함께 나눌 특별한 사람도 있나요?"

애그니스의 질문은 뜻밖이었다.

"남자든 여자든. 어느 쪽이든 상관없어요."

조이는 머뭇거리다 대답했다.

"있었어요. 남자가."

"과거형이네요?"

"그 남자에게 다른 사람이 생겼죠."

애그니스가 측은한 눈길을 보냈다.

"마음이 움직이는 건 막을 수 없죠. 움직이는 부위가 꼭 마음이라는 법도 없고."

"맞아요!" 조이가 높은 목소리로 맞장구 쳤다.

애그니스는 전혀 놀랍지 않다는 듯 고개를 가로저었다.

"그 남자 손해예요. 하지만 조이가 어떤 상처를 받았을지 생각하니 안타깝네요. 나도 그 마음 잘 알거든."

"정말요?"

애그니스가 진지하게 고개를 끄덕였고 한동안 침묵을 지키다 입을 열었다.

"처음 영국 해협을 건너게 된 건 오랜 관계의 결실이었어요. 그 사람은 내가 매일 아침 가장 먼저 본 사람이지요. 매일 새벽 5시 추위와 어둠 속에서 그 사람과 겨우내 훈련을 했지요. 코치이자 스승인 동시에 내게 영감을 준 사람이었어요. 그 사람은 내가 할 수 있다고 말해줬고 난 그 사람을 믿었죠. 나 자신을 믿는 법을 배우기까지는."

"횡단의 흥분이 가라앉은 뒤 그 사람이 변했다는 걸 깨달았어요. 눈의 광채도 사라지고 우리의 공동 목표에 대한 열정과 나에 대한 열정까지도 증발해버렸어요. 알고 보니 단 한 번도 나, 혹은 우리를 위했던 적이 없었어요. 오로지 자신을 위해서 애쓴 거죠. 언론 앞에서 그 사람은 무명이었던 나를, 어떤 타고난 재능도 적성도 없던 나를 어떻게 발굴했는지 이야기했어요. 자신은 헨리 히긴스, 나는 일라이자 둘리틀(뮤지컬 〈마이 페어 레이디〉의 주인공)이었던 거죠. 나는 단지 달성해야 할 목표, 빚어야 할 찰흙 덩어리였어요. 3주 후에 그는 새로운 제자를 찾았지요."

조이가 고개를 설레설레 흔들었다.

"믿기지가 않네요."

"정말이에요. 그 사람에게서 벗어나려고 리처드와 결혼한 건 아닐까 고민한 적도 있었어요. 수영도 그만두었죠. 몇 년 동안 물에도 들어가지 않았어요. 그렇지만 지금은 그 나르시시스트로부터 배운 게 얼마나 많은지 잘 알아요. 자신을 위해 나를 사랑하는 남자와, 나를 위해 나를 사랑하는 남자의 차이를 알게 되었으니까요. 리처드는 내가 무얼 성취하든 상관하지 않았어요. 내가 어떤 사람인지가 중요했으니까."

"그렇지만 해협을 두 번 더 건너셨잖아요. 어떻게 다시 물속으로 돌아가게 되셨어요?"

"친구들 덕분이죠."

"지금 만나는 그 친구들이요?"

애그니스가 미소를 지었다.

"바로 그 친구들이요."

*

조이는 새라와 새라의 식구들이 주말 내내 벤브로 저택에 머물 줄로만 알았다. 그래서 어떻게든 애그니스 집에서 혹은 밖에서 함께 저녁 식사를 하게 될 것이라고 생각했다. 그렇지만 조랑말 대회가 끝나자마자 헨리와 새라는 커다란 레인지로버에 아이들 전부를 차곡차곡 태우고 두 시간 떨어진 런던으로 떠날 차비를 했다. 새라는 10월 이후 거의 매 주말을 시골에서 보내왔으며 일요일엔 헨리와 시내에서 볼일이 있다고 설명했다. 조이는 새라의 말을 믿어야 할지 확신이 없었다. 두 사람 사이를 맴도는 긴장감 때문에 새라가 갑작스럽게 떠나려고 한다는 느낌을 떨칠 수가 없었다.

"미안해." 새라가 작별 포옹을 하려고 몸을 돌리자 조이가 속삭였다.

"나도. 화내서 미안해."

"나는 그냥 자리를 피해주고 싶었을 뿐이야. 너희 가족을 위한 순간이었잖아. 거기 끼어서는 안 된다고 생각했어."

새라의 씁쓸한 표정은 더욱 어두워질 뿐이었다. 새라는 고개를 저었다.

"왜 그래?" 조이가 다그쳤다.

"왜 그러는데?"

새라가 바로 대답하지 않자 조이는 답답한 마음이 솟구쳐 올라오는 느낌이었다.

"내가 어떻게 해야 되는 거니? 내가 무슨 말을 해도 넌 화를 내고. 다 내 잘못이고."

"난 항상 우리가 자매 같다고 생각했어." 새라가 머뭇거리며 말했다.

"하나밖에 없는 자매. 너도 그렇게 생각하는 줄 알았어. 그런 우리가 가족이 아니면 누가 가족이겠니."

두 사람은 서로를 꼭 껴안았다. 두 사람 사이의 문제가 무엇이든 그 자리에선 당장 해결될 수 없다는 사실을 둘 다 잘 알고 있었다. 차 안에는 투닥투닥 가만히 있지 못하는 배고픈 아이들과 출발하고 싶은 마음이 간절해 보이는 남편이 있었다.

"전화할게." 새라가 차에 올라 문을 닫으며 말했다.

조이는 고개를 끄덕이며 차가 보이지 않을 때까지 손을

흔든 뒤 태워다주겠다는 애그니스의 도움으로 스탠웨이 저택으로 돌아왔다.

12

월요일 아침 조이는 건물 설계도 작업을 하려고 자리를 잡았다. 마시모가 마지막으로 방문했을 때 제안했던 몇 가지 변경 사항을 반영하기 위해 설계도를 손봐야 했다. 뿐만 아니라 트레이시 가문을 대표해 스탠웨이 저택을 담당할 영국 관리 회사와 다음 주 런던에서 가질 회의에 앞서 준비를 해야 했다. 이 회사는 특별 객실 '배리 스위트'의 구상을 마무리 지어달라고 조이를 다그치고 있었다. 투숙객에게 J. M. 배리가 잤던 방에서 묵을 기회를 주는 상품이 이 회사 마케팅 계획의 중심이 될 예정이었기 때문이다.

새라에 대한 혼란과 불만에서 벗어날 수 있는 해독제가 되어줄 업무에 조이는 기꺼이 빠져들었다. 인터넷으로 J. M. 배리에 관한 검색도 하고 뉴욕에서 가져온 책도 읽기 시작했다. 조이는 오래전부터 『피터팬』을 좋아했지만 이제야 비로소 책 뒤에 숨은 저자를 진지하게 이해하기 시작했다. 조이는 J. M. 배리가 홀로 살았다는 사실을 알게 되었다. 단 한 번의 결혼은 오래가지 못했다. 그럼에도 배리의 세상은 풍요로웠고 사랑과 호의, 우정으로 가득 차 있었다. 배리는 자신의 인생을 진정 살맛나게 설계했다.

배리의 친구 중에 아서 코난 도일 경(〈셜록 홈즈〉 시리즈의 저자)이 있었는데, 두 사람은 유명한 작가가 되기 오래 전 에든버러 대학을 다니면서 만났다. 우연히도 이 둘은 코츠월드 지방에서 꽤 오랜 세월을 보내게 되었고 도일은 배리의 크리켓 팀 선수였다. 한번은 배리가 오페레타의 창작을 의뢰받았는데 몸이 아파 끝내지 못했다. 그러나 어떻게든 작품을 전달하고자 하는 간절한 마음에 친구에게 도움을 청했다. 코난 도일은 곧장 배리의 침대 곁으로 달려와 작품을 완성하는 데 도움을 주었다. 제목은 '제인 애니 혹은 선행상*Jane Annie, or The Good Conduct Prize*'이었다. 영어권 작가들 중에서도 최고로 손꼽히는 두 사람이 썼지만 완전한 실패작이었다. 조지 버나드 쇼는 이 작품이 "두 책임 있는 시민이 남들 앞에 읽으라고 내놓았다고 믿기 힘든, 더할 나위 없이 뻔뻔스러운 졸작!"이라며 혹평을 썼다. 그러나 배리는 뛰어난 유머 감각이 있는 사람이었던 만큼 도일의 무조건적인 도움을 몇 년 뒤 특별한 선물로 갚았는데, 바로 셜록 홈즈를 익살스럽게 개작한 '두 공동

저자의 모험*The Adventure of the Two Collaborators*'이었다. 이 이야기에서 두 사람은 셜록 홈즈에게 사건을 의뢰하며 오페레타가 대히트를 치지 못한 이유를 밝혀달라고 한다.

코난 도일은 한때 배리에 대해 "체구를 제외하면 어느 것도 작지 않은 사람"이라고 썼다. 조이는 배리의 키가 그렇게 작은 줄 몰랐다. 154센티미터였다고 한다. 배리 자신이 나이 먹지 않는 소년처럼 생겼던 게 분명하다! 조이는 J. M. 배리에 대해 알아갈수록 배리라는 사람이 좋아졌다. 배리는 친구들을 아꼈고 친구들은 식구가 되었다. 조이는 새라를 떠올리지 않을 수 없었다. 두 사람도 배리와 도일처럼 영원한 우정에 다다를 수 있을까?

*

3시쯤, 더 이상 책을 읽을 수 없었던 조이는 연못으로 산책을 가기로 결심했다. 그런데 정신을 차리고 보니 어느새 오두막 벤치에 옷을 가지런히 쌓아두고 수영복 어깨끈을 조정하고 있었다.

조이는 수건을 두르고 얇은 바람막이 재킷을 걸친 다음 물가로 내려갔다. 다들 풀밭에 깔린 담요 위에 앉아 있었다. 조이도 얌전히 자리를 차지하고 앉았다. 메그가 차 한 잔을 따라 건네주었다. 한낮의 태양이 계절에 어울리지 않게 따뜻했다. 수면 위로 안개가 피어올랐다.

"오늘은 깰 얼음이 없네요, 게일라?" 조이가 말했다.

게일라가 연못을 살피더니 고개를 저었다. 조이는 차를 홀짝이며 여자들이 마을에 사는 홀아비 웜슬리 씨에 대해 나누는 이야기를 들었다. 웜슬리 씨가 스무 살은 어린 여자와 함께 다니는 모습이 목격된 것이다.

"서른 살은 더 어릴걸!" 비브가 목소리를 높여 말했다.

"조카였는지도 모르지." 메그의 생각이었다.

릴리아는 답답하다는 듯 한숨을 내쉬었다.

"정말이지 어쩔 때 보면 눈치가 개미만큼도 없다니까."

"개미가 얼마나 똑똑한데." 메그가 말했다.

"E. O. 윌슨이라는 작가의 글 읽어본 적 있어?"

"없어." 릴리아가 대답했다.

"한번 읽어봐." 메그가 나지막이 말했다.

"개미에 대한 생각이 달라질 거야."

"개미에 대해 달리 생각하고 싶지 않아. 개미에 대해 필요한 지식은 다 있다고." 릴리아의 대답이었다.

"아주 적은 지식인 게 문제지." 메그가 지저귀듯 말했다.

조이가 다른 사람들을 살폈더니 다들 웃고 있었다. 두 사람의 아옹다옹은 늘 있는 일인 듯했다.

"오늘은 평소보다 따뜻하죠?" 조이가 물었다.

"1969년 같아요." 애그니스가 대답하며 다른 사람들에게도 시선을 보냈다.

"기억들 나?"

"물론이지." 게일라와 비브가 입을 모아 말했다.

"가장 더운 1월로 기록에 남았지." 릴리아가 설명했다.

"내 난이 다 죽었어. 그런 겨울은 잊을 수가 없어." 애그니스가 덧붙였다.

"너희는 어떨지 몰라도 나는 이 눈부시게 따뜻한 날을 그냥 보낼 수 없어. 아무것도 안 걸친 것만큼 기분 좋은 건 아무것도 없지. 오늘은 수영복 없이 한다." 게일라의 선언이었다.

"나도." 비브가 말했다.

"잠깐만 기다려."

조이는 게일라와 비브가 바로 그 자리에서 벌거벗지나 않을까 염려했지만 다행히 두 사람은 자리에서 일어나 휘청거리며 오두막으로 갔다.

"동감이야." 애그니스가 말하며 바로 그 자리에서 수영복을 벗기 시작했다.

"조이, 오늘 같은 날은 선물이에요. 물이 훨씬 따뜻하다는 걸 느낄 거예요."

"그렇지만 어젯밤은 아주 추웠는걸요." 조이가 조심스럽게 말했다.

"그건 어젯밤이죠." 메그가 말했다. 메그 역시 수영복을 벗는 중이었다.

"오늘은 오늘이에요. 연못은 의외로 얕아요. 금방 데워지죠."

게일라와 비브도 커다란 수건만을 두른 채 종종걸음으

로 돌아왔다. 애그니스와 메그는 이미 수영복을 벗은 뒤였고 릴리아도 끈을 내리기 시작했다. 다들 조이를 보고 미소 짓고 있었다. 못생긴 빨간 수영복을 벗고 함께 맨몸으로 수영을 하러 가겠느냐는 제안이었다.

그래볼까 싶었다. 조이는 살짝 수줍어하며 수영복을 벗고, 물로 향하는 창백하고 벌거벗은 여자들의 행진에 가담했다.

"오늘은 우릴 놀라게 하지 말아요." 잔교에서 물속으로 뛰어드는데 메그가 주의를 주었다.

"길어도 15분이에요."

"알겠습니다." 조이가 물 밑으로 미끄러져 들어가기 전에 말했다.

여자들의 말이 맞았다. 물은 훨씬 따뜻했다. 같은 장소에서 수영하고 있다는 사실이 믿기지 않을 정도였다. 여기저기서 긴 띠 모양의 온기나 열기 주머니들이 차가운 연못을 헤엄치는 조이의 몸을 어루만졌다. 조이는 다시 활력을 되찾았고 정신이 맑아졌다. 피부가 따끔따끔하다가 팽팽해지기 시작했으며 순수한 기력이 몸을 타고 파도처럼 흘렀다. 마치 연못에 흐르는 전류가 조이를 충전시켜주고 있는 느낌이었다.

엎드려 헤엄치는 조이의 팔뚝과 다리에 힘이 느껴졌다. 조이는 물 밑으로 미끄러지듯 들어가 누렇고 탁한 물속에서 눈을 떴다. 그리고 온기와 냉기가 교차하는 물결을 헤치고 나아갔다. 다시 수면 위로 나오자 위에선 태양이 밝게 빛나고 있었다. 조이는 수면 위에 누운 채 둥둥 떠다니며 구름 없는 하늘을 바라보았다. 엄청난 평화와 고요로 가득 찬 느낌이었다.

그러다 뜬금없이 엄마 생각이 났다.

'엄마가 여기 있어.' 조이는 절대적으로 확신할 수 있었다. 녹슨 철제 울타리 속에 생화로 묘를 장식할 수 없는 사람들이 남겨둔, 초라하고 작은 조화 다발이 있는 마운트 카멜 공동묘지가 갑자기 무의미하게 느껴졌다. 조이의 엄마는 여기, 조이와 함께, 태양과 바람과 물과, 달콤하고 상쾌한 공기와 함께 있었다.

조이는 몸을 뒤집어 수면을 살펴보았다. 애그니스와 릴리아, 메그, 게일라, 비브는 놀이하는 아이들처럼 서로에게 물을 튀기고 있었다. 조이가 그들을 향해 헤엄쳐 갔다. 노령의 이 다섯 여자들은 며칠 전만 해도 조이에게 전혀 낯선 사람들이었다. 그런데 어느새 그들이 조이에게 미친 영향과 그들이 조이의 삶에서 갖게 된 중요한 의미는 말로 다 설명할 길이 없을 정도로 막대했다. 기가 막힐 지경이었다.

조이는 직업을 가진 뉴욕 여성이었다. 종교적이거나 철학적이지 않았다. 조이의 사고는 이성적이고 구체적이었으며 뉴욕의 고층 건물처럼 견고하고 지속성이 있었다. 만약 누군가 천사를 들먹이며 어떻게 해서인지는 몰라도

'천사의 손이 닿았다'고 말했다면 조이는 면전에서 그 사람을 비웃어주었을 것이다. 얼마 전까지만 해도.

"좋지 않아요?" 조이가 다가가자 애그니스가 외쳤다.

"이 근처에 남자들 없는 거 확실해요?" 조이가 소리쳤다.

"없어요. 절대로!" 게일라가 말했다.

"우린 자유!"

게일라가 자맥질을 하더니 곧 조이 옆에 나타났다. 조이는 고개를 열심히 끄덕였다. 미국인으로서 조이는 언제나 자유를 당연하게 여겼지만 게일라에게 그 말은 특별한 의미를 가질 터였다.

릴리아가 헤엄치며 다가오고 있었다.

"모든 사람이 남자로부터 자유롭고 싶어하는 건 아니야, 게일라. 남자의 보살핌을 받거나 사랑하는 사람의 협력자로 사는 데 만족하는 여자들도 많다고."

"그럴지도 모르지." 메그가 대답했다.

"어떤 의미에서 좀 더 쉬운 선택이기도 하니까. 자유는 외롭거든. 독립성을 유지하기 위해서는 큰 대가를 치러야 하는 법이야."

"자유를 포기하는 쪽보다 더 클까?" 비브가 물었다.

다들 물에 떠 있기 위해 팔다리를 움직이고 있었다. 조이는 물 밖에서 대화를 나누는 것이 더 낫지 않을까 생각했지만 감히 그 말을 입 밖에 내고 싶지는 않았다.

"각자의 가정을 생각해봐." 애그니스가 차근차근 따졌다.

"여자들이 다 자기 하고 싶은 대로 한다면 가정도 없고 아이들도 없을 거야."

"있지, 왜 없어!" 메그가 주장했다.

"아이들이 셀 수 없이 많을걸! 보살필 사람이 없겠지! 엄마들은 다른 아이들을 만드느라 정신없을 테니까!" 메그가 짓궂게 웃었다.

"그게 남자들이 하는 짓이잖아? 씨를 뿌리고 나머지는 우리 여자들이 알아서 해라? 모든 남자는 아니지만 역사적으로……." 애그니스가 말했다.

"리처드는 안 그랬잖아." 게일라가 말했다.

"안 그랬지. 리처드는 나를 위해 무엇이든 해줬을 테고 나도 마찬가지였을 거야."

"무엇이든?" 메그가 높은 소리로 말했다.

"무엇이든? 그건 노예 상태 같은데!"

"메그!" 애그니스가 외쳤다.

"나는 가족이든 친구든 그 누구의 노예도 아니었고 앞으로도 아닐 거야. 말로든 행동으로든!"

애그니스가 어리둥절한 표정으로 메그를 바라보았다.

"나를 정말 그 정도로밖에 안 보는 거야?"

"메그, 너는 네 일의 노예잖아." 릴리아가 지적했다.

"네 자유는 어디 있어?"

메그가 기분 나빠하지 않고 웃었다.

"난 내 일의 노예가 되기로 자유롭게 선택했다, 어쩔래?"

조이는 이 광경을 지켜보며 귀를 기울이고 있었지만 이 벌집 같은 대화 속으로 들어가지는 않을 작정이었다. 이 여자들은 정말 솔직한 말을 아끼지 않는 것 같았다!

"조이는 결혼했어요?" 비브가 갑작스럽게 물었다.

조이는 고개를 저었다.

"아직." 애그니스가 친절하게도 대신 대답해주었다.

"전 근무시간이 꽤 긴 편이거든요." 조이는 주제가 바뀌길 바라며 답했다.

"그건 핑계가 안 되죠." 게일라가 말했다.

"프로이트가 그랬어요. 누구든 일과 사랑 둘 다 필요하다고요."

"프로이트는 그런 말 한 적 없어!" 비브가 항의하듯 말했다.

"했어, 정말이야!" 게일라가 자신 있게 말했다.

"사귀는 사람이 있었는데 잘 안 됐어요." 조이가 낮은 소리로 말했다.

"누구 잘못이었어요?" 메그가 노골적으로 물었다.

"모르겠어요." 조이가 대답했다.

"제가 그 사람을 행복하게 못 해줬나 봐요. 충분히 행복하게."

"누구도 타인을 행복하게 해주지는 못해요." 비브의 생각이었다.

"스스로 자기 안에서 행복하지 않다면요. 그래서 그렇

게 많은 결혼이 실패로 돌아가는 거예요."

"그래?" 메그가 히죽 웃으며 물었다.

"그렇구나, 해답을 찾았네! 책으로 쓰지 그래."

"그래야겠다!" 비브가 쾌활하게 말했다.

"나도 동감이야." 게일라가 말했다.

"결혼한 사람들이 함께 행복하고 서로에게 기쁨과 위안을 가져다줄 수 없다는 건 아니지만 어떤 인간도 다른 인간의 근본적인 불행을 치유할 수는 없어."

"외로워서 불행한 거라면?" 애그니스가 물었다.

"그러다가 함께 있어서 외롭지 않다면? 한 사람이 다른 한 사람의 불행을 치유한 게 아닌가?"

"그건 다른 경우야." 게일라가 말했다.

"다르지 않아." 애그니스가 고집했다.

비브는 고개를 가로저었다.

"내가 말하는 건 자기 안 깊은 곳에 자리한 불행이야. 그건 외로움과 달라."

"외롭다니 말인데……." 게일라가 물을 튀기며 말했다.

"스탠웨이 저택에 묵고 있다면서요? 관리인은 만나봤어요?"

애그니스가 게일라에게 경고하는 눈빛을 보냈지만 게일라는 전혀 알아채지 못했다.

"이언 말씀이세요?" 조이가 물었다.

"잘생겼죠?" 게일라가 말을 이었다.

"릴리도 얼마나 예쁜데요. 할머니 꼭 닮아서."

조이가 고개를 돌려 릴리아를 바라보았다. 릴리아의 얼굴은 돌처럼 굳어 있었다.

"그 사람이야말로 외롭지요." 게일라가 나긋하게 말했다.

"혹시……."

"이언은 유부남이야." 릴리아가 속삭였다. 그러고는 갑자기 몸을 돌려 사다리 쪽으로 가더니 물 밖으로 나갔다.

"유부남이었지, 릴리아. 7년이나 됐어. 그걸 기억해."

릴리아가 사다리 위에서 멈칫했다. 말을 잇기 위해 몹시 애쓰는 것 같았다.

"얼마나 됐는지 말해줄 필요 없어. 우리 딸 없이 이 세상에서 사는 하루하루를 뼈저리게 느끼고 있으니까."

"가지 마!" 게일라가 외쳤다.

"제발. 미안해."

고개를 돌려 노려보는 릴리아의 벗은 몸은 창백하고 쓸쓸했다.

"가끔은 네가 정말 매정한 것 같아. 네가 어려운 일을 겪었을 땐 그런 마음이 살아남는 데 도움이 됐겠지만 왜 친구들한테까지 그래야 하는 거야?"

"난 이언이 다시 행복했으면 좋겠어." 게일라가 외쳤다.

"네가 다시 행복했으면 좋겠어."

"그런 일은 없을 거야." 릴리아가 말했다.

"나에게도, 이언에게도."

"이언은 다시 행복할 수 있어. 너도 그럴 수 있어. 나도 나의 망령을 떠나보냈어."

"그렇다면 넌 나보다 강한 사람이네." 릴리아가 단념한 듯한 말투로 대꾸하며 수건을 집어들고 오두막으로 향했다.

게일라도 서둘러 물 밖으로 나갔다.

"그냥 가게 내버려둬, 게일라." 애그니스가 조용히 말했다.

게일라는 애그니스의 말을 뒤로하고 노구를 최대한 빨리 움직여 릴리아에게 갔다. 그리고 릴리아가 오두막 입구에 다다른 순간 두 팔로 릴리아를 붙잡아 꼭 껴안았다. 처음에는 거부하던 릴리아도 마침내 누그러져서 게일라의 어깨에 얼굴을 묻었다.

13

어디선가 조이가 한 번도 들어본 적 없는, 고막을 찢을 듯한 고음으로 낑낑대는 소리가 들려왔다. 황혼이 다가오고 있었고 조이는 팅크를 데리고 스탠웨이 저택 뒤편의 공원에 접한 숲을 산책 중이었다. 살짝 망설이다가 팅크의 목줄을 막 풀어준 뒤였다. 팅크가 뉴욕에서 느끼기 힘든 원시적이고 강렬한 소리와 냄새에 흥분해 멀리 도망갈 수 있다고 생각은 했지만 숲 가장자리에서 코를 킁킁대며 흙을 팔 기회를 주고 싶은 마음도 떨칠 수 없었다.

낑낑대는 끔찍한 소리를 들은 조이는 무엇이 내는 소리인지 궁금했다. 위험에 빠진 동물이 내는 소리라고 짐작은 했지만 팅크의 소리일 거라고는 상상조차 하지 못했다. 그러다 숲의 가장자리에서 앞발로 코를 만지며 끙끙대는 팅크를 보았다. 조이는 팅크를 향해 전속력으로 달렸다.

조이가 옆에 무릎을 꿇고 앉았지만 팅크는 전혀 알아채지 못하는 것 같았다. 코와 입에서 피가 흐르고 있었고 여태 한 번도 들어보지 못한 비참한 소리로 울부짖고 있었다. 팅크의 머리가 둥글게 말아놓은 철조망으로 보이는 물체에 끼어 있었다. 조이는 잠시 공포와 반감에 온몸이 마비되었지만 이내 팅크를 달래며 굵은 가시철사를 풀기 시작했다.

팅크가 더 다치지 않도록 진정시키면서 철사를 풀어내기란 쉽지 않았다. 괴로운 과정이었다. 마침내 그 일이 끝났을 때 조이는 팅크를 안고 이언의 집으로 달렸다.

조이가 문을 쾅쾅 두드렸다. 문이 열리기까지 몇 시간이 지난 것 같았다. 짜증스러워 보이는 표정으로 이언이 문 앞에 나타났다.

"동물병원에 가야 해요." 조이가 불쑥 내뱉었다.

"맙소사."

"숲속에 철조망이 있는 줄 몰랐어요!" 조이의 눈이 눈물로 그렁그렁했다.

"없어야 하는 게 맞아요." 이언이 차분하게 대답했다. 그러고는 가까이 다가와 팅크의 머리 뒤에 손을 얹었다.

"울타리 제작하는 사람들이 놔두고 갔나 봐요."

"어떡해요? 전 차가 없어요."

"차는 없어도 돼요. 일단 진정하세요."

"저런!" 아빠의 등 뒤에서 나타난 릴리가 걸어 나오면서 말했다.

"물 좀 끓여주겠니?" 이언이 상냥하게 말했다.

"수건도 좀 가져다주고."

"어떡하시게요?" 조이가 물었다.

"상처를 세척할 거예요. 흙을 씻어낸 다음 꿰매야 하는지 봐야겠죠. 좀 도와주세요."

"할 줄 알아요? 뭘 알고 이러는 거예요?" 조이는 이 말을 내뱉고 곧 후회했다.

이언은 심호흡을 하고 마음을 다잡으려고 무척 애쓰는 것처럼 보였다.

"예, 루빈 씨. 알고 이러는 겁니다." 이언이 마침내 대답했다.

15분 후, 이언은 다 끝났다고 했다. 팅크의 왼쪽 눈 밑에 심한 자상이 있었지만 꿰맬 정도는 아니라고 했다. 릴리가 깊고 오목한 접시에 물을 담아 내려놓자 팅크가 깨끗이 먹어 치웠다.

팅크가 괜찮을 거라는 생각에 안도한 조이는 부끄럽게도 울음을 터뜨렸다. 그러자 이언은 말없이 방을 가로질러 찬장 앞으로 가서 손가락 세 마디 높이만큼 위스키를 따라 조용히 조이에게 건넸다. 조이는 이언에게 어떻게 고마워해야 할지 몰랐다. 이언은 팅크를 상냥하고 다정하게 다루어주는 동시에 조이의 징징거림을 무시하고 눈앞의 사안에 집중했다. 팅크는 아침이면 괜찮을 거라고 이언이 말했다.

"정말 고마워요." 조이가 눈물을 닦으며 울먹였다.

"천만에요."

"저 혼자였다면 어떻게 했을지 정말…… 정말……."

"위스키 드세요." 이언이 말했다.

조이는 시키는 대로 했다. 릴리는 불 옆에 앉아서 지친 기색이 완연한 팅크를 쓰다듬고 있었다.

"팅크는 밤새 우리가 데리고 있을게요." 이언이 말했다.

"내가 지켜볼게요."

"괜찮아요. 이미 큰 도움이 됐어요."

"여기 놔두고 가세요." 이언이 단호하게 말했다.

조이가 릴리를 바라보자 릴리가 고개를 끄덕였다.

"알았어요." 조이는 술을 다시 한 모금 꿀꺽하며 대답했다.

*

다음 날 아침 조이가 이언의 집으로 갔을 때 현관문에는 쪽지가 붙어 있었다.

'뒤편 헛간에 있음. 개는 괜찮음.'

손잡이를 돌리자 문이 열렸다.

"계세요?" 조이가 말했다.

유일한 응답은 꼬리를 흔들며 명랑하게 다가오는 팅크였다.

"우리 아기!" 조이가 어르는 소리를 내며 무릎을 꿇은 채 팅크에게 쉼 없이 뽀뽀 세례를 퍼부었다.

"불쌍한 우리 아기!"

팅크는 괜찮아 보였다. 스토브 옆에는 물 반 그릇과 빈 그릇이 하나 놓여 있었는데 안에 들어 있던 내용물을 깨끗이 먹어 치운 것 같았다. 조이는 팅크를 두 팔로 쓸어 담듯 안고 오후에 시내로 가서 이언을 위해 괜찮은 술을 한 병 사야겠다고 생각했다. 방을 가로지른 조이는 찬장 위에 어떤 술이 놓여 있는지 살펴보았다. 조이는 독한 술을 거의 마시지 않았다. 영국에 오기 전까지만 해도 그랬다. 그러나 이언은 스카치위스키를 좋아하는 듯했다. 조이는 주류 가게에서 아주 좋은 위스키를 추천받아야겠다고 생각했다.

한 시간 뒤, 발치에는 팅크가 널브러져 있었고 조이는 일에 집중할 수 있었다. 첫 번째 과제는 스탠웨이 저택의 각 방에 머물면서 어떻게 수리해야 할지 아주 개략적으로 생각해보는 일이었다. 넓은 공간은 거의 그대로 놔둘 예정이었다. 호화롭고 정취가 있으며 대체할 수 없는 공간들이었다. 예배당, 현관홀, 수도사들이 식사를 하던 오래된 식당이 그러했다. 천장이 높은 이 공간들의 전기 배선을 최신식으로 바꿔야 했고 마호가니 패널도 다시 마감해야 했으며 바닥도 다시 광을 내야 했지만 조이는 가능한 손을 적게 대고 싶었다.

문제는 나머지 공간이었다. 침실 열여섯 개, 욕실 열두 개, 서재, 가족 응접실 여섯 개, 아침 식사용 식당, 대형 주방, 세탁실, 그리고 그 밖에도 수세기 동안 다양한 용도로 쓰인 방 여남은 개 이상. 별채들은 이후 단계에서 다뤄질 예정이었다. 십일조 헛간도 있었다. 전통적으로 부지의 농장에서 생산한 농작물의 십 분의 일은 이 석조 건물 안에 보관되었다가 해마다 교회에 기부되었다. 수리가 시급한 '손님 집'도 몇 채 있었는데 적어도 백 년 동안은 손님을 재운 적이 없는 곳들이었다.

툭스베리 수도원의 수도사들이 묵었던 돌로 된 길고 수수한 숙소용 건물도 있었다. 작고 외딴 연못을 바라보는 위치에 지어진 이 독립된 공간은 놀라운 휴양 시설이 될 수 있었다. 십일조 헛간도 조촐한 비공개 파티나 소규모 결혼식 장소로 적절할 것 같았고 손님 집은 독립적인 임대 시설로 용도를 바꿀 수 있을 터였다. 너무 떨어져 있지도 않아 음식은 스탠웨이 저택의 주방에서 만들어 공급할 수 있었다.

그러나 조이는 흥분한 나머지 너무 앞서나가고 있었다. 앞으로 몇 주간 이 공간들을 어떻게 바꿀지 체계적인 작업 계획을 먼저 세워야 했다. 한 시간이 지나 조이는 이 공간들을 여덟 가지로 분류하고 하루에 한 가지씩 끝내기로 마음먹었다. 그렇게 하면 출장 막바지에 조사 결과와 제안을 정리하고 건축 허가와 건축 자재에 관한 사전 정보를 수집할 시간이 생길 터였다. 큰 공정부터 시작해 세밀한 작업을 해나갈 작정이었다. 조이는 실내 장식을 정말 좋아했지만 이 부분은 쉽고 재미있는 부분이었기에 일단 어려운 문제부터 해치우기로 했다.

조이는 오후 내내 쉬지 않고 일하는 가운데 팅크를 내보내주기 위해 딱 한 번 휴식을 취했을 뿐이다. 주방 시설을 자세히 점검하고 여러 아이디어를 정리해 기획서 초안을 잡으니 5시였다. 몇십 년간 주방은 트레이시 집안을 거쳐간 여러 세대의 목적에 맞추어 분할, 변경되었다. 원래 하루에 수백 명을 먹일 음식을 차리기 위해 만들어진 주방이었지만 현재는 대가족 성원들의 개인적인 필요를 충족하기 위한 사적이고 독특한 주방으로 남게 되었다.

거의 모든 시설을 철거해야 할 터였다. 주방에 붙은 식품 저장실에 있는, 바닥에서 천장까지 뻗어 있는 유리 찬장은 예외가 될 수도 있었지만 본 주방은 뼈대가 드러날 때까지 뜯어내야 했다. 업소용 주방 디자이너에게 맡기겠지만 현대적인 기기와 환기 및 안전시설을 제외하면 완성된 주방은 아마도 150년 전의 모습을 되찾게 될 터였다. 널찍한 작업 공간, 연장된 벽을 따라 이어진 전통적인 자재로 만든 조리대, 빵과 과자를 만들고 다수의 식사를 그릇에 담기 위한 중앙의 길고 좁은 작업대.

조이는 흘깃 시계를 보았다. 5시 20분이었다. 계획해놓은 하루 일과는 끝난 뒤였다. 뒤늦게 저녁 걱정이 되었다.

수영을 마치고 가게에서 샌드위치를 살 때 저녁까지 생각했으면 좋았을 터였다. 이제라도 가게가 문을 닫기 전에 도착한다면 살 것만 간단히 사서 택시를 타고 돌아올 수 있을 것 같았다. 몇 주 동안 먹을 음식을 마련할 필요까지는 없었지만 아침에 먹을 토스트와 커피는 있어야 했다.

*

조이가 현관문을 잠그는데 냄새가 느껴졌다. 낯선 흙내였는데 정확히 알 수는 없었지만 분명히 사택에서 새어나오는 고기 요리 냄새였다. 소고기는 아닌 것 같았다. 그렇다고 돼지고기나 닭고기도 아니었다. 조이는 다른 가능성을 머릿속으로 꼽아보며 자갈 위를 걸었다. 양고기? 칠면조? 그것도 아니면 아주 영국스러운 거위? 아니면 꿩?

"조이!"

조이가 고개를 돌리자 릴리가 자기 집 문 앞에 서 있었다.

"안녕!"

"어디 가세요?"

"가서 장 좀 봐오게."

"지금요?" 릴리가 믿을 수 없다는 듯 물었다.

조이는 고개를 끄덕였다.

"좀 더 일찍 갔어야 하는데 아까는 미처 생각을 못했어."

"아마 가게 문 닫았을걸요." 릴리가 아빠의 의견을 구하려는 듯 고개를 돌려 안을 보며 말했다.

"저녁 식사를 하셔야 하는 거면, 마침 앵거스 삼촌이 오는 날이고 아빠가 제일 잘하는 요리를 하고 있으니까……."

릴리가 몸을 절반쯤 돌려 안을 향해 외쳤다.

"아빠!"

이언이 문간에 나타났다.

"팅크 일은 정말 감사했어요."

이언이 손사래를 쳤다.

"지금은 좀 어때요?"

"괜찮아 보여요. 곯아떨어졌어요."

이언이 고개를 끄덕였다.

"다행이네요."

"그럴 때 어떻게 해야 하는지 정말 잘 알고 계시더라고요."

이언이 어깨를 으쓱했다.

"조이는 우리랑 같이 저녁 먹을 거야." 릴리가 선언하듯 말했다.

"그래?"

"집에 먹을 게 없대!" 릴리가 다급하게 우는 소리를 했다.

"가게 문 닫았잖아!"

"아빠도 알고 있단다." 이언이 차분하게 말했다.

"전 괜찮아요. 그렇게 폐 끼치려고 여기 온 게……." 조이가 극구 사양했다.

"아빠!" 이언이 뭐라고 하지도 않았는데 릴리가 구슬픈 소리로 보챘다.

"아빠는 조이가 그냥 굶었으면 좋겠어?"

이언은 릴리가 헛소리를 하는 미치광이인 양 바라보았다. 어찌됐든 결론은 나와 있는 것 같았다. 조이는 이렇게 해서 이언의 집에서 저녁을 먹게 되었다. 안으로 들어가면서 조이는 과연 잘하는 짓인지 자문했다. 연못에서 있었던 일이 머릿속을 떠나지 않았다. 인정할 것은 인정해야 했다. 조이는 이언에게 호감이 있었고 릴리는 어디로 튈지 모르는 아이였다. 그러나 이언이 새 여자를 만날 수도 있다는 단순한 가능성에 대한 릴리아의 극도로 예민한 반응으로 미루어 짐작할 때 상황은 복잡했다. 신중하게 행동해야 했다.

조이가 집 안으로 들어섰다.

"졸지에 불청객이 됐네요."

"어차피 앵거스도 저녁 식사하러 오기로 했어요. 대신 일 좀 도와줘요." 이언이 하얀 앞치마를 조이 쪽으로 던지며 말했다.

"손님을 가족처럼, 가족을 손님처럼 대하라. 우리 엄마가 자주 하시던 말씀이죠."

이언이 유리잔을 꺼내 조이에게 와인을 따라주었다.

"저기 가서 앉으세요."

조이는 주변을 살피며 시키는 대로 했다. 그곳은 릴리와 이언이 주로 시간을 보내는 공간이 분명했다. 솜을 과하게 채운 의자가 화목 난로 가까이 놓여 있었고 선반에는 짝이 맞지 않는 도자기 그릇이나 머그잔 등의 잡동사니가 놓여 있었다. 방 저편을 점령하고 있는 울퉁불퉁한 소파 위에는 쿠션이 쌓여 있었고 뜨개 담요도 늘어져 있었다.

"뭘 만들고 계세요?" 조이가 물었다.

"냄새가 정말 좋은데요."

"해기스예요."

"그게 뭐예요?"

"해기스가 뭔지 몰라요?" 릴리가 외쳤다.

"말도 안 돼."

조이가 고개를 설레설레 흔들었다.

"난 온실 속 화초처럼 살았단다."

"그랬겠죠. 뉴욕에서." 이언이 비꼬듯 말했다.

"전 요리는 잘 못해요." 조이가 인정했다.

"잘하고 싶지만 한 번도 배워본 적이 없어요."

"시작이 반입니다." 이언이 짓궂은 미소와 함께 말했다. 그리고 식탁에 펼쳐져 있던 요리책을 조이에게 건넸다.

"스코틀랜드의 국민 요리예요. 한번 읽어봐요."

조이가 잔을 내려놓고 이언이 가리킨 요리법을 자세히 읽기 시작했다. 먼저 위에서부터 재료를 읽어내려갔다.

양 위장 1

양 간 1

양 심장 1

양 혀 1

수에트 1/2파운드

조이가 고개를 들었다. 이언이 장난을 친 게 분명했다. 수에트는 돼지 지방이 아니었나? 허브를 다지는 데 정신이 팔린 이언은 조이와 눈을 마주치지 않았다. 조이는 계속해서 읽어내려갔다.

중간 크기 양파 3개, 다진 것

말린 귀리 1/2파운드, 볶은 것

소금 1티스푼

검은 후춧가루 1/2티스푼

다진 생 허브, 양은 취향에 따라 조절

조이는 단계별 요리법을 재빨리 훑으면서 살짝 울렁거리는 느낌을 받기 시작했다. 양의 위장을 밤새 물에 담가둔다. 심장과 혀, 간을 잘게 다져 수에트와 섞는다. 고기에 귀리와 약간의 물을 더해 반죽한 속으로 위장을 채운다. 실로 꿰매어 봉한다.

조이가 시선을 들고 심호흡을 했다. 실로 꿰매어 봉한다?

겁에 질린 채 조이는 계속해서 읽었다. 위장을 세 시간 동안 끓인다. 위장이 터질 것처럼 보이면 바늘로 찌른다.

조이는 또 한 번의 메스꺼움과 싸웠다. 그리고 요리책을 탁자 위에 슬쩍 내려놓았다.

"와!" 조이가 힘없이 말했다.

"이런 걸 만드는 거예요?"

"다 만들었어요." 이언이 말했다.

"샐러드만 버무리면 돼요." 이언이 조이를 바라보고 미소를 지었다.

"걱정 말아요. 매일 이렇게 먹지는 않아요. 1년에 한 번만 먹는 특식이죠."

누군가가 문을 두드리는 소리에 대화는 멈추었다.

"앵거스 삼촌!" 릴리가 벌떡 일어나며 말했다.

금세 돌아온 릴리 뒤로는 부스스한 붉은 머리를 하나로 묶고 수염을 기른 땅딸막한 남자가 서 있었다. 남자의 두꺼운 팔은 뽀빠이를 연상케 했다.

"반가워요." 앵거스가 우렁찬 목소리로 손을 뻗으며 말했다.

앵거스가 조이의 손을 얼마나 오래 그리고 강하게 흔들었는지 팔이 빠질 것만 같았다.

"조이 루빈이에요. 릴리 삼촌이시라고요. 만나서 반가워요."

"삼촌이 아니라, 굶어 죽지 않게 내가 가끔 밥이나 먹이는 놈이에요." 이언이 말했다.

앵거스는 이언을 와락 끌어안더니 키 190센티미터가

넘는 이언을 공중으로 들어올렸다.

“친구야!” 앵거스가 애정 넘치는 목소리로 말했다. 그리고 스토브로 가서 해기스 냄새를 맡고는 행복감에 기절할 것 같은 표정을 지었다.

“이 사람은 정말 친구를 제대로 대접할 줄 아는 사람입니다.”

릴리는 이언과 앵거스가 스코틀랜드에서 학창 시절을 보내던 중 만났다고 설명했다. 그러다 20년 전쯤 앵거스가 이언을 따라 코츠월드로 왔다.

“엄마 아빠가 앵거스 삼촌을 정식으로 제 대부로 만든 거예요.” 릴리가 외쳤다.

앵거스와 이언은 평생지기였다. 조이는 이언이 새 여자를 만난다면 앵거스가 어떻게 생각할지 궁금했다.

앵거스는 냉장고에서 맥주를 꺼내 순식간에 입안에 털어 넣었다. 몇 초밖에 걸리지 않은 것 같았다. 그가 또 하나를 꺼내려는데 릴리가 가만히 다가갔다.

“삼촌, 나도……?” 릴리가 장난스럽게 앵거스의 손에 들려 있는 맥주병을 가리켰다.

“뭐라고? 절대로 안 돼!” 이언이 호통을 쳤다.

“아빠, 좀! 나도 언젠가 술을 배워야 하지 않겠어?”

“어림없어.” 이언이 냉정하게 대답했다.

“프랑스에서는 그렇게 한대. 식사 시간에 애들한테 술을 조금씩 줘가지고 커서 혼자 술을 마셔야 할 때가 되면 별일이 아닌 것처럼 받아들인대."

"그건 릴리 말이 맞아." 앵거스가 끼어들었다.

"거봐! 맞지?"

"작은 잔에 주는 건 어때?" 앵거스가 제안했다.

"내 거 3분의 1만 줄게. 그 컵 좀 줘봐. 아무렇지도 않을 거야."

이언이 눈동자를 굴리며 기가 막히다는 표정을 짓더니 찬장에서 달걀 컵을 꺼내 히죽 웃으며 건넸다.

"아빠!" 릴리가 나무랐다.

그러자 이언이 앵거스에게 찻잔을 건넸고 앵거스가 거기에 맥주를 따랐다.

"이건 좀 낫네." 입이 귀에 걸린 릴리가 찻잔을 받아 들었다.

앵거스가 스토브 옆에 있는 의자에 앉자 릴리도 앵거스의 옆으로 가더니 바닥에 엉덩이를 붙이고 앉았다. 두 사람은 건배를 했다.

"그래서 이 작은 마을에 와보니까 어때요?" 앵거스가 조이에게 물었다.

"이언 말로는 뉴욕에서 오셨다던데. 여기는 좀 다르지 않아요?"

조이는 이언이 친구에게 자기 얘기를 했다는 사실이 놀라웠지만 어쨌거나 확실히 기뻤다.

"정말 좋아요. 굉장히 아름답고…… 조용해요. 그리고

차 소리도 전혀 나지 않고. 근처에 사시나요?" 조이가 물었다.

담소를 이어나가려는 의도도 있었지만 앵거스와 이언에 대해 더 알고 싶기도 했다. 사람을 알려면 그 친구를 보라는 말도 있듯이.

"저는 15킬로쯤 떨어진 스노우스힐에 살아요. 거기서 승마장을 운영해요. 릴리가 다섯 살 때 말 타는 법을 가르쳤지요. 말 탈 줄 아세요?"

"저 그 승마장 가봤어요! 어린 기수들, 제 친구 애들이 거기서 경기하는 걸 봤어요." 조이가 신이 나서 말했다.

"저녁이 거의 다 됐어요." 이언이 부르는 소리였다.

"이리 오세요."

저녁 소식에 조이의 기분이 가라앉았다. 샐러드만 먹는 방법도 있을 것 같았다. 조이는 정말로 내장과 돼지 지방과 귀리가 뒤섞인 그 끔찍한 범벅을 한 입도 못 넘길 것 같았다. 구역질이 날 게 뻔했다!

조이는 릴리를 도와 식탁을 차리는 데 집중했다. 그리고 이언이 끓는 물에서 풍선 같은 양의 위장을 끄집어내는 동안 애써 시선을 피했다. 그런데 솔직히 냄새만은 그렇게 나쁘지 않았다.

이언은 찬장 위의 그릇들을 꺼내 음식을 담았다. 그릇이 식탁 위에 놓였을 때 조이는 양의 위장이 전혀 보이지 않아서 놀랐다. 그릇에는 부드러운 미트로프와 비슷하게 생긴 무르고 향기로운 무언가가 싱싱한 초록 샐러드와 가느다란 구운 당근과 함께 놓여 있었다.

"맛있어 보여요." 진심으로 기대하고 있는 것처럼 들리기를 바라며 조이가 말했다.

이언은 조이에게 따뜻한 빵이 담긴 바구니를 건넸다. 이건 또 어디서 나타난 걸까? 주 요리를 떠올리기만 해도 몹시 역겨웠지만 내색하지 않고 식사를 마치는 일이 가능할 것 같기도 했다. 일단 먹지 않은 음식을 샐러드로 가리는 방법이 있었다. 입에 넣었지만 넘길 수 없을 때는 빵 속에 숨기는 방법도 있었다.

앵거스가 와인 잔을 채우고 릴리는 신선한 버터를 꺼냈다. 릴리가 식탁에 접시를 올려놓으려고 상체를 숙이자 팔뚝을 따라 난 길고 들쭉날쭉한 흉터가 보였다. 엄마가 교통사고로 세상을 떠났을 때 릴리도 그 곁에 있었던 걸까? 갑자기 궁금해졌다. 어린아이가 그런 외상을 입었다고 생각하니 끔찍한 마음과 함께 릴리를 향한 애정이 갑작스럽게 밀려들었다. 릴리는 생기와 기운이 넘치고 호기심과 미래에 대한 기대로 가득 차 있었다. 엄마와 함께 교통사고를 당했다고 해도 그 일은 릴리의 삶에 대한 열정을 파괴하지 못한 게 분명했다.

네 사람은 의자를 빼고 식탁에 앉아 냅킨을 풀었다.

앵거스가 잔을 들고 말했다.

"슬란처 보르 아쿳(Slàinte mhòr agad)!"

"슬란처 보르 아큇!" 릴리와 이언이 대답했다.

조이가 웃으며 함께 잔을 부딪쳤다.

"건강을 빈다는 뜻이에요." 이언이 설명했다.

"그렇군요! 건강을 빕니다!" 조이가 말했다.

곧이어 다들 식사를 시작했다.

"오, 이런 맙소사." 앵거스가 그날 저녁의 특별 요리를 한 입 맛보고 내뱉은 말이었다.

"굉장한데! 눈물이 날 지경이야!"

'저도 눈물이 날 지경이에요.' 우울해진 조이는 이렇게 생각하면서도 한 입 먹어보지 않을 수 없었다. 그런 정성을 들여 만든 요리를 먹어보지도 않는다는 것은 정말 예의에 어긋나는 일이었다.

조이가 해기스 약간을 포크에 올린 후 입으로 가져가는데 이언이 흘깃 쳐다보았다. 조이는 마지못해 입을 벌리고 맛을 보았다. 그 맛은 엄청났다! 환상적이었다!

"어머, 세상에!" 조이가 감탄했다.

"이런 맛은 처음이에요!" 그보다 더 솔직할 수는 없었다.

"정말 맛있어요." 조이가 한 입 더 먹으며 말했다.

"놀라워요! 요리 실력이 놀라우세요!"

"그렇죠?" 릴리가 말했다.

"아빠는 식당을 차려야 해요."

이언이 겸손하게 고개를 저었다.

"손님들을 감당해낼 수 없을 거예요. 요리를 좋아하지

만 내가 좋아하는 사람들을 위해서 할 때만 즐기죠."

이언은 거의 무심코 조이를 보았다가 재빨리 시선을 돌렸다.

진심이었을까? 조이는 궁금했다. 이언이 정말 친근감을 표시하려고 한 말일까? 조이는 얼굴이 붉어지는 걸 느꼈고 갑자기 몹시 부끄러워졌다. 앵거스가 구원에 나섰다.

"여기서는 어떤 일을 하고 계세요?" 앵거스가 빵을 집으며 조이에게 물었다.

"제가 속한 건축 회사에서 스탠웨이 저택의 용도 변경을 담당하게 됐어요."

"용도 변경?" 이언이 비꼬듯 말했다.

"놀이공원을 만들자는 거겠죠!"

조이는 이언의 어조에서 약간의 장난스러움이 느껴진다고 생각했다.

"아주 잘 보살피겠다고 약속할게요!"

"그래요." 앵거스가 거들었다.

"그리고 상류층 입맛에 잘 맞춰서 떼돈도 버시길."

"늘 상류층 입맛에 맞는 곳이 아니었나요?" 조이가 되받아쳤다.

"상류층이 수도사들로부터 거두어들인 다음부터 말이죠."

"그건 그래요." 이언이 히죽 웃으며 동의했다.

"이제 보통 사람들도 즐길 수 있게 된다는 관점에서 생각해보세요." 조이가 말했다.

"엄청나게 뚱뚱한 지갑을 가진 보통 사람들 말인가요?" 앵거스가 대꾸했다.

"엄청나지는 않고요." 조이가 반박했다.

"단지 약간 통통한 지갑이랄까."

"여기에는 얼마나 계세요?" 앵거스가 물었다.

"몇 주 있을 거예요. 저희랑 같이 일하는 관리 회사와 미팅이 있어서 런던에 하루 들렀다 와야 하지만."

"런던에 가세요?" 릴리가 물었다.

"다음 주 중에 하루. 아직 자세한 사항은 결정이 안 됐어."

"저도 가도 돼요?" 릴리가 조심스럽게 이언의 눈치를 보며 물었다.

"릴리!" 이언이 주의를 주었다.

"네가 그러지 않아도 조이는 할 일이 충분히……."

"같이 화장품 사러 가자고 했잖아요!" 릴리가 그럴듯한 핑계를 댔다.

"난 좋아. 하지만 학교에 가야 하지 않니?" 조이가 대답했다.

"그건 그렇지만, 아빠, 쇼핑만 하러 가는 건 아니야. 내셔널 시어터에서 엄청난 연극을 하는데 정말정말 가고 싶어. 펀스 선생님이 지지난 주에 봤는데 선생님이 본 연극 중에 제일 재미있었다고 했어! 평생 본 것 중에서!"

"생각해보자." 이언이 말했다.

"아빠! 배우가 되려면 실제로 살아 숨 쉬는 연극을 보는 게 중요하지 않겠어? 답답한 교실에서 읽기만 할 게 아니라? 제발. 선생님도 동의하실걸? 그리고 양떼만 득시글한 이 마을에서 빨리 벗어나지 않으면 죽을 것 같아!"

"생각해보자고 했다!" 이언이 단호하게 말했다.

"배우가 되고 싶어?" 조이가 물었다.

"배우가 될 거예요." 릴리가 당당하게 대답했다.

"전 배우가 되려고 태어났다고 생각해요. 그래서 뉴욕으로 이사 갈 거예요. 브로드웨이 무대에 오르고 싶거든요!"

"그러세요?" 이언이 이렇게 말하고는 입을 앙다문 채 와인을 한 병 더 열어 식탁에 놓았다. 그리고 스토브로 돌아가 조이의 접시에 해기스를 조금 더 담아주었다.

이언이 등을 돌리고 있는 동안 릴리가 와인 병을 집어 찻잔에 따르기 시작했다. 앵거스가 이를 보고 병을 붙잡아 릴리가 반 잔 이상은 따르지 못하게 했다. 앵거스는 고개를 저었다. 허락할 수 없지만 아빠에게 고자질을 하지는 않겠다는 의미가 분명하게 전달됐다.

이후 몇 시간 동안 네 사람은 영국과 뉴욕에 대한 화기애애한 잡담을 늘어놓으며 보냈다. 그러나 스탠웨이 저택이 다시 주제로 떠오르자 그날 밤의 분위기가 바뀌었다.

"우리 고객은 이언이 남아주길 간절히 바라고 있어요." 조이가 이언에게 말했다.

"아, 그렇습니까?" 이언이 와인을 홀짝이며 말했다.

"제가 그쪽을 설득해야겠지요."

"그러세요? 아, 이제 알겠군요."

"뭘요?"

"오늘 방문하신 이유."

"오늘요? 전혀 아니에요!"

"아니에요? 그럼 왜 오셨어요?"

"릴리가 초대해서요."

이언이 조이를 향해 믿을 수 없다는 듯한 표정을 지었다.

"그리고 집에 먹을 게 하나도 없었어요."

"이제 진실이 나오는군요." 이언이 갑자기 차가워진 목소리로 말했다. 그리고 무릎에 있던 냅킨을 식탁에 올려놓았다.

조이가 이언을 기분 나쁘게 한 걸까? 그렇다고 이언이 좋아지기 시작했다고 말할 수는 없지 않은가. 이언이 친구나 가족 같은 느낌으로 기꺼이 조이를 집으로 들였을 때 행복한 기분이 밀려왔다고 어떻게 말할 수 있겠는가.

떠나야 한다는 신호였을까? 그런 것 같았다.

"설거지 좀 도와드릴까요?" 조이가 물었다.

"아니요. 괜찮아요."

"도와드리고 싶어요." 조이가 고집했다.

조이는 스탠웨이 저택 이야기가 다시 나온 걸 후회했고 저녁 식사 동안 이어졌던 따뜻하고 가벼운 농담이 그리웠다. 그러나 분위기는 어느새 확실히 냉랭해져 있었다.

"가지 마세요." 릴리가 졸랐다.

"우리가 설거지할게, 아빠. 우리가 하게 해줘!"

어떻게든 의사를 관철할 작정인 듯 릴리는 자리에서 일어나 그릇을 쌓기 시작했다. 조이가 집에 와 있는 걸 릴리는 진심으로 좋아하는 눈치였다. 할머니 또래가 아닌 여자가 그리웠던 걸 수도 있겠지만. 조이는 이언과 앵거스가 불 옆에서 둘만의 이야기를 나누는 동안 조금 더 머물며 설거지도 하는 한편 사랑스럽고 자유분방한 릴리를 조금 더 잘 알아가고 싶었다. 그러나 분위기가 더 나빠지기 전에 가는 편이 좋을 것 같았다.

조이가 작별 인사를 하는 동안 앵거스는 따뜻하기 그지없었고 릴리는 꼭 런던에 데려가달라고 강조했다. 반면 이언은 확실히 냉랭했다.

"다시 한 번 감사해요." 조이가 문 앞에서 말했다.

"천만에요." 이언이 딱딱하게 대답했다. 조이의 뒤로 문이 굳게 닫혔다.

14

릴리가 이언으로부터 런던에 가도 된다는 허락을 받기까지 이어진 일주일간의 협상은 논쟁적이고 치열했다. 일단 이언은 릴리가 학교를 빼먹지 않기를 원했다. 그러자 릴리는 영어 선생님이 써준 쪽지를 가져오는 방식으로 대응했다. 릴리가 말했던 그 연극을 보고 리포트를 쓴다면 추가 점수를 주겠다고 확인하는 내용이었다.

"그 연극이 뭔데?" 이언이 물었다.

"매리 쉘리의 〈프랑켄슈타인〉."

"프랑켄슈타인?" 이언이 비웃듯 말했다.

"내년 독서 목록에 있는 책이야, 아빠!"

"꽤 좋은 핑계 같구나." 이언이 대답했다.

"전에는 그런 얘기 없었잖니."

마침내 릴리는 아빠의 모든 이의 제기를 때려부수는 데

성공했다. 계획을 최종 확정하기 위해 사택에 갔을 때 조이는 딸의 그칠 줄 모르는 시위에 지친 이언이 마침내 두 손을 들었다는 인상을 뚜렷하게 받았다.

"십대잖아요." 조이가 웃으면서 말했다.

"십대 여자아이죠." 이언이 고개를 설레설레 흔들며 말했다.

"신이시여."

고대하던 여행일 아침 6시 15분 릴리는 조이의 방문 앞에, 전에 본 적이 있는 치마를 입고 나타났다. 열흘 전쯤 입었을 때 이언이 싫어하는 티를 냈던 바로 그 치마였다.

"괜찮지 않아요?" 릴리가 애처롭게 말했다.

"아빠는 갈아입으라고 했지만 조이가 괜찮다고 하면 입어도 된다고 했어요."

조이는 마치 고민해볼 여지가 있다는 듯 무관심하게 행동하려고 애를 썼다. 그렇지만 고민할 여지는 없었다. 릴리는 뭘 입어도 어울리는 매력적인 아이였지만 그 치마는 솔직히 너무 싸구려 같아 보였다. 시골에서 천방지축으로 뛰어다니기엔 괜찮을지 몰라도 릴리는 런던에서 잠시 동안이나마 혼자 다니게 될 터였다. 조이는 릴리가 그 치마를 입고 어떤 시선을 받게 될지 잘 알고 있었던 데다 릴리가 그걸 받아들일 준비가 되어 있는지 확실치 않았다. 조이는 한 걸음 물러서 치마를 바라보았다.

"한번 돌아봐." 조이가 말했다.

릴리가 기대에 찬 얼굴로 한 바퀴 돌았다.

"글쎄다." 조이가 망설였다.

"왜요?"

"좀 짧네. 다른 건 다 괜찮은데 런던에 가면 원하지 않는 시선을 끌 수도 있을 거야. 그 검은 벨벳 바지는 어때? 정말 예쁘던데."

"뭐랑 입어요?"

"지금 입고 있는 거랑. 완벽하게 어울릴 거야."

"하지만 전 이 치마가 정말 좋아요!"

"알아. 다음에 입자."

"알았어요."

릴리는 단념하고 옷을 갈아입으러 내려갔다. 잠시 후 저택 앞 진입로에서 릴리와 이언을 만났을 때 릴리는 단정하고 세련된 학생다운 모습이었다. 이언은 조이에게 고갯짓을 했고 조이는 이것을 "고마워요"라고 해석했다.

9시 55분 조이와 릴리는 복원 후 스탠웨이 부지와 호텔의 마케팅을 담당하게 될 홍보사 처칠 앤 막스 사무실이 있는 건물 앞에 서 있었다. 조이의 회의는 10시였고 릴리는 오전 시간을 몇 블록 떨어진 빅토리아 앤 앨버트 미술관에서 보낸다는 계획이었다. 미술관에는 그레이스 켈리, 오드리 헵번, 재클린 케네디와 같은 1950년대, 60년대의 패션 아이콘에 관한 전시가 열리고 있었고, 러시아 발레단 '발레 뤼스'와 설립자 세르게이 디아길레프에 관한 설치 작품이 있었다. 조이는 릴리가 어느 쪽에 관심을 가질지 궁금했다.

정오까지 회의가 끝날 게 확실했으므로 조이가 미술관으로 걸어가 릴리를 만나기로 했다. 릴리는 전시실에서 시간을 보낸 뒤 미술관 카페로 가서 점심을 먹을 만한 곳인지 알아보기로 했다. 메뉴가 마음에 들지 않으면 둘은 12시 반에 미술관 정문 앞 크롬웰 가에서 만나 다른 점심 장소를 물색해볼 예정이었다.

그런 다음 하비 니콜스 백화점에 가서 릴리의 나이에 맞는 화장품을 고르고 연극을 보기 전에 가벼운 저녁을 먹을 생각이었다. 조이는 길에서 릴리에게 포옹을 한 뒤 처칠 앤 막스 사무실로 들어갔다. 안내를 받아 들어간 회의실에는 여섯 명밖에 앉아 있지 않았고 뜻밖에도 차와 카푸치노, 갓 구운 크루아상이 차려져 있었다. 조이는 홍보 작가와 전략가들 앞에서 사업의 진행 상황과 에이펙스 그룹의 계획에 대한 긴 발표를 했다.

그리고 남은 시간에는 작가, 사진가들과 함께 월간지나 계간지에 실리게 될, 저택의 역사와 복원 관련 특집 기사에 관해서 아이디어를 교환했다. 조이는 속으로 웃음을 지으며 마시모에 관한 기사를 제안했다. 수세기에 걸쳐 만들어진 이탈리아의 장인 정신이 영국의 가장 사랑받는 건축 보물을 보존하기 위한 노력에 합세하게 된 이야기.

조이는 건물 밖의 차가운 공기 속으로 발을 내디디며

흘깃 시계를 보고 스카프를 둘렀다. 12시 5분 전이었다. 모든 게 계획대로 착착 진행되고 있었다.

*

릴리는 어디에도 없었다. 원래는 조이가 도착했을 때 릴리가 미술관 정문에 없을 경우 안에 있는 미술관 카페에서 만난다는 계획이었다. 그러나 릴리는 어디에도 없었다. 1시 반이 다 되어가고 있었고 조이는 본격적인 공황 발작을 일으키지 않기 위해 애쓰고 있었다.

"정말 이상하네."

조이가 카페 문 바로 안쪽에 서 있는 종업원에게 되돌아가면서 말했다.

"검은 벨벳 바지와 진홍색 코트를 입은 십대 여자아이를 보지 못한 게 확실하죠?"

"못 봤어요. 죄송합니다."

"서로 엇갈렸나 봐요." 조이가 말했다.

"혹시라도 보게 되면 여기서 기다리라고 말해주시겠어요? 제가 몇 분 있다가 다시 올게요."

조이는 또다시 릴리에게 전화를 걸며 제발 연결되길 바라는 마음으로 재다이얼 버튼을 세게 꾹 눌렀다. 벌써 다섯 번째였지만 전화는 매번 음성 사서함으로 넘어갔다. 릴리에게 대체 무슨 일이 일어난 걸까?

조이는 서둘러 복도를 따라 걸었지만 어디로 가야 할지

뭘 해야 할지 분간이 안 갔다. 다시 밖으로 나가야 할까? 전시실을 일일이 확인해야 할까? 미술관에 방송 시스템이 있을 것 같지도 않았고 방송에 이름이 나오면 릴리가 부끄러워할 것 같았다. 하지만 터무니없는 걱정이었다! 목숨이 위험할지도 모르는데 부끄러운 게 무슨 상관인가? 누군가가, 낯선 남자가 릴리에게 말을 걸었을지도 모르는 일이었다. 음란한 변태 늙은이가 릴리같이 상냥하고 순진한 여자아이들을 찾아 미술관에서 서성이고 있었을 수도 있다. 릴리가 그런 남자를 따라갔다면? 그런 남자가 릴리를 꼬드겨 택시에 태우고 바로 지금 이 순간 어딘지 알 수도 없는 곳으로 향하고 있다면?

조이는 어느새 복도를 따라 뛰고 있었다. 전시실을 지날 때마다 고개를 들이밀어 전시물 앞에 서 있거나 벤치에 평화롭게 앉아 있는 사람들을 훑어보았다. 경찰을 불러야 하나? 아니면 이언에게 전화를 해야 하나? 아니, 경찰을 불러야 했다. 이언은 멀리서 아무 손도 쓸 수 없을 터였다. 아주 기겁을 하겠지만 그가 나서서 도울 수 있는 일은 전혀 없었다. 적어도 경찰은 뭐라도 할 수 있었다. 미술관을 중심으로 멀리 퍼져나가 릴리를 찾기 위해 모든 식당이며 가게, 뒷골목을 수색할 수 있었다. 뒷골목이라니 제발…… 조이는 마음을 다잡았다. 릴리를 뒷골목에서 찾는 상상은 해서는 안 됐다.

불안감에 갑자기 정신이 혼미해졌다. 조이는 가까스로

대리석 벤치에 앉았다. 맑은 정신으로 생각해야 했다.

조이는 여러 번 심호흡을 했다. 릴리는 도대체 왜 전화를 받지 않는 것일까? 시간은 흘러가고 있었다. 무엇이라도 해야 했다. 헷갈린 나머지 릴리가 다른 입구에서 기다리고 있을 가능성을 고려해 조이는 건물 밖을 한 바퀴 돌기로 했다. 5분 안에 찾지 못한다면 경찰을 부를 작정이었다.

조이는 밖으로 나갔다. 릴리에게 무슨 일이라도 생긴다면 스스로를 절대 용서할 수 없을 것 같았다. 하지만 모든 게 조이 잘못은 아니었다. 조이와 이언은 서로 상의를 했고 릴리가 미술관에서 홀로 아침 시간을 보내는 데 이언도 전적으로 동의했었다. 조이는 약속한 시간보다 일찍 나타났고 정해진 시간, 정해진 장소에서 기다리고 있었다. 일을 망친 건 릴리였다. 아빠 생각에 딸이 그 정도는 해낼 수 있을 거라고 믿었다면, 조이가 릴리에 대해 그러지 못할 거라고 판단할 이유는 없었다.

그러나 이제 와서 그런 건 상관없었다. 중요한 것은 그 아름답고 순수하고 고집 센 릴리가 어디에도 없고 시간은 계속 흐르고 있다는 사실이었다. 이언이 안전하게 보살펴 달라고 맡긴 릴리를 조이가 잃어버린 것이다!

조이는 정문 앞 계단을 내려가 왼쪽에서 오른쪽으로 거리를 훑어내려갔다. 시선이 릴리에게 가닿자 조이는 자기도 모르게 작은 신음 소리를 냈다. 미술관 건물의 한 아치 밑에 숨어 웅크리고 있던 릴리는 얼음장 같은 바람 속에서 창백하고 비참해 보였다.

"릴리!" 조이가 분노 어린 목소리로 외쳤다.

"어디 갔었어? 경찰에 신고할 뻔했잖아!"

조이의 성난 목소리를 들은 릴리의 얼굴이 구겨졌다. 두 볼 위로 눈물이 쏟아져 내렸다.

조이는 그 즉시 화를 낸 걸 후회했다. 무슨 일이 벌어진 게 분명했다. 단지 엇갈려서 못 만난 문제가 아니었다. 게다가 릴리의 머리카락에서 담배 냄새가 나는 것 같았다.

"너 혹시 담배 피웠니?" 조이는 자제심을 잃고 날카롭게 물었다.

그러자 릴리는 엉엉 울기 시작했다. 조이는 릴리를 품에 안으며 담배 얘기는 나중에 해야겠다고 생각했다.

"무슨 일 있었어? 왜 그래?" 릴리가 바로 대답을 못하자 조이가 계속해서 물었다.

"어디 갔었어? 혹시 누가, 어떤 놈이……?"

릴리가 고개를 저었다.

"저 시작했어요. 그거 해요……."

"생리?" 조이가 넘겨짚었다. 릴리 손에 부츠 매장에서 받은 듯한 불룩한 쇼핑백이 들려 있었기 때문이다.

"릴리, 정말 다행이다!" 조이가 말했다.

"정말 다행이라고요?" 릴리가 성을 내며 말했다.

"끔찍했어요. 난 아무것도 없었다고요. 그래서 미술관 기념품점에 갔는데 거기도 아무것도 없었어요. 그래서 그거 사러…… 그런데 계산대에 있는 사람은 남자였고……."

릴리가 또다시 눈물을 쏟았다.

"오늘인 줄 몰랐어? 생리대를 미처 준비하지 못한 거야?"

"오늘이 처음이에요!" 릴리가 쏘아붙였다.

"저런, 릴리." 조이가 누그러지며 말했다.

"가엾어라! 어머나, 저런! 나쁜 것만은 아니야. 너도 알게 될 거야."

"화났어요?" 릴리가 물었다.

조이는 미소를 지었다.

"네가 어떤 기분인지 알아."

"끔찍해요!" 릴리가 되받아쳤다.

"집에 가고 싶어요!"

"몸이 딱히 아픈 건 아니지만 괜찮지도 않지." 조이가 말했다.

릴리는 불행한 얼굴로 끄덕였다.

"식은땀도 좀 나고? 안절부절 못하겠고?" 조이가 계속했다.

릴리는 코를 훌쩍이며 말했다.

"정말 싫어요! 끔찍해요!"

"호르몬 때문이야. 화학 작용이지."

"어제는 하루 종일 울 것 같았어요. 여행 때문에 흥분해서 그러려니 했는데 이것 때문이었나 봐요."

조이가 한 팔로 릴리를 껴안았다.

"좋은 소식은 일단 시작하면 기분이 좋아진다는 거야. 그날까지 가는 게 힘들지. 배도 아프니?"

릴리가 고개를 끄덕였다.

"그래, 일단 부츠 매장으로 돌아가자. 여자라면 어쩔 수 없이 견뎌야 하지만 기분이 나빠야 한다는 법은 없지."

릴리가 조이를 올려다보았다. 아침의 당돌하던 모습은 온데간데없이 사라지고 릴리는 어느새 언니의 따뜻한 보살핌이 필요한 작은 여자아이처럼 보였다.

"기분이 나쁘지 않을 수도 있어요?" 릴리가 속삭였다.

"그럼." 조이가 단호히 말했다.

"나한테 다 맡겨."

몇 시간 뒤, 몸을 편안하게 해주는 핫초콜릿을 마신 릴리를, 랑콤 매장의 직원들이 법석을 떨며 애지중지 보살피고 있었다. 영업 직원이 전문가의 손길로 화장을 해주는 동안 조이는 웃으며 바라보았다. 어릴 적 처음 화장을 했던 경험을 떠올리며 조이는 엄마의 조언을 받을 수 있어서 운이 좋았다고 생각했다.

조이의 엄마는 손톱이나 발톱 손질을 받진 않았다. 엄마는 친구들과 서로 머리를 염색해주었고, 조금 투박해도 관리하기 쉬우면서 세련되어 보이는 헤어컷을 위해 1년에 몇 번만 미용실을 방문했다. 그렇지만 피부에는 돈을 아끼지 않았다. 1년에 네 번, 동유럽식 피부 관리를 전문적으로 하는 바시아라는 여자를 찾아갔다. 그리고 조이는 열네 살이 되었을 때부터 엄마와 함께 바시아에게 갔다. 피부가 도자기 같았던 이 상냥한 폴란드 여인으로부터 배운 습관은 쉽게 잊을 수 없었다. 조이는 갑자기 릴리가 측은해졌다. 그리고 다른 날이 아닌 마침 그날 릴리와 함께 할 수 있어서 기쁘다고 생각했다.

두 사람은 4시가 되어서야 점심을 먹었고 그다음 아이스크림 가게에서 젤라토를 먹었다. 그날 저녁 내셔널 시어터 객석에 앉은 조이는 앞으로 보게 될 연극에 관해 읽으면서 티켓을 사기 전 좀 더 조사를 하지 않은 것을 후회했다. 꽤나 유별난 구경거리가 펼쳐질 것 같았다.

"이 연극은 꽤 성숙한 관객을 위한 것 같다." 조이가 지나가는 말로 한마디 했다.

릴리가 미소를 지었다.

"그게 무슨 뜻이에요?"

조이는 적당한 말을 찾으려고 애썼다.

"꽤 특이한 것 같아. 베네딕트 컴버배치가 나체로?"

"알아요. 전 이런 연극에 관심 있어요."

"벗고 나오는 것도 알았어?"

"네. 그게 뭐 어때서요?"

"아빠도 아셨을까?"

조이는 릴리가 이미 그 답을 알고 있다고 생각했다. 릴리는 귀찮다는 듯 눈동자를 굴리며 짜증 섞인 한숨을 쉬었다.

"찾아봤다면 알겠죠. 공개된 정보니까. 조이도 찾아봤을 수 있잖아요."

"그럼 모른다는 거네?"

"아빠가 뭘 아는지 모르는지 내가 어떻게 알아요." 릴리가 방어적으로 대답했다.

"왜 이래요? 난 어린애가 아니라고요."

조이는 의자에 등을 대고 앉아 심호흡을 하며 생각을 가다듬었다. 일단 남아서 연극을 본 다음 이언에게는 가능한 말을 아껴야겠다고 생각했다. 만약 이언이 사실을 알고 화를 낸다면 그때 가서 최선을 다해 대응해야겠다는 생각이었다. 배우가 나체로 나오는 연극을 본다고 해서 릴리가 평생에 남을 상처를 받지는 않을 것 같았다. 조이는 릴리에게 자신이 얼마나 공정하고 마음이 열린 사람인지 보여주고 싶었다.

그렇지만 단 한 가지에 관해서만큼은 결코 열린 마음을 가질 수 없었다.

"좋아. 예술을 위해서 허락하지." 그렇게 말한 다음 조이는 릴리를 향해 몸을 돌리고 매서운 눈으로 쏘아보았다.

"그렇지만 지금 물어볼 질문에 대해서는 솔직한 답변을 해줘야 해."

"뭔데요?"

"오늘 담배 피웠니?"

릴리가 시선을 돌렸다.

"릴리?"

릴리가 고개를 끄덕였다.

"담배는 어디서 났어?"

"갖고 있었어요."

"갖고 왔어? 집에서?"

릴리가 주저하며 고개를 끄덕였다.

"그럼 이번이 처음은 아니었겠네?"

"엄청 많이들 해요. 우리 반 절반은……."

"엄청 많은 사람들이 뭘 하는지에 대해선 관심 없어, 릴리. 난 너한테 관심이 있을 뿐이야. 제발 끊는 데 평생이 걸리는 습관을 들이지 말았으면 좋겠어. 이리 줘. 어서."

"뭐라고요? 왜요?" 릴리가 앓는 소리를 냈다.

"내 거예요."

"이리 내놔. 지금 당장."

조이는 단호한 자신의 목소리에 놀랐다. 릴리가 즉시 말을 듣지 않자 조이가 계속했다.

"진심이야, 릴리. 담배 이리 내놓지 않으면 집에 갈 거야. 연극 보지 않고 바로 갈 거야."

객석의 조명이 어두워지기 시작했고 릴리가 가방에서 구겨진 담뱃갑을 꺼내 조이에게 건넸다.

"너처럼 똑똑한 애가 이런 짓을 하다니. 열다섯 살짜리가 담배를 피우는데 가만 놔둘 수는 없어. 절대로 가만 안

놔둬."

"죄송해요." 릴리가 기어들어가는 목소리로 말했다.

"다시는 하지 마." 예상치도 못했던 모성을 발휘하며 조이가 말했다.

"담배를 피우는 건 정말정말 멍청한 짓이야."

15

"어서 가서 자." 이언이 마침내 말했다.

"벌써 많이 늦었어. 내일 아침에 피곤해서 학교 못 가겠다는 소리 했다간 봐라. 오늘도 빼먹게 해줬는데."

세 사람은 이언의 부엌에 앉아 있었다. 조이와 릴리가 기차에서 내려 이언의 따뜻한 짐차에 타자마자 릴리는 배가 고파 죽겠다고 말했다. 그럴 만도 했다. 마지막으로 차 마시는 시간에 젤라토를 먹은 게 다였고 기차가 첼튼엄 역에 도착한 시각은 자정이 넘은 뒤였다.

"아무것도 안 먹였어요?" 이언이 주차장에서 차를 빼내 도로로 진입하면서 물었다.

"먹였죠!" 조이가 외쳤다.

"그런데 10시 기차를 타야 했고 뭘 먹으러 갈 시간이……."

"조이!" 릴리가 말했다.

"샌드위치를 사먹으려고 했지만……."

"조이!" 조이와 이언 사이에 앉아 있던 릴리가 매섭게 조이의 말을 끊었다.

"아빠는 농담한 거예요." 릴리가 침착하게 말했다.

아니나 다를까 이언의 얼굴에는 짓궂은 미소가 어려 있었다.

"잠깐 긴장한 것 같던데." 이언이 비꼬듯 말했다.

"이상할 거 없어요. 릴리는 언제나 배가 죽도록 고픈 애니까."

"아니야!" 릴리가 외쳤다.

"난 우리 딸처럼 그렇게 많이 먹는 여자애는……."

"아빠!"

"널 손수레에 싣고 학교에 데려다주지 않아도 되는 게 신기하단 말이지!"

집에 도착하자 조이는 릴리가 자유분방한 식욕을 갖고 있는 건 사실이라고 생각했다. 그날 아침 이언에게 맡겨 둔 팅크가 조이의 방에 있을 때보다 더 편안하고 만족스러운 표정으로 부엌 스토브 옆에서 졸고 있는 동안 릴리는 꿀을 듬뿍 탄 캐모마일 차와 함께 버터 바른 토스트 여러 장을 먹어 치웠다. 그런 다음 바나나와 자두 두 개를 먹고 다시 차에 꿀을 타서 마셨다. 조이는 그런 릴리를 빤히 쳐다보지 않으려고 애썼다. 사춘기 여자아이가 스스럼

없이, 심지어 게걸스럽게 먹는 모습은 보기 좋았다. 사람들 얘기를 들어보면 미국에서 릴리 나이의 여자아이들은 이미 다이어트 전쟁으로 잘 단련된 노병처럼 느껴졌다.

조이는 와인을 마시며 릴리가 연극의 내용을 하나부터 열까지 나열하는 소리를 들었다. 릴리는 현명하게도 나체 배우가 등장한다는 사실은 언급하지 않고 의상과 무대 디자인이 얼마나 멋졌는지 이야기하는 데 집중했다. 릴리는 급히 부츠 매장으로 가기 전에 오전 시간 대부분을 미술관의 패션 전시를 보는 데 할애했다. 조이는 그레이스 켈리와 재키 케네디가 누군지 설명하려니 몹시 옛날 사람이 된 기분이 들었다.

"또 깜빡하고 말 안 한 것 없니?" 접시를 들고 싱크대로 가는 릴리를 조이가 찔러보았다.

"없어요." 릴리가 신중하게 대답했다.

"없어?" 조이가 다시 한 번 찔러보았다.

이언이 조이에게 눈길을 보냈다. 이언은 조이가 특정한 무언가를 암시하려 한다는 걸 알아차리고는 호기심 가득한 얼굴로 딸을 쳐다보았다.

릴리가 고개를 저으며 말했다.

"즐거운 하루 정말 고마웠어요, 조이. 진짜 신나는 하루였어요."

"나도 그랬어. 다음에 또 같이 하자." 조이가 답했다.

"팅크 오늘 저랑 자도 돼요?"

팅크가 자기 이름을 듣고 잠에서 깨어나 졸린 눈을 들었다.

"좋아. 네가 원한다면."

"팅크!" 조이가 밝은 목소리로 불렀다.

"팅크, 이리 와!"

팅크가 그 즉시 벌떡 일어섰다. 릴리는 두 사람과 포옹한 뒤 계단으로 향했다.

"가자, 팅크! 나랑 가자!"

팅크는 뒤도 돌아보지 않고 계단으로 총총 뛰어가 위로 올라가기 시작했다.

"혹시 우리가 깜빡한 게 생각나면 내가 말할까?" 조이가 릴리와 팅크의 뒤에 대고 물었다.

"그러세요." 릴리가 계단을 뛰어 올라가며 대답했다. 그리고 릴리의 침실 문이 닫히는 소리가 들렸다.

조이는 와인을 한 모금 마셨다.

"그게 다 무슨 소리예요?" 이언이 물었다.

조이는 한숨을 쉬었다.

"오늘, 릴리한테 좀 중요한 날이었어요."

이언이 고개를 갸우뚱했다. 조이가 무엇을 빼놓고 이야기하고 있는지 이언은 도통 알 수 없었다.

"오늘……."

조이가 나지막이 말을 꺼냈다가 바로 멈추었다. 잘 알지도 못하는 이 남자 앞에서 갑자기 어색한 기분이 들었다. 조이는 여성의 주기를 표현할 때 쓰는 '생리'라는 단어를 싫어했다. 유기적이고 목적이 뚜렷한 이 현상을 칭하기에 너무 투박하고 추한 말이었다. 그러나 다른 말로 어떻게 설명할 수 있을까?

"오늘 이언의 어린 딸이 여자가 됐어요." 조이는 결국 이렇게 말했다.

이 말마저도 마치 학교의 성교육 수업을 위해 제작된 영화에서나 나올 법하게 느껴졌다.

"맙소사!" 이언이 갑자기 충격을 받은 듯한 얼굴로 말했다.

"정말요?"

조이가 고개를 끄덕였다.

"괜찮아요? 릴리는……?"

"릴리는 멀쩡해요. 약간 극적인 순간이 있었지만 다 잘 넘어갔어요."

"극적이었어요?"

"제가 회의 중일 때 그랬거든요. 릴리는 아무것도 준비한 게 없었고."

"저런. 내가 챙겨줬어야 하는데. 생각지도 못하고……."

"어떻게 알았겠어요?" 조이가 조용히 말했다.

이언은 자리에서 일어나 서성이기 시작했다. 새로 알게 된 정보를 처리하는 데 어려움을 겪고 있는 듯했다.

"제 생각에는 아주 우연한 일은 아닌 것 같아요."

이언이 움직임을 멈추고 조이에게 무슨 말이냐는 표정으로 쳐다보았다.

"의식적으로 제어했다는 건 아니지만 무의식적으로 놓아버려도 된다고 생각했을 수도 있죠. 그 편이 릴리에게 더 쉬웠을지 모르고요."

"조이와 함께 있으니까?"

"아니, 꼭 나와 함께 있어서가 아니라, 같은 여자하고 있었으니까."

이 말에 고개를 든 이언의 시선은 날카로웠다.

"이언, 내 말은…… 이언을 나무라는 건 아니에요. 이언은 정말 좋은 아빠예요! 릴리도 놀라운 아이고요."

이언이 상처받은 듯한 얼굴로 고개를 끄덕이며 대답했다.

"그리고 릴리는 조이를 좋아해요. 나도 알겠어요. 화를 내려던 건 아니에요. 단지……."

조이는 자리에서 일어나 이언을 향해 갔다. 그리고 한 시간 전 이 집으로 들어올 때까지만 해도 결코 상상하지 못하던 행동을 했다. 극히 자연스럽고 피할 수 없는 행동이라는 듯 조이가 가진 모든 사랑과 애정 어린 마음을 담아 이언에게 입맞춘 것이다.

이언은 몸에 힘을 풀고 조이의 품으로 들어오며 억눌려 있던 거칠고 깊은 감정을 실어 그 입맞춤에 화답했다. 두 사람의 결합은 운명적으로 느껴졌다.

"나랑 같이 가요." 조이가 속삭였다.

"어디로요?"

"스탠웨이 저택."

이언은 고개를 저었다.

"제발요."

조이는 이언을 조르며 다시 입맞추었다. 그리고 이언의 움푹 들어간 허리 뒤쪽에 손을 대고 가까이 당겼다. 이언은 조이의 손길에 자리에서 일어났고 조이는 다시 입을 맞췄다. 조이의 허리가 이언을 누르자 이언은 숨을 몰아쉬었다. 그리고 더 깊게, 더 강렬하고 절박한 심정으로 키스했다.

"거긴 아무도 없어요." 조이가 웅얼거렸다.

이언은 계단을 향해 눈길을 보냈다. 릴리가 갑자기 층계참에 나타나 얽혀 있는 두 사람을 볼까봐 걱정하는 것 같았다.

이언은 심호흡을 했다.

"난 케이트 이후로 처음이에요."

"알아요."

고통이 이언의 눈가에 주름을 지게 하는 것 같았다.

"어떻게 알아요?"

"몰라요, 잘은. 그냥 그럴 거라고 짐작했어요."

"내가 잘 못해서……?"

"아니에요!"

이언이 몹시 쓸쓸한 얼굴로 고개를 저었다.

"난 못해요."
"왜요?"
"옳지 않으니까. 공평하지 못하니까."
"누구한테요?"
이언은 말문이 막혀 고개를 저었다.
"케이트한테요?" 조이가 물었다.
"하지만 이언……."
조이는 선을 넘고 있다는 사실을 알았다.
"케이트가 원하는 게 무엇일 거라고 생각해요? 당신이 평생 홀로 사는 거? 당신이 불행한 거? 그 불행이 당신의 집, 이언 당신과 케이트의 아이가 사는 집에 드리워지는 거?"
조이를 바라보는 이언의 눈에는 간절함이 어려 있었고 조이는 그 눈길을 또 다른 입맞춤으로 받았다. 이번에는 부드러운 입맞춤이었다. 두 사람이 마침내 떨어졌을 때 이언은 부엌 식탁에 있던 등을 끈 이후 조이의 손을 이끌고 거실을 지나 현관문으로 갔다. 무언가 변한 것 같았다. 어떻게 변했는지 왜 변했는지는 확실히 알 수 없었다. 이언이 마음을 바꾼 것은 욕구 때문이었을까, 아니면 분노, 혹은 새롭게 싹트기 시작한 사랑 때문이었을까? 조이가 그 이유를 결코 전적으로 이해하지는 못할지라도 이언이 마음을 바꾸었다는 것만은 확실했다. 이언은 조이와 스탠웨이 저택으로 갈 마음이었다.
"잠깐만요."

이언은 까치발을 들고 계단을 올라갔다가 잠시 후 이불과 베개를 들고 돌아왔다.

"그건 왜 가져가요?" 조이가 물었다.

"난 조이가 머무는 그 우울한 방으로 가기는 싫어요."

조이는 미소를 지으며 이언과 함께 조용히 현관문을 열고 나왔다. 그리고 어떻게든 소리가 나지 않게 가만히 자갈길을 건너려고 애썼다.

그 뒤로 세 시간, 이언이 새벽 4시에 마지막으로 입맞추고 사택으로 돌아가기까지의 그 세 시간은 조이가 경험한 가장 소중하고 달콤한 시간이었다. 두 사람은 이불과 베개를 들고 저택의 거대한 현관홀로 들어갔다. 이 공간 한쪽에 돌로 된 커다란 벽난로가 있고 그 옆에는 벽 안으로 움푹 들어간 작은 공간이 있었는데 아마도 방문객이나 갓 도착한 사람들이 몸을 녹일 수 있는 장소였을 것이다. 둘은 그 공간에 누워 온몸으로 벽난로의 불빛을 받으며 이내 낡고 포근한 이불 속에서 서로 엉켰고 치열함과 부드러움이 교차하는 애타는 입맞춤을 나누었다.

시간은 순식간에 흘러갔다. 3시? 5시? 이 친밀함, 아찔함, 순수한 기쁨이 지속된 게 몇 분이었는지? 아니면 몇 시간? 도저히 알 수가 없었다. 조이는 열렬하고 눈부시게 불타는 현재의 순간 속에 빠져 있었고, 살면서 그 무엇보다 간절하게 원했던 이 순간이 영원히 끝나지 않기를 바랐다. 조이는 다른 사람의 본능과 움직임에 이처럼 완전하게 자신을 내맡겨본 적이 없었다.

그리고 끝이 났다. 두 사람은 타고 남은 불 옆에서 깜박잠이 들었다. 그러다 이언이 살며시 조이의 팔을 풀고 찬바람을 막기 위해 이불을 싸매주었다.

"이제 갈게요." 이언이 나지막하지만 단호한 목소리로 말했다.

조이는 반대하지 않았다. 이언은 가야 했고 조이도 이해했다.

"아침에 봐요." 조이가 말했다.

"벌써 아침이에요." 이언이 조이의 눈을 가린 머리카락을 옆으로 걷어 올리며 말했다.

16

6시쯤 이불을 들고 방으로 올라간 조이는 침대에 풀썩 드러누워 천장을 올려다보았다. 갈라진 페인트는 누렇게 변한 회벽을 이리저리 가로지르는 작은 도로와 샛길을 그린 지도 같아 보였다. 릴리가 문제의 치마를 입으려는 간절한 마음에 조이의 허락을 받고자 방문을 쾅쾅 두드린 게 정말 24시간밖에 되지 않았다고?

릴리! 팅크! 팅크를 데려와야 했다! 침대에서 일어나 앉은 조이는 자갈길을 건너 사택으로 갈 정당한 이유가 생겨 기뻤다. 릴리는 곧 학교에 갈 터였고 이언은 이미 두 사람이 런던에 갈 수 있도록 팅크를 돌봐주는 친절을 베풀었다. 이제 이언은 마시모와 함께 하루 종일 부지를 조사해야 했다. 부지 내에 있는 모든 건물의 기초와 내력벽, 벽돌공사 상태를 평가하는, 지루하면서 시간도 많이 걸리는 일이었다. 팅크를 돌보는 일은 이제 정말 조이가 맡아야 했다.

조이는 욕실로 들어가 불을 켜고 거울에 비친 모습을 보았다. 두 볼은 선명한 분홍색이었는데 부분적으로는 이언의 거친 수염 때문이었다. 핏빛에 가까운 입술은 탱탱했다. 조이는 막 스키를 타고 산을 내려온 사람처럼 생기있고 기운 차 보였다.

짧게 샤워를 할까 하다가 그러지 않기로 했다. 살과 손과 머리카락에 밴 이언의 냄새가 좋았다. 그 눈부시고 향기로운 구름 속에서 될 수 있는 대로 오래 살고 싶었다.

조이는 청바지와 두꺼운 울 스웨터를 걸쳤다. 그리고 이를 닦은 다음 부츠를 신고 립글로스를 살짝 발랐다. 마지막으로 거울 속 자신의 모습을 살펴본 조이는 미소를 지었다. 무슨 일이 벌어지고 있는 것일까? 새 애인을 만나러 가면서 원하는 인상을 남기기 위해 공들여 화장을 하지도, 옷을 일일이 맞춰 입지도 않다니 조이답지 않았다. 심지어 청바지가 다소 낀다는 사실에도 크게 신경 쓰지 않았다. 그동안 적지 않은 와인을 마셨고 20년 동안 몸매를 날씬하게 지켜준 식습관을 서서히 전부 다 버렸다는 점을 생각하면 놀랍지 않았다. 한 주 가까이 상추 한 장 먹어본 기억이 없었다.

할 수 없지. 조이는 생각했다. 어젯밤 같은 날이 몇 번 더 있다면 2킬로그램쯤 빼는 건 문제도 아니었다.

*

릴리가 문을 열고 갑작스럽게 조이를 포옹했다.

"몸은 좀 어때?" 조이가 속삭였다.

"별로예요." 릴리가 대답했다.

"아빠한테 말했어요?"

조이가 고개를 끄덕였다. 릴리는 손으로 눈을 가렸다.

"아빠가 뭐래요?" 릴리가 한참을 있다가 손가락 사이로 조이를 바라보며 물었다.

"너도 네 아빠 알잖니. 강인하고 말수 없으신 거."

그때 팅크가 방을 가로질러 조이에게 달려드는 통에 둘의 대화가 끊겼다. 원래 잘 하지 않는 짓이었기 때문에 조이는 팅크가 자기를 정말 보고 싶었나 보다고 생각했다. 이 개는 육감이 정말 예리했다. 팅크가 뭘 알아챈 것일까?

"안녕하세요." 조이가 조용히 말했다.

이언은 스토브 앞에 서서 팬에 계란과 돼지고기나 베이컨 같은 것을 요리하고 있었다.

이언이 고개를 돌리며 따뜻하게 미소 지었다.

"안녕하세요. 커피 마시고 싶어요?"

"마시고 싶어 죽겠어요."

"죽지는 말아요."

이언이 이렇게 말하며 선반에서 머그잔을 꺼냈다. 그리고 조리대에 있던 보온병에서 향이 좋은 짙은 호박색 액체를 따라 조이에게 건넸다. 손가락이 닿았고 이어 두 사람의 눈길도 맞닿았다. 조이가 윙크를 했다. 이언도 윙크로 화답했다.

"거기 요리하고 있는 그것도 먹고 싶네요." 조이가 커피에 크림을 따르며 스토브를 향해 고갯짓을 했다.

"저 정말 배고프거든요."

"나갑니다." 이언이 미끼를 물지 않고 말했다.

두 사람은 릴리가 학교에 갈 시간이 될 때까지 반시간 가까이 식탁에 앉아 꾸물거렸다.

"마시모는 몇 시에 와요?" 조이가 물었다.

이언과 마시모는 조이와 릴리가 런던에 있을 때 하루를 같이 보내며 수리의 전 단계를 아우르는 총 스케줄을 짰다. 낡은 기초에 대한 세부적인 조사는 오늘 조이 없이 진행될 예정이었다. 이 작업에 조이가 필요 없어 다행이었다. 조이는 뉴욕에 있는 사람들에게 보낼 보고서 여러 개를 작성해야 했고 전화를 적어도 스물다섯 통쯤은 걸어야 했다.

"8시 45분이요."

이언이 대답하는 순간 릴리가 책을 가지러 방을 가로질러 왔다. 릴리가 조이와 아빠를 번갈아 쳐다보자 이언은 재빨리 일어나 접시를 들고 싱크대로 갔다. 릴리는 다시 어리둥절한 눈으로 조이를 바라보았다.

"뭐가 웃겨요?"

“아무것도 아니야! 정말!”

그러나 웃음기를 지울 수가 없었던 조이는 고개를 숙여 접시를 바라보았다.

“자, 출발해봅시다.” 이언이 무뚝뚝하게 말했다.

*

4시쯤 조이는 팅크와 함께 마을로 걸어가 우체국에서 서류를 부치기로 했다. 적어도 산책을 하는 공식적인 이유는 그랬다. 비공식적인 이유는 많았다. 초조했고 집 안에만 있어서 답답했으며 팅크도 조이의 신경을 긁어대고 있었다. 조이가 일어날 때마다 저도 일어나 맥없는 슬픈 눈으로 조이를 올려다보았기 때문이다. 저녁을 만들어 먹을 재료도 없었고 와인도 없었으며 아침에 먹을 커피도 없었다. 바깥세상으로 고개를 내민다면 이언과 마시모를 만날지도 모른다는 생각 또한 마음 한구석에 있었다. 그러나 만나지 못했다. 사택을 지날 때 안에서 목소리가 들리지도 않았다. 사택은 굳게 닫혀 있었고 이언의 차도 없었다.

마을까지 2.5킬로를 걸어가면서 조이는 한겨울 하늘에 그려진 분홍빛 줄을 보고 감탄했다. 문을 닫기 직전 우체국에 도착해서 볼일을 보고 나왔을 때 건너편 빵집에서 애그니스가 나오는 모습이 보였다.

“애그니스!”

애그니스가 고개를 들어 조이를 보고 손을 흔들었다. 조이는 길 양편에 주차된 차들 사이로 팅크를 움직여 건너편 인도에 다다른 다음 애그니스와 포옹했다.

"그거 맛있어 보이네요." 조이가 갈색 종이봉투 위로 삐져나온 딱딱한 바게트를 보고 감탄하며 말했다.

"맛있어요. 하나 사세요."

"그래야겠어요."

"지금 들어가요. 몇 개 안 남았어요. 개는 내가 볼 테니." 애그니스가 말했다.

"감사해요!"

애그니스에게 팅크를 묶은 줄을 건넨 뒤 조이는 안으로 들어가 곧장 빵 진열대로 갔다. 그리고 빵을 사서 밖으로 나와 팅크를 돌려받았다.

"시작이 좋네요." 조이가 밝은 얼굴로 말했다.

애그니스가 어리둥절한 표정을 지었다.

"저녁 재료를 사야 하거든요."

"조이의 저녁 식사요? 오늘 혼자 먹어요?"

조이가 고개를 끄덕였다. 애그니스는 머뭇거리다가 마침내 입을 열었다.

"우리는 연못에서 작은 저녁 파티를 할 거예요. 조이도 올 수 있다면 좋을 텐데."

"고마워요." 조이가 고마움을 담은 미소를 지었다.

"하지만 불청객이 되고 싶지는 않아요."

"불청객 아니에요. 내가 초대했잖아요."

"정말 감사한 일이지만……."

조이는 어찌해야 할지 몰랐다. 조이도 혼자 있기보다는 애그니스 일행과 보내고 싶었다. 그렇지만 선택의 여지가 있다면 그들보다는 이언과 함께 있고 싶었다. 조이는 이런 사실을 시인하면서, 비록 자기 자신만 알고 있는 일이라 해도 기분이 엉망이었다.

"특별한 저녁 자리에 대해 흔히들 하는 말 있잖아요." 애그니스가 말했다.

"뭐라고 하는데요?"

"다들 잘 모르는 사람이 항상 한 사람은 있어야 한다고. 와일드카드죠. 관계의 역학을 뒤흔들어놓고 사람들이 예의를 지키게 만들죠."

"친구분들이 예의를 안 지키는 모습은 상상하기 힘들어요!"

"알고 보면 놀랄걸요." 애그니스가 빈정대듯 말했다.

"갈 수 있으면 가고 싶어요." 조이가 얼버무렸다.

"그런데 지금 저택 일이 굉장히 바빠요. 시공 회사에서 어제부터 일을 시작했고 저도 계속 근무 중이고요."

"편하게 해요. 보게 되면 보고요." 애그니스는 조이와 포옹하고 가던 길을 갔다.

바로 그 순간부터 마을로 가기 위해 다시 문을 나서는 순간까지 조이는 애그니스의 초대에 응할지 말지 고민했다. 이언을 보고 싶어 아플 지경이었지만 다음 수는 이언이 두어야 한다고 생각했다. 하지만 여태 아무런 연락도 없고 하루 종일 얼굴 한번 볼 수 없게 되자 걱정이 일기 시작했다. 이언이 혹시 어제 일을 후회하고 있는 것은 아닐까?

피곤해서 그럴 수도 있었다. 조이는 너무 민감하게 확대 해석은 말자고 생각했다. 이언과 마시모는 바쁜 하루를 그것도 바람과 추위 속에서 보냈을 것이다. 전날 밤 잠을 거의 자지 못했으니 오늘은 조용히 저녁을 보낸 뒤 일찍 잠자리에 들고 싶었을지도 모른다.

릴리와 시간을 보내고 싶을 것도 같았다. 어제 이후로 둘만의 시간을 가지지 못한 데다 릴리의 인생에서 꽤 중요한 순간이기도 했다. 친밀한 두 식구 사이에서 벌어진 한 가지 중요한 사건이 이언의 신경을 모두 앗아가버렸는지 모른다.

겁을 먹었을 수도 있다. 함께 밤을 보내며 한껏 쾌락에 도취되는 일과 그것을 한낮에 냉철하게 돌아보는 일은 전혀 다르다. 이언은 아내를 배신했다고 생각하며 죄책감을 느끼고 있을 수도 있었다. 실수를 했다고 생각할 수도 있었다. 케이트가 죽고 나서 이언이 다른 여자를 만나지 않은 이유는 많았을 것이다. 조이는 그 이유를 영영 알지 못할 수도 있다. 그렇다면 이언의 침묵은 둘 사이가 더 진전되기 전에 그가 브레이크를 밟고 있다는 의미일 수 있었다.

이언이 조이의 키스를 좋아하지 않았거나, 그게 아니면…….

아니다. 절대 아니다. 조이는 그런 생각은 않기로 했다. 이언은 둘이 함께 있는 모든 순간을 즐겼고 조이는 그걸 확신했다. 이언이 여러 가지 이유로 관계의 진전을 원하지 않을 수 있었지만 '그것' 때문은 아니었다.

*

7시 반, 조이는 스탠웨이 저택의 문을 잠그고 될 수 있는 한 소리를 내지 않으려 애쓰며 까치발로 진입로를 건너갔다. 조이는 팅크를 데려갈까도 고민했다. 팅크는 연못도 좋아하고 어둠에 잠긴 마을로 걸어가는 과정도 즐겼을 것이다. 그렇지만 데려가지 않기로 했다. 애그니스의 친구들과 시간을 보낼 수 있는 자리에 초대받는다는 것은 하나의 특권이었고 팅크는 초대받지 않았기 때문이다. 누구나 조이만큼 개를 사랑하는 건 아니었다.

사택에는 불이 환히 켜져 있었지만 차가운 저녁 바람을 막기 위해 커튼이 쳐져 있었고 안에서는 아무 소리도 들리지 않았다. 조이는 손전등에 의지해 마을로 들어서 연못으로 이어지는 좁은 길을 따라갔다. 물은 암흑에 싸여 있었다. 달빛은 주위를 밝히는 데 별 도움이 되지 않았지만 오두막은 빛과 온기로 훈훈했다.

조이는 문밖에 멈추어 선 채 안에서 새어나오는 여자들

의 목소리에 귀를 기울였다. 에디트 피아프가 분명한, 거칠고 잡음이 많은 녹음기 속 노랫소리도 들렸다. 조이가 문을 두드리자 비브가 활짝 열어젖혔다.

"조이! 올지도 모른다는 얘기 들었어요. 들어와요. 막 먹기 시작하려던 참이었어요."

조이는 비브에게 빵집에서 산 바게트와 그라브산 와인 두 병을 건네고 오두막으로 들어섰다. 수영클럽의 여자들이 투박한 리넨 식탁보를 덮은 낡은 나무 탁자 주위에 모여 앉아 있었다. 화목 난로는 구석에서 활활 타오르고 있었고 들보에는 작은 크리스마스 장식용 전구가 걸려 있었다. 여자들은 반짝이는 종이 왕관을 쓰고 있었다. 조이는 문득 이 자리가 평범한 저녁 식사 자리가 아니라는 생각이 들었다.

"여기 정말 아름다워요." 주위를 돌아보던 조이가 튼튼한 나무 벤치에 앉으며 말했다.

"자주 이렇게 하세요?"

"생일에만 해요. 1년에 다섯 번!"

"어느 분 생일이에요?" 조이가 물었다. 그리고 애그니스가 모임의 목적을 알려줬더라면 선물을 가져왔을 텐데 아쉽다고 생각했다.

"메그!" 다들 한목소리로 외쳤다.

"왕관을 보면 모르겠어요?" 비브가 말했다.

이제 보니 메그의 종이 왕관은 금색이었고 다른 왕관보

다 더 높고 화려했다.

“원래는 생일 파티를 집에서 했었어요.” 릴리아가 말을 꺼냈다.

“그런데 남편들이 언제나 주위를 맴돌면서 토라졌어요! ‘날 초대하지 않는다고? 어떻게 그럴 수가!’ 이러면서. 그래서 우리끼리 몰래 여기서 작은 파티를 하게 됐죠.”

“그렇지만 이제 다들…….” 메그가 말하다 말고 문장을 마치기가 조금 두렵다는 듯 갑자기 멈췄다.

“죽었어요.” 비브가 속삭이며 키득거렸다.

“보고 싶지 않다는 건 아니에요.” 애그니스가 말했다.

“보고 싶죠. 아주 많이!”

“이제 다시 집에서 파티를 해도 되겠어.” 릴리아의 말이었다.

“그렇게 해야 하지 않을까?”

“안 돼. 이게 훨씬 더 재미있어!” 메그가 구슬픈 목소리로 외쳤다.

게일라는 김이 피어오르는 무거운 냄비를 식탁 중앙에 놓았고 애그니스가 짝이 맞지 않는 그릇을 나누어주었다. 식탁에는 조이가 처음 보는 스카치위스키도 놓여 있었고 애그니스가 가져온 바게트도 있었다. 비브는 조이가 가져온 바게트를 그 위에 얹었고 릴리아는 크고 네모난 버터 덩어리가 담긴 접시를 내려놓았다. 메그는 벽에 걸린 줄에 매달려 있던 코르크 따개를 내려 와인을 열기 시작했다.

“저녁 식사가 준비됐습니다.” 게일라가 자랑스럽게 말했다.

“내가 제일 좋아하는 냄비닭!” 메그가 웃으며 말했다.

한 사람씩 접시를 내밀고 게일라가 음식을 담아줄 때까지 차분하게 기다렸다.

“이건 어디서 배우셨어요?” 조이가 물었다.

“엄마한테서. 엄마는 엄마의 엄마한테 배웠죠.” 게일라가 나지막이 말했다.

“어디 사셨는데요?”

“폴란드. 볼리모프라는 작은 마을 사람이었죠. 자기로 유명해요. 그지없이 아름다운 자기. 이런 거 말고요!”

게일라는 마음에 들지 않는다는 표정으로 요리를 해온 자기 냄비를 가리켰다.

“이 냄비는 우아하지가 않아요. 손잡이는 너무 얇고 뚜껑은 너무 두껍죠.”

게일라가 고개를 저었다. 엄마에 대한 기억, 그리고 아마도 엄마에게 일어났던 일들에 대한 기억이 게일라의 표정을 어둡게 만들었을 것이다.

“줌 볼(Zum Wohl, 건강을 위하여)!!” 게일라가 마지막 접시까지 채우고 나지막이 말했다.

“이걸 병에 담아 팔 수 있다면 백만장자가 될 텐데.” 릴리아가 작은 소리로 말하며 눈을 감고 국물에서 우러나오는 복합적인 향기를 음미했다.

조이도 부드러운 국물을 한술 떠 넣었다. 감자와 당근이 들어가 걸쭉했고 실처럼 풀어진 닭은 입에서 녹았다. 모두가 거의 경건할 정도로 조용하게 식사를 했다.

얼마 지나지 않아 다들 즐겁게 수다를 떨며 닭 요리를 두 그릇째 해치웠고 스카치위스키와 와인을 홀짝이며 CD 플레이어에서 나오는 구슬픈 노래들을 들었다. 그리고 어느 순간 애그니스와 비브가 의미심장한 눈길을 주고받더니 자리에서 일어나 오두막 한구석 어두운 곳으로 갔다. 이어 비브가 식탁으로 케이크를 들고 왔는데 촛불이 얼마나 많은지 마치 케이크에 불이 붙은 것 같았다. 비브가 떨리는 고음으로 먼저 노래를 시작하자 다들 따라 불렀다.

생일 축하합니다!
생일 축하합니다!
사랑하는 메그의
생일 축하합니다!

"메그, 더 오래 살았다가는 케이크가 두 개 있어야겠어." 애그니스가 놀렸다.

메그는 히죽 웃었고 비브가 케이크를 자르려고 가져갔다.

"촛불을 줄이든가." 게일라가 말했다.

"10년에 한 개 어때?"

애그니스는 메그에게 예쁜 파랑 리본이 묶인 흰 상자를 건넸다.

"우리 생일 선물 절대 안 하기로 하지 않았어?" 말은 그렇게 하면서도 메그는 선물을 사양하지는 않았다.

"언제 그랬어?" 게일라가 말했다.

"1967년이었던 것 같아." 메그가 예쁜 리본을 보고 감탄하면서 선물을 들어올렸다.

"여든 번째 생일이니까 특별히 예외로 해도 될 것 같아!"

"열어봐." 애그니스가 신이 나서 말했다.

"사람이 한 번밖에 더 살아?"

"그건 네 생각이고! 나는 환생을 믿어." 비브가 말했다.

"웃기는 소리 하네. 죽으면 죽은 거야. 게임 끝이라고." 릴리아가 날카롭게 쏘아붙였다.

"여러분! 오늘은 메그를 위한 밤이야! 제발!" 애그니스가 나무랐다.

"난 여든 번째 생일 선물을 받은 기억이 없는데." 게일라가 한숨을 쉬었다.

"받았어!" 릴리아가 반박했다

"그 빨간 모자! 검은 벨벳 띠를 두른!"

"아, 그렇네." 게일라가 인정했다.

조이는 뉴욕에서 알렉스의 스승 리처드 앤드루스의 여든 번째 생일 파티에 갔던 기억을 떠올렸다. 12인조 금관

스윙 밴드가 있고 손님이 3백 명이 넘는 성대한 행사였다. 네덜란드에서 공수된 긴 줄기 튤립 4천 송이가 월도프 아스토리아 호텔 연회장의 모든 가로 표면을 장식하고 있었다. 행사장에 나온 리처드의 네 번째 아내이자 전 빅토리아 시크릿(미국 최대의 란제리 회사) 모델은 불편한 기색이었다. 조이는 리처드의 동료들 나이를 고려할 때 불편해하는 게 당연하다고 생각했다. 그 스승에 그 제자로군, 하고 생각했던 기억이 난다.

여든 살까지 살 수 있다면 조이는 지금 이 같은 파티가 낫겠다고 생각했다.

메그는 상자의 내용물을 보고 놀란 숨을 들이쉬었다. 1958년도에 발행된 「런던 타임스」로 아주 조심해서 다뤄야 할 것 같았다. 메그는 신문을 펼쳐 다들 볼 수 있게 들어올렸다. 1면에는 어떤 집회에서 시위를 하고 있는 세 여자의 사진이 실려 있었다.

"맙소사! 이것 좀 봐! 우리야." 메그가 말했다.

"와!" 조이는 여자들의 젊은 얼굴을 알아보고 놀라 탄성을 질렀다.

"올더매스턴 대행진이에요." 릴리아가 말했다.

"우리가 다 이것 때문에 만났어요. 비브와 나도 그 집회에 있었어요. 사진 속에 끼어들지 않았다 뿐이지!"

메그가 조심스럽게 누런 신문을 내려놓았다.

"이건 어디서 났어?" 메그가 놀란 얼굴로 물었다.

"온라인에서 샀어." 애그니스가 뿌듯한 표정으로 말했다.
"요즘 컴퓨터로 못 찾는 게 없어."

"올더먼 대행진이 뭐예요?" 모르고 있다는 사실을 약간 쑥스러워하며 조이가 물었다.

"올더매스턴이에요." 게일라가 바로잡았다.

"핵 폐기 운동이었죠."

"나흘 동안……." 애그니스가 설명했다.

"트라팔가 광장에서 원자 무기 연구소까지 행진했죠."

"그다음 해에는 방향을 바꿔 시위 참가자들이 런던에서 행진을 마치게 했어요." 메그가 지적했다.

"나는 매년 행진했어요." 게일라가 당당하게 말했다.

"다 합쳐서 여섯 번."

"나는 두 번." 릴리아가 덧붙였다.

"우리 좀 봐!" 메그가 젊었던 시절의 얼굴을 자세히 뜯어보면서 따뜻한 목소리로 말했다.

"내 기분은 아직 그 시절 그대로야. 거울을 보면 항상 놀라지. 마음만은 아직 이 여자아이 같거든."

고개를 들어 주위를 돌아보는 메그의 눈에는 눈물이 고여 있었다.

"자, 자. 질질 짜며 우울해하지 말자고!" 비브가 말했다.

"늙는 건 특권이야! 모두에게 노년을 누릴 행운이 주어지지는 않아. 게다가 여기 있는 이 젊은 친구가 얼마나 지루하겠어. 노인들이 불평하고 징징대는 것보다 더 끔찍한 건 없어!"

"전 하나도 안 지루해요." 조이가 말했다.

"저도 늙었다고 느낄 때가 있어요. 실제 나이보다 늙었다고 느낄 때가 있다는 거죠. 아무튼 어제는 릴리에게 재키 케네디와 그레이스 켈리를 설명해줘야 했어요."

릴리아가 재빨리 몸을 돌렸다.

"어떻게 그 얘기가 나왔어요?" 릴리아의 질문은 날카로웠다.

"런던에 데려갔거든요. 그래서……."

"우리 손녀를?"

"네, 회의가 있어서……."

"우리 릴리를 데리고 런던에 갔다고요? 평일에?" 릴리아의 눈이 번뜩였다.

"정말 가고 싶어했어요. 그래서 학교에 안 가게 해달라고 아빠한테 애원하더라고요."

릴리아는 아무 말도 하지 않았지만 표정으로 보아 분명히 화가 잔뜩 난 것 같았다.

"그랬군요." 릴리아가 차갑게 말했다. 그러고는 갑자기 자리에서 일어나 손도 대지 않은 케이크를 들고 옆에 있는 탁자로 갔다.

순식간에 굳어진 분위기를 풀어보려는 모양으로 비브가 튀어오르듯 일어나 CD 플레이어 앞으로 가더니 에디트 피아프 앨범을 재생했다.

"잠깐! 잠깐!" 비브가 외쳤다.

"우리 노래를 불러야지! 우리 노래를 부르지 않으면 제대로 된 생일 파티가 아니야! 릴리아! 어서 와."

"미안해." 릴리아가 말했다.

"가봐야겠어." 이 말과 함께 릴리아는 오두막 안을 가로질러 메그에게 입을 맞춘 뒤 문을 쾅 닫고 돌연히 자리를 떴다.

"정말 죄송해요." 조이가 속삭였다.

"조이 잘못 아니에요." 메그가 말했다.

"조이 문제도 아니고 런던 문제도 아니에요."

"이번 주에 케이트 생일이 있어요." 애그니스가 설명했다.

"오는 금요일이 마흔 번째 생일이죠."

"죄송해요. 제가 다 망쳤어요." 조이가 말했다.

"전혀 아니에요." 애그니스가 부드럽게 말했다.

"때때로 릴리아는 혼자만의 시간이 필요해요."

에디트 피아프의 가장 유명한 곡이 흘러나오기 시작했다. 피아프의 정제되지 않은 힘찬 목소리가 잡음이 많은 거친 녹음으로부터 날아오르는 것 같았다.

"Je ne regrette rien(난 아무것도 후회하지 않아)." 애그니스가 노래했다.

"행복했던 일도." 게일라가 덧붙였다.

"불행했던 일도!"

메그와 비브, 게일라도 한 사람씩 따라 부르며 조이와

함께 식탁 위로 손을 잡았다. 노인들의 아름다운 얼굴이 난로 불빛에 빛났다.

Non, rien de rien(아무것도)

Non, je ne regrette rien(난 아무것도 후회하지 않아)

Ni le bien qu'on m'a fait(행복했던 일도)

Ni le mal, tout ça m'est bien égal(불행했던 일도 모두 상관 없어)

Non, rien de rien(아무것도)

Non, je ne regrette rien(난 아무것도 후회하지 않아)

C'est payé, balayé, oublié(그건 이미 대가를 치렀고 모두 쓸려 가버리고 잊힌 일인걸)

Je me fous du passé(난 지나간 날들에 신경 쓰지 않아)

17

아침에 일어나자마자 팅크를 데리고 밖으로 나온 조이는 밤새 따뜻한 공기가 밀려왔음을 알 수 있었다. 공기에서는 확실히 봄 냄새가 났는데 미국 북동부의 규칙적인 '1월 해빙기'와 같은 것이 영국에도 있는지 궁금했다. 조이가 영국에 도착한 이후로 눈은 한 번도 내리지 않았지만 공기는 축축하고 가끔 뼛속까지 시리게 만들었다. 그러나 오늘은 수많은 굴뚝에서 올라오는 나무 타는 냄새뿐만 아니라 진흙과 풀의 냄새까지 느낄 수 있었다. 이 따뜻한 공기는 어디서 온 걸까? 조이는 궁금했다. 지중해? 아일랜드 해? 심지어 공기에 옅은 소금기가 느껴지는 것도 같았다. 그러나 조이가 얼마나 내륙 깊이 들어와 있는지 생각하면 그럴 가능성은 없어 보였다.

팅크는 매년 뉴욕에 봄이 올 때와 똑같은 반응을 보였

다. 냄새를 맡으려는 욕구가 강렬해진 것이다. 팅크는 숲에서 손짓하는 냄새의 축제로 주인을 끌어들이기 위해 안간힘을 쓰며 목줄을 끌어당겼다. 그러나 조이는 그래비티 풀이라는 연못으로 팅크를 데리고 갔다. 이 연못은 스탠웨이의 이름난 분수에 물을 공급하는 계단식 웅덩이 맨 위에 자리하고 있었다. 연못에서 물을 내보내는 물길 위로는 하나의 공간으로 이루어진 석조 건축물이 있었다. 꼭대기의 첨탑 때문에 피라미드라는 이름을 얻은 이 건물은 주변 시골 풍경을 근사하게 조망할 수 있는 위치에 있었으며, 마치 성벽에 달린 작은 탑 안의 탁 트인 방에 있는 것 같은 신기한 느낌을 주었다.

"거기서 뭐해요?"

조이가 돌아보았다. 이언이 연못 저편에 있었다. 허리 위로 오는 바지 장화를 입고 연못에 물을 공급하는 냇물 위로 두 다리를 벌리고 선 채 긴 작대기로 물을 휘젓고 있었다.

조이가 미소를 지으며 이언에게 다가갔다.

"어머! 여긴 어쩐 일이에요?"

"물길을 좀 트려고요. 지금 나뭇가지와 낙엽 때문에 막혔어요."

이언에게 다가갈수록 땅이 점점 부드러워졌다. 조이는 방수 장화를 신어서 다행이라고 생각하며 몇 미터 떨어진 곳에서 멈추었다. 이언의 품속에 안기고 싶은 마음이 무엇보다 간절했지만 그 충동을 참아냈다.

"막혔는지 어떻게 알았어요?" 조이가 물었다.

"어제 여기 올라왔을 때 봤어요."

조이가 고개를 끄덕였다.

"그 일은 어떻게 됐어요?"

"어제요? 다 잘됐어요."

"안 그래도 좀 이따가 가려고 했어요. 마시모한테 전화하기 전에 먼저 얘기 좀 하려고."

이언이 미소를 지었다.

"오세요."

"몇 시에요?"

"알아서 정해요. 날 고용한 분이니."

"아니에요! 우리 둘 다 저 멀리 계신 분들한테 고용된 거죠."

조이가 반박하자 이언이 상냥하게 웃으며 말했다.

"알았어요. 그렇게 생각하는 쪽이 마음 편하다면야."

"그게 사실인걸요!"

둘 다 웃고 있었다. 두 사람은 잠시 서로의 눈빛을 읽었다.

"좀 어때요?" 조이가 마침내 작은 소리로 말했다.

이언이 고개를 끄덕였다. 솔직하고 믿음이 담긴 표정이었다.

"조이는요?"

"최고예요." 조이가 대답했다.

"다행이에요."

"팅크를 집에 데려다놓고 갈게요."

"그래요."

조이는 붕 뜬 기분으로 집으로 돌아갔다. 도착하니 블랙베리에 메시지가 와 있었다. 새라가 보낸 것이었지만 조이는 새라에게 당장 전화할 마음이 없었다. 팅크에게 밥을 주고 머리를 빗은 조이는 립스틱을 옅게 바르고 사택으로 향했다. 그리고 가볍게 문을 두드렸다.

"계세요? 이언?"

"여기 있어요!" 부엌에서 들려오는 소리였다.

토스트와 커피, 오렌지 냄새가 났다. 조이는 거실을 가로질러 부엌 문간에 잠시 멈추었다. 갑자기 긴장이 됐다. 집 밖 저택 부지에서 이언을 만났을 땐 자연스러웠다. 게다가 그는 부지를 돌보느라 바빴다. 그러나 지금은 달랐다. 벽난로 앞에서 보낸 황홀한 밤 이후로 처음 단둘이 이언의 집에 함께 있었다. 설명하기 어려울 정도로 부끄러운 기분이었고 정말 이상하다고 생각했다. 단순한 긴장감일 수도 있었다. 이언이 조이와 연인이 되는 것을 망설이고 있다면 곧 밝혀질 터였기 때문이다.

이언은 식탁에 앉아 있다가 조이를 보자마자 자리에서 벌떡 일어나 커피를 따라 건네주었다.

"고마워요."

"토스트 줄까요?"

"좋아요."

이언은 돌아서서 도마에 있던 빵을 두 조각 잘라 토스터에 넣었다. 그런 다음 오렌지 세 개를 반으로 갈라 조리대에 놓인 작고 세련된 압착기에 넣어 주스를 만들었다. 그리고 조이에게 주스가 담긴 유리잔을 건넸다.

"갓 짜낸 주스네요."

이언이 고개를 끄덕이며 도로 앉았다. 조이는 커피에 크림을 넣으며 이언의 기색을 살폈다. 일단 일 얘기부터 하고 다른 얘기를 이어가면 좋을 것 같았다.

"마시모랑 일은 잘 했어요?"

"괜찮은 사람이더라고요. 제대로 알고 일하는 사람이에요."

"함께 일하면 좋을 것 같아요?"

"나쁠 것 없죠."

"조사할 건 다 했어요?"

토스트가 튀어올랐고, 이언이 빵을 접시에 담아 조이에게 건넸다. 조이는 고작 버터와 마멀레이드를 바르는 일이라고 해도 가만히 있는 편보다는 낫다고 생각했다. 이언의 눈을 똑바로 보기가 힘들다는 사실도 깨달았다.

"의문점들이 좀 생겼는데 마시모는 어떤 분야든 그 분야 전문가를 알고 있는 듯해요. 전화 몇 통 돌리더니 일주일에서 열흘 사이 사람들이 오기로 했대요."

"잘된 거 아니에요?" 조이가 토스트를 베어 물며 말했다.

이언은 고개를 끄덕였다.

"그럼 다음 주 후반에는 대략 일의 윤곽이 잡히겠네요."

"그렇다고 할 수 있겠죠."

잠시 침묵이 흘렀다. 이언은 시선을 내리깔았다가 다시 조이를 바라보았다.

"언제 떠나요?"

조이가 토스트를 내려놓고 한숨을 쉬었다.

"잘 모르겠어요. 몇 주 안에는 떠나겠죠."

이언이 고개를 끄덕였다.

"그렇다면 꽤나 경솔한 짓이겠죠……."

"뭐가요?"

이언이 조이를 가리켰다가 다시 자신을 가리켰다.

"난 경솔한 거 좋아해요." 조이가 짓궂게 말했다.

이언은 헛기침을 하며 고개를 저었다.

"난 여기 없는 사람을 그리워하며 이미 충분한 시간을 보냈어요."

"하지만 난 여기 있어요!"

"그거야 당분간만이죠. 게다가 뉴욕에서 누군가 기다리고 있을지 누가 알아요."

"없어요!"

"전 애인은?"

"누구나 전 애인은 있죠! 뭐래! 이 나이에 전 애인 한 번쯤 없었으면 정말 문제 있는 거 아닌가요?"

"그 나이가 몇인데요, 루빈 씨?"

"몇 살 같아요?" 조이가 미소를 지었다.

"대답 들을 생각은 마세요. 어림없어요. 그런 질문엔 대답 안 하는 게 상책이죠. 그러니 너무 꼬치꼬치 묻지는 말아요."

"나에 대해 궁금한 게 있다면 뭐든 물어보세요! 뭘 알고 싶죠?"

"아, 몇 가지 궁금한 게 있죠." 이언이 미소를 지었다.

커피 때문인지는 몰라도 조이의 심장이 어느새 쿵쾅거리고 있었다.

"물어보세요, 어서. 그 몇 가지."

"다섯 가지 어때요?" 이언의 얼굴에 짓궂은 미소가 퍼졌다.

"내가 묻고 조이가 답하고."

"우리 둘 다 묻고, 둘 다 답해요." 조이가 지지 않고 말했다.

이언은 의자에 등을 대고 앉아 질문을 생각해보는 것 같았다. 마침내 그가 물었다.

"혼자 살아요?"

"네. 하지만 그건 공평하지 못해요. 난 이언의 답을 벌써 아니까!"

"알았어요. 그럼 다른 걸 물어봐도 돼요."

이언이 잔에 다시 커피를 채우고 진한 블랙커피를 홀짝

였다.

"형제가 있어요?"

"하나 있어요. 누나. 셰틀랜드 제도에 살아요."

"거기서 뭐하세요?" 조이가 물었다.

"그게 두 번째 질문이에요?"

조이가 어깨를 으쓱했다.

"양을 키워요. 애들도 키우죠. 마지막으로 세어봤을 때는 여섯."

"와! 좋아요. 세 번째 질문. 제일 좋아하는 노래는?"

이언이 미소를 지었다.

"당신은 모르는 노래예요."

"알지도 모르죠."

"오래된 스코틀랜드 노래인데, 킨라라."

이언은 1절 가사를 읊어주었다.

태양은 저 언덕 위에서 붉게 빛나고
이슬은 데이지 위에 맺히고
스페이 강은 골짜기 깊이 조잘대며 흐르네.
킨라라의 마가목을 돌아.
어디 계시나요, 아름답고 상냥한 아가씨?
안타까워라! 그대가 내 곁에만 있다면
그대의 정다운 마음과 애처로운 눈이
나를 언제까지나 기쁘게 할 텐데.

이언의 얼굴에 구슬픈 표정이 어렸고 조이는 이 노래가 케이트를 떠올리게 했는지 궁금했다.

"노래로 불러줘야 되는 거 아니에요?"

조이는 이언이 슬픔에 빠지지 않길 바라며 분위기를 밝게 바꾸려고 농담조로 말했다.

"난 노래 안 해요."

"절대로?"

"절대로. 내 노래를 들어보면 이해할 거예요."

"알았어요. 노래는 별로 좋아하지 않는군요."

"혼자 있을 때만 불러요."

조이가 미소를 지으며 질문을 계속했다.

"그러면 가장 좋아하는 휴식 방법은 어떤 거예요?"

이언이 조이에게 엉큼한 눈길을 보냈다.

"그거 말고요!"

"숲에서 말 타는 거 좋아해요. 당신은?"

"말이요? 절대로 안 타요." 조이가 고개를 저었다.

"난 도시 사람이에요."

"타봤어요?" 이언이 캐물었다.

"여름 캠프에 갔을 때 타봤는데 말이 도망갔어요. 나를 태운 채."

"다행히 살았네요."

"하지만 몇 년 동안 말이 나오는 악몽을 꿨다고요!"

"이제 공포를 극복할 때도 되지 않았어요?"

"공식적인 질문인가요?"

"답에 가까운 것 같은데요."

*

날씨가 그토록 매력적으로 화창하고 따뜻하지 않았다면, 그리고 이언이 아닌 다른 사람의 제안이었다면 조이는 아마 절대 동의하지 않았을 것이다. 그렇지만 이언에게 차마 싫다고 할 수 없었다. 그래서 잠시 후 불안감에 벌벌 떨다시피 하면서도 뒤뜰로 나갔다. 그리고 왼발을 이언의 깍지 낀 두 손 안에 놓은 다음 매기라는 거대한 암말의 등 위로 오른쪽 다리를 올렸다.

"안 되겠어요! 나 안 할래요. 내려주세요."

"말은 아무 데도 안 가요." 이언이 고삐를 한 손에 말아 쥐고 차분하게 말했다.

"이래도 아무 소용 없어요." 조이가 매기의 등에서 뛰어내려 조용히 물러서고 싶은 마음을 물리치며 주장했다.

"난 도시에 살아요. 두 번 다시 말을 탈 일은 없을 거라고요."

"그러니까 더욱 지금 타봐야죠."

"그렇지만 난 너무…… 겁이 많아요."

"매기는 늙은 말이에요. 스물두 살이라고요. 어디로 빨리 달리지도 못해요."

조이가 심호흡을 했다.

"손 놓지 말아요! 고삐 꼭 잡아요."

"괜찮아요. 잘 잡고 있어요."

말이 움직이기 시작하자 조이의 배가 단단히 뭉쳤다.

"오, 맙소사!"

"잘하고 있어요."

이언이 매기를 끌고 뜰 밖으로 나갔다.

"그냥 이 길을 따라 걸어갈게요. 알았죠?"

조이는 대답하지 않았다. 필사적으로 매달리고 있었다.

"알았죠?" 이언이 물었다.

"조이?"

조이는 안장의 앞쪽을 그러쥐고 고개를 끄덕였다. 그리고 심호흡을 하며 의식적으로 근육에 들어간 힘을 빼려고 애썼다. 새라의 애들이 할 수 있다면 조이도 할 수 있었다.

"좋아요." 이언이 말했다.

"잘하고 있어요."

얼마 후 조이는 몸이 점차 편안해지는 느낌이었다. 매기는 조이의 밑에서 천천히 그리고 든든하게 움직였고 조이는 매기의 부드러운 걸음걸이에 따라 이리저리 흔들리며 시골길에 접한 숲과 들판을 바라볼 여유까지 생겼다.

'괜찮네.' 언뜻 그런 생각도 들었다.

'괜찮아.'

다음은 이언이 자기 말을 탈 차례였다. 이언은 조이에게 매기의 고삐를 건네려고 했다.

"싫어요! 나 너무 무서워요!"

"번개를 데려와야 해요."

"번개? 저 이제 다 탄 것 같아요. 재밌었지만 이제……."

"번개를 무서워해서 이름을 그렇게 지은 거예요. 매기를 울타리에 묶을게요. 그러면 아무 데도 안 가요."

"확실해요?"

"확실해요. 매기는 항상 게으르고 느렸어요. 절대로 필요 이상으로 움직이지 않아요."

이언은 매기의 고삐를 울타리 기둥에 묶은 다음 헛간 속으로 사라졌다.

"안녕, 매기." 조이가 속삭였다.

매기는 조이를 무시했다.

"넌 정말 착하구나. 정말 착해."

조이는 단단히 붙잡고 있던 안장을 놓고 매기의 목에 손을 얹었다. 말의 온기가 놀라웠다. 조이가 매기를 살며시 쓰다듬자 매기가 고개를 돌려 화답했다. 말의 속눈썹과 크고 투명한 눈은 어딘가 모르게 질주하는 조이의 생각을 붙잡아주었다. 매기는 정말로 차분했다. 전혀 모르는 사람을 등에 태워준 순한 말이었고, 조이는 어쩐지 매기에 대한 온정과 사랑이 솟아나는 것만 같았다.

이언이 번개를 타고 헛간에서 나왔다. 번개는 털이 밤색인 커다란 말로 위엄 있는 태도를 보여주었다. 이언은 번개를 타고 울타리로 와 고삐를 풀었다.

"내가 잡을 수 있어요." 조이가 머뭇거리며 말했다.

속은 긴장이 풀리지 않은 상태였지만 용기를 낼 작정이었다. 놀란 듯 고갯짓을 하고 고삐를 넘기는 이언의 모습에서 조이는 그가 내심 흡족해하고 있음을 눈치챌 수 있었다.

"좋아요, 아가씨." 이언이 말했다.

"여기 있어요."

두 사람은 도로로 접어들어 이끼에 뒤덮인 오래된 묘비들이 있는 교회 묘지를 지났고 빽빽한 산울타리도 지났으며 스탠웨이 저택과 같은 황색 돌로 지은 작은 집들이 점점이 흩어진 언덕도 지났다. 1킬로쯤 가다가 주도로에서 꺾어져 완만하게 굽이진 좁은 길로 들어섰는데 그 길은 들판을 지나 숲의 가장자리에 있는 빈터로 이어졌다. 조이는 좀 더 편안하게 말을 타고 있었고 매기가 자유를 찾아 질주할 생각이 없다는 사실을 받아들이기 시작했다.

공기는 흙냄새로 가득했다. 낙엽이 길 양쪽으로 나 있는 숲의 바닥을 뒤덮고 있었다. 한겨울의 시골 풍경과 소리, 향기에 압도된 조이는 한동안 말을 타고 있다는 사실조차 잊어버렸다. 이언이 이곳에서 어떤 기분인지 알 수 있었다. 조이 자신도 느낄 수 있었기 때문이다. 이언에게 그 느낌을 말할 수도 있었겠지만 조이는 둘 사이의 침묵이 너무나 친근하게 느껴져 아무 말도 하고 싶지 않았다.

언덕 위에서 두 사람은 말을 돌려 눈앞에 펼쳐진, 고요하고 평온한 그림 같은 시골 풍경을 바라보았다.

"잘했어요." 이언이 마침내 말했다.

"타길 잘했다 싶죠?"

"네." 조이가 나지막이 말했다.

스탠웨이 저택으로 돌아가는 길은 스릴 있었다. 어떤 부분은 공포 그 자체였고 어떤 부분은 짜릿한 흥분을 느끼게 했다. 언덕 아래에 다다랐을 때 이언은 조이에게 짓궂은 눈빛을 보낸 뒤 번개를 구보로 달리게 했다.

"기다려요!" 조이가 외쳤다.

"이언!"

매기는 알아서 번개를 따라가기 시작했다. 조이는 번개를 따라가고 싶어도 어떻게 지시해야 할지 몰랐고 매기에게 원하는 게 뭔지도 몰랐다. 매기도 이걸 느낀 것이다. 처음에는 놀라 겁에 질렸던 조이도 곧 달리는 말이 그다지 타기 어렵지 않다는 걸 알았다. 조이는 무릎으로 매기의 옆구리를 단단히 누른 채, 처음에는 안장을 잡았지만 이내 서서히 놓으며 움직이는 말의 쉽고 완만한 리듬에 몸을 맡겼다. 앞서 매기가 속보로 걸을 때보다 훨씬 쉬웠다. 그때는 아래위로 몹시 흔들리며 안장에 세게 부딪쳐 거북했기 때문이다.

조이는 길이 꺾어지는 지점에서 이언을 따라잡았다. 그러나 조이가 도착하자마자 이언은 번개를 들판으로 몰아 다시 달려나가기 시작했다.

“안 돼요!” 조이가 외쳤다.

“이언! 이제 그만해요!”

그러나 이언은 가고 없었다. 조이는 이언이 돌아올 때까지 기다리거나 따라잡거나 선택해야 했다. 홀로 마구간으로 돌아갈 수 없다는 사실만은 확실했다. 말에서 내려가는 법을 몰랐기 때문이다.

조이는 가볍게 매기를 찼다. 그러자 매기가 눈치를 챈 것 같았다. 매기는 처음에 천천히 가다가 곧 빠른 걸음으로 걷기 시작했다. 조이는 안장에 부딪칠 때마다 전해오는 아픔에 이를 악물고 발꿈치로 다시 한 번 매기를 살짝 건드렸다. 빠른 걸음이 지극히 고통스러워질 무렵 매기가 물 흐르는 듯한 아름다운 걸음걸이로 달리기 시작했다.

조이의 어색한 미소는 바람이 볼을 어루만지자 환한 웃음으로 변했고 조이와 매기는 이언과 번개를 따라잡기 위해 들판을 날아가다시피 했다.

18

"이언 맥코맥?" 새라가 말했다.

조이는 전화기 너머로 들리는 새라의 어조에 놀랐다. 조이는 스탠웨이 저택의 빈 주방에 앉아 창문으로 쏟아져 들어오는 오후 태양의 마지막 따뜻한 빛줄기를 음미하고 있는 중이었다.

"응." 조이가 조용히 말했다.

"어머." 새라의 반응이었다.

당황한 조이는 말을 잇기 전에 잠시 머뭇거렸다. 새라의 "어머"는 '어머, 정말 잘됐다!'의 어조가 아니었다. 새라는 마치 엄청난 금액이 적힌 신용카드 명세서를 보는 듯한 느낌으로 "어머"라고 말했다.

"몹시 기뻐하는 것 같지는 않네." 조이가 말했다.

"그저…… 놀랐을 뿐이야."

"왜? 이언은 잘생겼고 선량해. 애인도 없고."

"그래?"

"내가 알기로는 만나는 사람도 없어."

"그렇지만 연애할 준비는 됐대?"

"연애라고 할 수 있을지는 모르겠다. 데이트한 적도 없고."

"그럼 뭘 한 건데?" 새라가 날카롭게 물었다.

새라가 제 자식 걱정하듯 뾰루퉁한 얼굴로 새침하게 입을 내민 모습을 상상하기는 어렵지 않았다.

새라의 질문에 조이는 살짝 도발적인 대답을 하고픈 충동을 느꼈다. 고상한 척하다니 당해도 싸다고 생각했다.

"뭘 안 했느냐고 묻는 게 빠를걸?" 조이가 속삭이듯 말했다.

"조이!"

"왜? 난 네가 기뻐해줄 줄 알았어. 왜 이런 식으로 나오는 거야? 혹시 내가 모르고 있는 거라도 있어?"

"그런 게 아니야."

"그럼 뭐야?"

조이는 맥이 빠지는 기분이었다. 새라에게 좋은 소식을 전할 수 있게 되어 잔뜩 신이 나 있던 참이었기 때문이다. 새라가 매우 기뻐해줄 줄 알았다. 이런 반응은 예상 밖이었다.

"워낙 작은 마을이니까." 새라가 읊조리듯 말했다.

"그래서?"

"소문이 빨라."

"이언은 열다섯 살 애가 아니야, 새라. 다 큰 성인이라고. 나랑 엮이는 게 싫었다면 그러지 않았을 거야. 이언이 누굴 만난다고 하면 다들 기뻐해야 정상이라고. 이언이 여자를 안 만난 지 얼마나 오래됐는데."

"네가 떠나면 다시 혼자가 될 거야!"

조이가 의자에 등을 기대고 앉았다. 새라의 반응에 조이의 마음은 실망감을 넘어서 정당한 분노를 향해 나아가고 있었다.

"넌 뉴욕 사람이잖아, 조이!" 새라가 다그쳤다.

"너도 그랬어!"

"하지만 난 스물셋이었어. 뉴욕에 인생과 커리어가 생기기 전이었다고."

"그래. 그래서 헨리가 원하는 틀에 너 자신을 끼워 맞추기 어렵지 않았겠지. 네 인생을 설계하기보다 헨리의 삶으로 들어가는 게 더 쉬웠겠지."

"넌 내가 그랬다고 생각해?" 새라가 차갑게 물었다.

조이는 화가 난 나머지 "그래"라고 내뱉고 싶었지만 무언가가 조이를 자제하게 만들었다.

"아니야." 조이가 가능한 모든 자제력을 그러모아 말했다. "넌 멋진 남자와 사랑에 빠졌고 그 사람과의 인생을 위해 어느 정도 희생은 감수해도 좋다고 생각했겠지."

잠시 긴장감으로 가득한 침묵이 이어졌다.

"난 네가 기뻐해줄 줄 알았어."

"기뻐." 새라가 우기듯이 말했다.

"그렇다면 표현하는 방식이 참 이상하구나."

"난 네가 상처받지 않았으면 좋겠어." 새라가 말을 이었다.

"이언이 상처받지 않기를 원하는 거겠지. 그건 확실하고 똑똑하게 전달됐어."

"난 누구도 상처받지 않았으면 좋겠어." 새라가 방어적으로 말했다.

"살아가면서 누구나 상처받기 마련이야. 그걸 피할 방법은 없어."

두 사람이 아무 말도 하지 않은 채로 꽤 오랜 시간이 흐른 것 같았다. 조이는 귀와 어깨 사이에 전화기를 끼우고 자리에서 일어나 창가로 걸어갔다. 밖은 그림자가 짙어지고 있었고 모든 게 고요했다.

"미안해." 새라가 마침내 이렇게 속삭였다.

"나도." 조이가 성의 없이 덧붙였다.

영국에 온 이후로 잘못한 것도 없는데 새라가 잘못이라고 생각한다는 이유로 사과만 하다 볼장 다 보는 느낌이었다.

"하지만 넌 항상 내가 시니컬하다느니 너처럼 인생을 낭만적인 시각으로 보지 못한다느니 했잖아. 그런데 내가 정말 좋아하는 사람이 생겼다니까…….”

“놀라서 그랬어.”

“나도야!”

“그렇지만 결국 어떻게 될 것 같아? 네가 여기로 이사 오는 건 상상할 수도 없어. 넌?”

“나도 몰라. 만난 지 두 주밖에 안 되는걸.”

“이언이 뉴욕으로 가는 것도 상상할 수 없어. 거기서 뭘 하겠어?”

“내가 알겠니?”

“게다가 릴리도 있어.”

“난 릴리가 정말 좋아. 우리 사이도 좋고. 지난주에 릴리 데리고 런던에도 갔었는데 정말 재미있었다고! 이언과 내가 만난다 해도 릴리는 별로 싫어하지 않을 것 같아.”

“런던에 왔었어? 왜 연락 안 했어?”

“오전 내내 회의가 있었고 사실 릴리를 위한 나들이였어.”

새라는 아무 말도 하지 않았다. 조이는 또다시 답답해졌다. 새라가 생각하는 조이의 잘못 목록에 또 하나의 항목이 추가될 터였다.

“새라. 지난번 헤어질 때 우리 사이가 그다지 좋지는 않았잖아. 그런데 릴리를 데리고 너희 집으로 갈 수 있었겠어? 오후 내내 우리가 왜 항상 싸우는지 고민해보자고?”

“우린 싸우는 게 아니야.” 새라의 주장이었다.

“아니야? 그럼 지금 이건 뭔데?”

새라는 할 말이 없었던지 주제를 바꿨다.

"릴리는? 너랑 이언에 대해서 알아?"

"이언이 뭐라고 말했다면 모를까 나는 한마디도 안 했어."

"하지 마! 릴리한테 말하고 안 하고는 이언이 결정할 문제야."

"나도 알아. 그 사람 집에서 반쯤 벗고 돌아다니는 거 아니니까 그런 게 걱정이라면 접어둬."

"그런 걱정 안 했어."

"새라, 난 일 때문에 여기 온 거야. 낭만적인 도피처를 찾아서 온 게 아니라."

"단어 선택이 흥미롭네."

"무슨 단어?" 조이가 물었다.

"도피처. 아마 햄릿에서 왕비가 그러지. '너무 강하게 부정하고 있는 것 같아.'"

"내가 무엇으로부터 도피하고 싶어한다는 거야?"

"뉴욕?"

"내가 뉴욕을 얼마나 사랑하는데!"

"혼자 사는 거? 조이, 그게 사실이라면 정말 못된 짓이야. 릴리와 이언은 그동안 끔찍한 시간을 보냈어. 낭만적인 휴식을 찾아왔다가 금세 사라져버릴 사람이라면 두 사람한테 조금도 도움이 되지 않아."

"사라지지 않을 거야."

"그래?"

"그 두 사람한테서는."

"무슨 소리야? 평생 이메일과 스카이프만 할래? 그거 괜찮겠다."

조이는 다시 화가 치밀어 오르는 것을 느꼈고 이번에는 억누를 기분이 아니었다.

"새라, 네 마음에 들지 않아도 할 수 없어. 이언하고 나는……."

"이언하고 너라니!" 새라가 경멸하듯 말했다.

"그래! 이언하고 나!" 조이는 더 이상 자제할 힘이 없었다. 감정은 급류처럼 쏟아져 나왔다.

"앞으로 어떻게 될 거라고 장담은 못해. 미래에 어떤 일들이 있을지 전혀 모르니까. 내가 이언한테 의미는 있는지, 있다면 어떤 의미가 될 수 있는지도 모르겠어. 그리고 릴리가 아빠를 나눠 갖는 거에 대해서 어떤 생각일지 대충은 알아도 정확히는 몰라."

"그렇지만 이언이 나한테 감정이 있다는 건 알아. 그리고 끔찍하게 오랫동안 외로웠다는 것도 알아. 아내가 죽고 난 뒤 처음으로 다른 여자를 자기 인생으로 끌어들였던 건지도 모르지. 만약 그게 전부고 여기서 끝이라고 해도 괜찮아. 난 정말 괜찮아. 뉴욕에서 결국 혼자 살게 되더라도."

"난 그건 싫어!" 새라가 외쳤다.

"난 네가 누군가를 만났으면 좋겠어! 네가 행복했으면 좋겠다고."

"하지만 이언과 만나는 건, 여기 있는 건 싫다는 거지."

"네가 여기 오면 좋지!"

"그런 것 같지 않아, 새라. 넌 아이 넷을 낳고 행복한 결혼 생활을 하면서 영국에 정착하여 즐겁게 잘 사는 네가 만족스럽겠지. 반면 나는 커리어를 위해 모든 걸 포기한 채 홀로 외롭게 사는 문제 있는 여자고. 나란 사람은 네가 네 인생에서 이루어낸 성공을 돋보이게 해줄 완벽한 존재인 거지. 영영 행복하지 못할 불쌍한 친구. 그 그림이 너한테는 딱 좋은 거지."

전화기 너머에서 작게나마 새라의 놀란 숨소리가 들려왔다. 새라는 울먹이는 목소리로 말을 이었다.

"정말 그렇게 생각한다면 넌 날 잘 모르는 거야."

"한때는 널 알았었지. 우린 자매나 다름없었으니까."

"네가 우리 애들 태어난 것도 모르고 넘어가기 전까지." 새라가 받아쳤다.

"네가 우리 결혼식에 불참하기 전까지. 네가 나를 절대로 본받고 싶지 않은 사람으로 생각하기 전까지."

"난 널 그렇게 생각한 적 없어!"

"없어?"

"없어!"

"네 행동은 달랐어."

"우리 엄마가 돌아가셨을 때 넌 뉴욕에 왔니? 안 왔지. 아빠 재혼할 때 청첩장에 답이라도 했어? 난 네가 오길 바랐어. 네가 필요했다고. 두 번 다. 상처는 너도 줬어, 새라."

"미안해." 새라가 말했다.

"정말 미안해."

새라는 한참을 침묵하고 있다가 말을 이었다.

"우리한테 두 가지 선택의 길이 있는 것 같아. 우리 관계가 끝날 때가 되었다는 걸 인정하고 포기하느냐……, 이건 서로 나쁜 감정 없이 친구인 상태에서 헤어지는 거지."

"아니면?" 조이가 물었다.

"우리가 아주 오랜 옛날 어땠는지, 그 이후로 서로에게 어떤 상처를 주었는지 모두 잊고, 또 우리가 서로에 대해서 안다고 생각하는 것도 싹 잊고 다시 시작하는 거야. 처음부터. 페이지를 넘기는 거지."

조이는 새라의 목소리에 담긴 명쾌함에 안도했다. 새라는 진실을 말하고 있었다. 이제 서로 가깝다는 착각, 어떤 것도 두 사람의 우정을 망칠 수 없다는 착각을 끝낼 수 있을 것 같았다.

"너무도 많은 시간이 흘렀어." 새라가 속삭였다.

"옛날과 다름없이 지낼 수 있을 줄 알았는데 그사이 우리에겐 너무 많은 일들이 일어났어."

"알아. 우리가 다시 연결될 수 있도록 노력하고 싶어."

"나도 그러고 싶다고 말하고 싶지만……." 새라가 말했다.

"솔직히 말하자면 그러고 싶은지도 잘 모르겠어. 절반만 갈 수는 없기 때문이야. 난 절반만 가는 건 싫어. 우리가 서로의 삶에 관여할 거라면 정말 서로 챙겨줘야 해. 그게 내가 원하는 유일한 우정의 방식이야."

"알았어." 조이가 말했다.

"그럼 우리…… 생각해보자."

"그래." 새라가 마지막으로 대답하고 전화를 끊었다.

19

조이가 침대 위에서 뒤척이다가 따뜻한 이불 속으로 다리를 뻗어 넣었다. 조이 옆에 잠들어 있던 이언의 팔은 조이의 배 위에 살며시 얹혀 있었다. 창으로는 한줄기 회색 달빛이 비치고 있었다. 어떻게 여기까지 왔더라? 조이는 되새겨보았다. 새라와의 팽팽한 전화 통화는 아주 오래전 일처럼 느껴졌다. 그 일이 있은 후 이언이 찾아와 와인을 마시면서 마시모가 보낸 1차 작업 목록을 살펴보자고 제안했다. 두 사람은 와인을 홀짝이며 일 이야기를 하다가 어느 순간 눈빛을 주고받기 시작했다. 조이는 두 사람의 재회가 다정하기도 하면서 약간 감동적이기까지 한 분위기 속에 이루어질 것을 상상했지만, 이언은 그간 무뚝뚝하고 정직한 스코틀랜드 남자처럼 행동했던 게 무색할 정도로 한 시간여가량 마치 열병을 앓는 사람처럼 달려들었다.

릴리! 조이에게 갑자기 불안한 생각이 엄습했다. 조이가 이불을 집어 이언을 덮어주려는 찰나 그가 눈을 떴다.

"어디 가려고요?" 조이가 캐미솔과 청바지를 챙기는데 이언이 물었다.

"더 있을 수 없어요."

"있어요."

"릴리가 일어나기 전에 가야 해요."

"알람 맞출게요. 6시에 가면 돼요. 괜찮을 거예요."

"정말요?"

"릴리는 한번 잠들면 업어가도 몰라요. 아침마다 침대에서 끌어내야 한다고요."

"확실해요?"

"확실해요. 이리 와요."

이언이 이불을 들치고 조이를 가까이 끌어당겼다.

*

"아빠?"

조이가 눈을 떴다. 릴리가 침실 문간에 서 있었다.

"조이?"

이언이 벌떡 일어나 앉았고 조이는 급히 이불을 붙잡았다.

"이게 무슨……?"

이언이 시계를 붙잡더니, 시간을 되돌려 딸이 문간에

서 있는 어색한 상황을 모면할 수 있기를 바라는 듯 마구 흔들었다.

"7시 반이야." 릴리가 침착하게 말했다.

"네가 생각하는 그런 게 아니야, 릴리." 이언이 반사적으로 말했다.

릴리가 고개를 한쪽으로 기울이고는 비꼬는 듯한 표정을 지었다.

"아니라고? 아빠도 참. 내가 그런 것도 모를 줄 알아?"

"미안해!" 조이가 불쑥 내뱉으며 한 손을 뻗어 청바지를 찾았다.

"다 내 잘못이야. 내가……."

"뭐가요? 아빠랑 잔 거요?"

"릴리!" 이언이 나무랐다.

"아, 죄송해요." 릴리가 히죽 웃으며 말했다.

"그냥 잠만 잔 거지? 맞지?"

"나중에 얘기하자." 이언이 바지와 스웨터를 걸치며 말했다.

"더 얘기할 게 뭐 있어? 난 괜찮아, 아빠."

"정말 미안해." 조이가 다시 한 번 말했다.

"난 아무렇지도 않아요." 릴리는 이렇게 대답하고 몸을 돌려 복도를 따라갔다.

이언이 릴리를 붙잡으러 갔고 조이는 두 손에 얼굴을 묻었다. 아까 떠났어야 하는데! 이언의 말을 듣는 게 아니었다. 조이는 두 사람이 아래층에서 이야기 나눌 시간을 주기로 했다. 그동안 옷을 입고 세수를 하면서 마음을 좀 가다듬은 다음 아래층으로 가서 침착하고 당당하게 작별 인사를 할 생각이었다.

욕실로 들어간 조이는 갑자기 마음을 바꿔 재빨리 샤워를 하기로 했다. 견딜 수 있는 만큼 최대한 뜨겁게 물을 틀어놓고 팔과 얼굴, 머리에 거품을 잔뜩 칠해 씻은 다음 시원한 욕실 공기를 맞으며 수건으로 몸을 말리고 옷을 입었다. 침대를 정리할까 하다가 될 수 있는 대로 서둘러 집을 떠나는 게 나을 거라는 결론에 이르렀다. 이언도 분명 조이에게 화가 나 있을 것 같았다. 릴리 또한 곰곰이 생각해보고서 이 상황이 마음에 안 든다고, 조금도 마음에 들지 않는다고 여길지 몰랐다.

조이는 새라의 말이 맞을 수도 있다고 생각했다. 조이의 행동은 이기적이었다. 자신이 아낀다고 생각하는 두 사람의 필요와 욕구보다는 스스로의 필요와 욕구를 더 앞세우고 있었던 것이다. 멍청하고 무모한 짓이었다.

조이가 계단을 내려가는데 초인종 소리가 들렸다. 릴리가 양말 바람으로 거실을 가로질러 현관문을 연 순간 조이는 층계참에 다다라 있었다. 문 앞에는 릴리아가 서 있었다.

"할머니!" 릴리가 말했다.

릴리아가 안으로 들어오자 릴리는 위기를 감지한 눈빛

으로 조이를 쳐다보았다. 릴리아는 아직 조이를 눈치채지 못한 상황이었다. 조이는 미동도 없이 서 있었다. 숨을 멈추고 꼼짝 안 하고 있으면 릴리아가 미처 보지 못할 것처럼. 릴리아는 핸드백을 만지작거리는 데 정신이 팔려 있었다. 릴리가 할머니와 함께 복도를 지나 부엌으로 가주기만 한다면, 어쩌면 조이는 조용히 빠져나갈 수도 있을 것 같았다.

그러나 릴리는 잠시 멈추는 듯하더니 눈을 들어 조이에게 미소를 지어 보이고는 고갯짓을 했다.

"할머니, 조이 루빈 아시죠?"

릴리아가 갑자기 릴리의 말에 주목했다. 그러고는 조이의 젖은 머리, 하루 이상은 입은 게 분명한 구겨진 옷, 그리고 조이의 발간 두 볼을 살폈다. 릴리아는 무슨 말인가를 하려는 듯 입을 열었지만 놀란 숨소리만이 새어나올 뿐이었다.

"안녕하세요, 릴리아." 조이가 나지막이 말했다.

릴리의 곁에 이언이 불쑥 나타났다. 몹시 당황한 표정이었다.

"맙소사. 내가 어떻게 깜빡했지?"

릴리아는 곧 무너져 내릴 것처럼 보였다.

"아내 생일을 깜빡하다니." 릴리아의 목소리는 얼마나 작았던지 거의 들리지 않았다.

"올해는 나 혼자 묘지에 다녀올까?"

"물론 아니죠." 이언이 상냥하게 말했다.

"매년 같이 갔는데 올해도 같이 가셔야죠. 일단은 와서 좀 앉으세요. 차 한잔하세요."

이언이 릴리아의 팔을 잡아끌었지만 릴리아는 조이를 빤히 쳐다보며 믿지 못하겠다는 듯 고개를 절레절레 흔들었다.

"여기서 뭐해요?" 릴리아가 물었다.

"우리 집에 온 손님이에요." 이언이 덤덤하게 말했다.

"그렇지만 여긴 우리 딸 집이야." 릴리아가 복받치는 감정을 억누르지 못한 채 말했다.

"우리 집이에요, 할머니!" 릴리가 반항적으로 말했다.

"넌 가만히 있어!" 이언이 릴리에게 말했다.

"싫어! 이 집은 내 집이기도 해!" 릴리가 조이를 흘깃 바라보았다.

"그리고 난 조이가 와서 좋아!"

"릴리!" 이언이 엄하게 말했다.

"위층으로 올라가! 당장!"

"싫어!" 릴리가 팔짱을 끼고 조이가 있는 쪽으로 다가왔다.

"당장!" 이언이 소리쳤다.

릴리는 잔뜩 화가 난 눈빛으로 이언을 바라보다가 조이가 있는 곳을 지나 2층으로 뛰어 올라갔다.

"그만 가볼게요." 조이가 속삭였다.

"가봐야 해서요."

"오지 말았어야지!" 릴리아가 날카롭게 소리쳤다.

"그것도 내 딸 생일에? 어떻게 감히 그런 생각을, 어떻게 그렇게 잔인할 수가……."

"진정하세요. 그렇게 말씀하실 필요까지는……."

이언이 릴리아의 팔을 붙잡았지만 릴리아는 곧 뿌리쳤다.

"우리 딸 집이야! 우리 딸 남편이라고!" 릴리아가 조이를 향해 모진 목소리로 말했다.

"넌 대체 누구길래 여기저기 나타나는 거지? 제 있을 곳도 모르고 끼어들어서는 친한 척하고……."

"죄송해요." 조이가 말했다.

"정말 죄송해요. 절 원치 않는 곳에 억지로 끼어들거나 누구한테 상처를 줄 의도는 없었어요."

"상처를 줬어!" 릴리아가 쏘아붙였다.

"그렇다면 정말 진심으로 죄송합니다. 이만 가볼게요." 조이는 이렇게 말하고 이언을 바라보았다.

"나중에 얘기해요."

이언이 고개를 끄덕였다. 방을 가로지른 조이는 치밀어 오르는 화를 참지 못하고 눈물을 흘리기 시작한 릴리아 옆을 조심스럽게 지나 현관문을 닫고 나갔다.

자갈길을 건너는데 릴리가 고함을 치는 소리가 들리는 것 같았다. 조이 자신도 몹시 분했다. 정말 잘못을 저질렀다고 생각했기 때문이 아니었다. 이언도 조이도 성인이었으며 둘 다 혼자였다. 두 사람이 행복을 낚아채지 않을 이유는 없었다. 다른 모든 사람들처럼, 살아가며 스치는 사람들과의 인연에서 조금이나마 기쁨을 누리기 위해 애쓸 자격이 있었다.

당연히 그럴 자격이 있었다. 조이는 이렇게 스스로를 위로했다. 그런데 문제는 그게 아니었다. 그날 빚어진 상황 자체가 고통스럽고 어색했다. 조이가 자기만의 기쁨에서 헤어 나와 생각한 대로 행동했더라면, 밤중에 일어나 그 집을 나왔더라면 상황은 달라졌을 것이다.

조이는 그간 팅크와 아침 일찍 산책을 가는 일은 피해왔었다. 아침 일찍부터 거리와, 혹은 이곳의 들판과 숲과 마주할 용기가 없었기 때문이다. 그러나 오늘은 산책을 하지 않을 수 없었다. 조이는 팅크를 데리고 멀리, 저 멀리, 번개와 매기가 있는 마구간을 지나 부지 한쪽 구석으로 갈 생각이었다. 어쩌면, 아주 어쩌면, 이언과 릴리와 새라, 심지어 릴리아와의 틀어진 관계를 바로잡을 수 있는 방법이 생각날 것도 같았다. 조이는 아침에 작업하러 올 인력이 없어서 다행이라고 생각했다. 어떤 계획이라도 떠오를 때까지 스탠웨이 저택으로 돌아가지 않을 작정이었다.

20

조이가 현관문으로 나왔을 때 이언은 마침 사택 옆에 차를 주차하고 있었다. 조이는 팅크와 함께 두 시간 가까이 언덕과 숲을 누비고 커피를 곁들여 아침도 먹었으므로 기분이 좋아져야 정상이었다. 그렇지만 아무 소용이 없었다. 깨끗하고 상쾌한 공기도 소용이 없었고, 언제나 앞으로 펼쳐질 하루를 기대하게 만들었던, 커피 필터를 통해 방울방울 떨어지는 프렌치 로스트 커피도 소용이 없었다. 이언의 집 계단 아래서 펼쳐졌던 광경만 자꾸 떠오를 뿐이었다. 충격과 분노에 숨조차 쉬지 못할 것처럼 보였던 릴리아와 어쩔 줄 모르고 서 있던 이언, 그리고 할머니에 대한 정당한 분노로 가득 차 있던 릴리. 이 모든 것 하나하나가 다 조이 때문이었다.

게다가 이언과 있는 동안 머릿속에서 잠시 지워버릴 수

있었던 새라와의 불편한 대화 내용도 생각하지 않을 수 없었다. 몇 년 전이라면 두 사람이 이와 비슷한 대화를 했을지라도 별 고민은 하지 않았을 것이다. 함께 자라면서 조이와 새라는 언제나 의견이 엇갈렸고 툭하면 시끄럽게, 또 치열하게 싸우곤 했다. 그러나 두 사람의 삶이 늘 서로 얽혀 있을 만큼 워낙 가까웠기 때문에 사소한 말다툼 같은 건 갑자기 쏟아져 내린 소나기처럼 시원하게 사라지곤 했었다.

그렇지만 이번에는 달랐다. 매우 달랐다. 두 사람의 삶은 더 이상 서로 얽혀 있지 않았고, 새라는 지난 15년간 지속되어온 그런 우정을 더 이상 원하지 않는다고 분명히 말했다. 조이는 새라가 그간의 두 사람 사이 우정에 대해 실은 속 깊은 불만이 있었던 것은 아닌지 궁금했다. 그리고 세상에서 누구보다 오랜 친구였던 새라가 이제 더 이상 자신을 좋아하지 않는다는 것이 뚜렷하게 느껴졌다.

이언은 집 앞 계단에 선 조이를 보고 잠시 머뭇거렸다. 마주친 것을 곤란해하는 표정이 역력했기에 조이는 못 본 척 돌기둥 뒤로 숨지 않은 걸 후회했다. 그러나 어느새 이언은 어깨를 축 늘어뜨린 채 피곤하고 창백한 얼굴로 조이에게 다가오고 있었다.

"정말 미안해요." 생각나는 말은 이뿐이었다.

이언은 고개를 저었다.

"릴리아가 너무했어요."

조이는 이언이 말을 잇기를 기다렸지만 이언은 다른 데 정신을 빼앗긴 듯 멍해 보였다.

"릴리한테도 미안하고." 조이가 말했다.

"정말 끔찍한 기분이에요. 집에 갔어야 했는데."

"그러려고 했잖아요." 이언이 조용히 말했다.

희미한 미소가 반짝였다가 금세 사라졌다. 이언은 아주 멀리 떨어져 있는 사람 같았다. 너무 멀리 느껴져서 불과 몇 시간 전에 두 사람이 행복하게 얽혀 있었다는 사실조차 상상하기 힘들었다. 이제는 늦은 아침 공기에 어색한 침묵만이 감돌았고, 무엇을 어떻게 해야 상황이 나아질지 조이는 도무지 알 길이 없었다.

"릴리는 학교에 갔어요?" 조이가 짐짓 쾌활한 척하며 물었다.

"지각해서 학교에 가기 싫대요."

"왜 지각했어요?"

"교회 묘지에…… 케이트한테 다녀왔거든요. 매년 가곤 해요. 아침 일찍 가지 않을 뿐이지."

조이는 한숨을 쉬다가 순간 뜻밖에도 화가 치밀었다. 다른 모든 사람들의 감정을 배려하려고 몹시 애써왔지만 조이에게도 감정은 있었다. 아침에 있었던 일은 당황스럽다 못해 몹시 수치스러웠다.

"그런데 릴리아는 오늘 아침에 왜 온 거예요? 어떻게 그렇게 불쑥 나타날 수가 있죠?"

"이유가 있겠어요?" 이언이 화를 내며 말했다.

"그러고 싶으니까 그랬겠지요. 자기만의 생각에 갇혀서…… 미안해요."

이언이 감정을 억누르느라 애를 쓰고 있었다.

"릴리아가 안쓰러운 건 사실이지만 때로는……."

"이언도 케이트를 잃었잖아요." 조이가 가만히 말했다.

"릴리도 그렇고요."

이언은 이를 악물었다. 조이가 이언을 위로하려고 손을 뻗었지만 이언의 팔은 조이의 손길을 반기기보다는 오히려 긴장하여 굳는 것 같았다. 이언은 고개를 가로저으며 조이에게서 떨어지더니 서둘러 집으로 돌아갔다.

조이는 당황한 채로 한동안 가만히 서 있었다. 눈송이가 드문드문 자갈 위로 떨어지고 있었다. 반시간이 지나는 동안 어두워진 하늘은 눈이나 비를 예고하고 있었다. 조이는 천천히 집 앞 계단을 올라 안으로 들어갔다. 오후에 어떤 약속도 잡혀 있지 않은 게 다행이었다. 1단계 수리 과정을 전담하게 된 마시모는 전달받은 열쇠 꾸러미를 가지고 마음대로 오가고 있었다. 조이는 서류 작업에 집중할 수 있을 것 같지도 않았다. 순간 조이는 자신을 에워싼 분주한 사무실 분위기 속에서의 익숙한 일상이 그리웠다. 회사에는 늘 이야기를 들어줄 사람이 있었고 누가 됐든 퇴근 후 술 한잔 나누자며 부추길 사람도 있었다. 지금 이 순간 조이는 뉴욕에서는 한 번도 느껴본 적 없던 완전하고 철저한 외로움을 실감하고 있었다.

무엇이 도움이 될까? 방으로 향한 계단을 오르며 조이는 고민했다. 새라와 대화할 수도 없었다. 아침에 두 시간이나 걸은 터라 또다시 달리기를 하러 나갈 기분도 아니었다. 배가 고프지도 않고 목이 마르지도 않았으며 낮잠을 자기에는 너무 긴장되어 있었다. 조이는 어른이 된 뒤 처음으로 정신없이 바쁜 일에 파묻히길 바랐다. 그러면 어쩔 수 없이 그 일에 집중할 수밖에 없을 테니까. 그러나 마시모가 1단계 자문을 마치고 조이에게 세부 사항을 보고하기까지 조이가 할 수 있는 일은 많지 않았다.

방으로 들어가자 팅크가 머리를 치켜들었다.

"기분 별로야. 물어봐줘서 고마워." 조이가 말했다.

팅크는 어리둥절한 듯 고개를 갸우뚱했다.

"잠이나 자."

팅크는 조이를 가만히 지켜보다가 앞발 위에 머리를 고이고 만족스러운 듯 숨을 내쉬더니 이내 눈을 감았다.

조이는 방을 정리했다. 의자에 걸쳐둔 옷을 개고 침대도 정리했다. 그리고 재미있어 보이는 책을 찾아 서가를 훑었다. P. D. 제임스의 추리 소설, 낸시 밋포드의 평전, 키이츠의 시집…… 특별히 읽고 싶은 책이 없었다. 아마도 대영도서관의 모든 책이 손안에 있다고 하더라도 같은 기분일 것이었다. 침대에 풀썩 쓰러진 조이는 천장을 노려보며 잠시 그대로 누워 있었다. 그렇지만 소용이 없었다. 같이 있어줄 사람, 주의를 흩뜨릴 무언가가 간절했다. 누가 되었든 조이에게는 이야기할 사람이 필요했다. 마을로 들어가 장을 보고 펌프 하우스에 앉아 차를 마시기로 했다. 연못으로 가볼까도 생각했다.

그렇지만 거기 릴리아가 있다면? 아니, 릴리아가 거기 있을 리는 없었다. 케이트의 기일에 수영을 하러 오지는 않을 테니까. 혹시 거기 있다고 해도 조이는 아무 일도 없었던 것처럼 행동하기로 했다. 상냥하고 친절하게 굴 작정이었다. 릴리아의 마음을 사고 싶었기 때문이 아니라 그렇게 하는 것이 옳은 행동이었기 때문이다. 40년 전 릴리아는 딸을 낳았고 그 딸은 지금 세인트 피터 교회의 묘지에 묻혀 있다. 그런 사람이야말로 이해해주고 측은하게 여겨야 한다고 조이는 생각했다.

*

조이가 연못에 다다랐을 때 눈이 계속 내리고 있었다. 숲속으로 난 길에는 보송보송 가루 같은 눈이 깔려 있었고 머리 위를 덮은 나뭇잎들에는 흰색 가루가 뿌려져 있었다. 찻집에 앉은 조이는 아침에 있었던 일들이 자꾸 생각나 눈물을 멈출 수가 없었다. 릴리아가 문간에서 화를 내던 모습, 그리고 서둘러 집으로 돌아가던 이언의 뒷모습. 그 뒤로 말문이 막힌 채 차가운 아침 공기 속에 홀로 남겨진 조이. 조이는 지갑에서 차와 스콘 값을 꺼냈다. 그리고 음식엔 입도 대지 않은 채 가게를 나왔다. 정신을 차리고 보니 연못으로 향하는 길을 걷고 있었다.

잔교 끝으로 걸어가 선 채로 물을 내려다보자 호흡이 차분해졌다. 연못의 평온함과 아름다움이 조이를 진정시켰다. 연못의 고요가 모든 불안과 두려움을 잠재우는 것 같았다.

"조이? 조이 맞아요?"

메그가 물가로 헤엄쳐오고 있었다. 그 주위로 비브와 게일라, 애그니스가 있었다. 조이는 조심스럽게 수면을 살폈다. 릴리아도 함께 있는지 궁금했다. 그러나 애들이 갖고 노는 비치볼처럼 물에 동동 뜬 수영모는 네 개밖에 보이지 않았다.

안심한 조이는 기분이 나아지는 느낌을 받았다.

"제정신이세요?" 조이가 외쳤다.

"눈 오는 거 안 보이세요?"

"물이 공기보다 따듯해요." 애그니스가 외쳤다.

"말도 안 돼요." 조이가 받아쳤다.

"정말이에요!" 게일라가 높은 소리로 외쳤다.

"못 믿겠으면 들어와봐요!"

"말도 안 돼요!"

"겁쟁이!"

"맞아요!"

조이는 어느새 웃음을 짓고 있었다. 네 여자는 북극곰

처럼 물을 헤치고 오더니 한 사람씩 사다리를 올라왔다. 그러고는 재빨리 수건과 담요로 몸을 싸매고 언덕을 올라 오두막으로 들어갔다. 조이도 그 뒤를 따라갔다.

은근한 불 위에 우유가 담긴 커다란 냄비가 놓여 있었다. 그 옆에는 초콜릿 바가 여러 개 담긴 접시와 보드카 한 병이 놓여 있었다. 애그니스가 난로 문을 열고 장작더미에서 땅딸막한 장작 세 개를 집어넣어 불을 지폈다. 장작은 쉭 소리를 내더니 즉시 탁탁거리며 타들어가기 시작했고 애그니스는 곧바로 난로 문을 닫았다. 오두막 구석에서 여자들은 젖은 수영복을 벗고 두꺼운 스타킹과 양말, 바지, 스웨터, 목도리를 걸치는 중이었다. 조이는 의자를 난로 가까이 붙이고 앉았다. 아침나절과 이른 오후 사이에 느꼈던 슬픔이 걷히고 한순간 기분이 상쾌해졌다.

제일 먼저 옷을 갈아입은 게일라가 스토브 불을 올리고 우유가 소리를 내며 끓을 때까지 신중하게 지켜보았다.

“도와줄까?” 비브가 물었다.

비브는 조이에게 윙크를 보냈지만 난로 가장 가까이 있는 의자에서 움직이지는 않았다. 게일라가 히죽 웃으며 비브를 바라보다가 고개를 가로저었다.

“비브는 물도 못 끓여요.” 게일라의 설명이었다.

“왜 못 끓여. 차도 끓일 줄 아는데.”

“차는 끓일 수 있죠.” 게일라가 말했다.

“차밖에 못 끓여요.”

"토스트도 만들 수 있어." 비브가 덧붙였다.

"그래요, 토스트도 만들어요." 게일라가 인정했다.

"그럼 그것밖에 안 드세요? 차하고 토스트?" 조이가 물었다.

"나는 차랑 토스트만 먹어도 행복하게 살 수 있지만 여기 요리사가 가만 놔두지를 않아요!" 비브의 주장이었다.

옷을 갈아입은 애그니스가 벽에 걸린 얕은 찬장에서 도기 머그잔 다섯 개를 꺼내 탁자에 내려놓았다.

"운이 좋네요, 조이." 애그니스가 말했다.

"게일라는 눈이 올 때만 이 특별한 화이트 핫 러시안 코코아를 만드는데 코츠월드에는 눈이 잘 오지 않거든요."

"하지만 언제나 준비는 되어 있죠." 게일라가 말했다.

게일라는 가방에서 금속 강판을 꺼내 초콜릿 바와 함께 메그에게 건넸다. 메그는 무릎에 식사용 접시를 놓고 초콜릿을 갈기 시작했다. 초콜릿 바가 가루가 되어 산처럼 높이 쌓였을 때 게일라는 김이 나는 우유를 머그잔에 담았다. 머그잔에는 이미 비브가 넉넉히 부어놓은 보드카가 있었다. 메그는 게일라에게 초콜릿 접시를 건넸고 게일라는 간 초콜릿을 머그잔에 넣고 저었다. 그리고 모두에게 김이 피어오르는 향기로운 코코아를 건넸다.

조이가 코코아를 한 모금 마셨다.

"와! 정말 맛있네요!"

"독하니까 천천히 마셔요." 메그가 말했다.

"알겠습니다!"

"오늘 릴리아하고 연락한 사람 없어?" 메그가 물었다.

"아침에 전화했는데 집에 없더라고."

조이가 게일라와 메그, 비브와 애그니스를 번갈아 쳐다보았다. 조이는 뭐라고 말해야 할까 고민하다가 아무 말도 하지 않기로 하고 코코아만 크게 한 모금 마셨다. 천천히 마시라니. 조이는 독한 게 필요한 날이었다!

"내가 10시쯤 들러봤는데 집에도 없었어." 메그가 말했다.

"집 앞에 차는 없었어?" 애그니스가 물었다.

메그가 고개를 저었다.

"이상하네. 좀 걱정되지 않아? 규칙적인 사람인데." 메그가 말했다.

"오늘 같은 날 수영은 안 해도 꼭 들렀다 가는데." 게일라가 보탰다.

"집에 혼자 처박혀 있다면 기분이 얼마나 안 좋을까."

"안 좋으실 거예요." 조이가 미처 생각할 겨를도 없이 속삭였다.

여자들이 고개를 돌려 조이를 바라보았다.

"기분이 안 좋다니?" 애그니스가 물었다.

"평소보다 더?" 메그가 캐물었다.

조이가 고개를 끄덕였다. 이제 말할 수밖에 없었다. 의식하지 못했지만 애초에 그러려고 온 걸지도 몰랐다. 대화할 사람이 필요하다고 생각했지만 사실은 그 이상을 원한 걸 수도 있었다. 이야기를 함으로써 무언가 커져가는 감정을 이해해보고 싶었던 것일 수도 있었다.

"어떻게 알아요? 만났어요?" 게일라가 물었다.

조이는 불행한 얼굴로 끄덕였다.

"오늘 아침에요. 일찍 찾아오셨어요. 이언을 만나러……."

다들 조이를 뚫어져라 쳐다보았다.

"그런데……." 비브가 재촉했다.

"그런데 제가 거기 있었어요."

조이는 코코아를 한 모금 마시고 시선을 들었다. 애그니스는 어리둥절한 표정이었고 메그는 흥미 있다는 얼굴이었으며 게일라는 충격을 받은 듯했다. 비브는 겁을 먹은 듯한 표정이었던가? 그런 것 같았다. 비브는 겁을 먹은 것 같았다.

"이언의 집에 있었다고?" 게일라가 말했다.

"이언 맥코맥의 집에?" 애그니스가 재차 확인했다.

"아침 일찍?" 메그도 보탰다.

조이가 죄책감을 느끼며 끄덕였다.

"얼마나 일찍?" 비브가 물었다.

"아주 일찍이요." 조이가 조용히 대답했다.

조이의 말이 소리없이 메아리치는 동안 오두막 안 여자들은 천천히 조이의 말뜻을 이해하기 시작했고 조이는 자리에서 일어나 서성이기 시작했다. 뒤따르는 고백은 조이

자신마저 놀라게 했지만 말이 급류처럼 쏟아지기 시작한 이상 다시 주워담을 수는 없었다.

"알아요. 전 5천 킬로나 떨어진 곳에 살고 있고 이 모든 게 말도 안 되는 일이라는 거. 전혀 말이 안 되죠. 제가 케이트를 대신할 수 없다는 것도 잘 알고 있어요. 앞으로도 그럴 수 없다는 걸요. 그런 걸 원하는 것도 아니에요. 하지만 이언을 사랑하는 것 같아요! 이언이 저랑 엮일 수 없다고 해도, 이언이 그럴 준비가 되어 있지도 않은 상태에서 저한테 원했던 게 단지……."

"하룻밤?" 메그가 거들었다.

"하룻밤?" 게일라가 못 믿겠다는 듯 소리를 질렀다.

"하룻밤이라니? 지금이 40년대야?"

그러자 비브가 웃음을 터뜨리며 아우성쳤다.

"일단 조이 얘기부터 들어보자!"

말이 끊긴 조이는 어디서부터 다시 시작해야 할지 몰랐다.

"이 인연이 어디로 가든, 행여 이어지지 않는다 해도 전 이런 인연이 있었다는 것만으로 기뻐요."

"나도 그래요. 그럴 때도 됐지!" 메그가 말했다.

"이언은 정말 나무랄 데 없죠. 혼자 보낸 시간은 지금까지로 충분해요." 애그니스가 말했다.

"사람 볼 줄 아네요." 비브가 키득거렸다.

"내가 30년만 젊었어도……."

"30년? 50년이겠지!" 게일라가 말했다.

조이는 다시 스툴 위에 걸터앉았다.

"충격받지 않으셨어요? 제가 밉지 않으세요?"

여자들은 고개를 저었다.

"밉냐고? 사랑에 빠져서?" 비브가 반문했다.

"이언과 사랑에 빠지는 바람에 릴리아한테 상처를 주었을 수 있으니까요."

"릴리아의 문제는 조이와 아무 상관이 없어요." 애그니스가 말했다.

"릴리아는 아직도 케이트의 죽음을 받아들이지 못하고 있고 앞으로도 받아들일 수 있을지 모르겠어요. 하지만 이언은 아직 젊고, 어린 릴리의 인생에도 여자들이 필요해요. 행복하고 강한 여자들."

"털어놔봐요." 메그가 말했다.

조이는 고개를 끄덕이며 보드카와 초콜릿, 뜨거운 우유를 섞어 만든, 기운을 북돋아주는 음료에 의지해서 반시간 가까이 모든 것을 털어놓았다. 처음에는 조이를 의심하고 신뢰하지 않았던 이언, 마시모와 보냈던 시간, 함께 점심을 먹었던 일, 릴리와 런던에 갔던 일……. 조이는 아주 은밀한 내용을 제외하고 거의 모든 것을 세세히 털어놓았다. 오두막의 여자들이 조이를 지지하고 인도해줄 수 있다고 믿었기 때문이기도 했지만, 그보다 조이의 이야기를 듣고 가능하다면 홀로 슬픔 속에 빠져 있을 릴리아를 도와주기 바랐기 때문이기도 했다.

"뉴욕에는 언제 돌아가요?" 조이가 이야기를 끝낼 무렵 비브가 물었다.

"두 주 후에요."

"그때는 어떻게 돼요?" 메그가 캐물었다.

"그걸 조이가 어떻게 알아?" 게일라가 쏘아붙였다.

"앞날이 어떻게 될지 아는 사람이 어디 있어? 사람 좀 닦달하지 마!"

메그는 풀이 죽었다.

"괜찮아요." 조이가 말했다.

"저도 같은 질문을 계속 해오고 있어요. 이대로 끝나기를 바라지는 않아요. 적어도 노력은……."

"이언도 그걸 원해요?" 비브가 물었다.

"어젯밤에 같은 질문을 받았다면 그렇다고 말했을지도 모르겠어요. 추측일 뿐이긴 하지만요. 하지만 오늘 아침 이후로는 잘 모르겠어요. 꽤 화가 난 것 같았어요. 아무튼 들어주셔서 감사해요."

"당연한 걸 가지고!" 비브가 말했다.

"그럼요, 우리 조이 이야기인데!" 게일라가 외쳤다.

"불쌍한 우리 조이! 다 잘될 거예요. 그렇게 되기 마련이에요." 메그가 선언하듯 말했다.

조이는 눈물이 나오려는 것을 애써 참아야 했다. 이런 식의 지지를 받는 느낌이 어떤 건지 까맣게 잊고 살다시피 했다. 조이가 옛 친구에게 마지막으로 이런 위로를 건

넨 게 언제였던가? 친구들한테 마지막으로 전화 연락이라도 한 게 언제였던가 생각하니 다시금 부끄러워졌다. 마티나의 엄마가 돌아가셨다는 소식을 들었을 때 꽃을 보내려고 했지만 어쩌다 보니 미처 그렇게 하지 못했다. 수전과 수전의 오랜 남자친구 닉이 어려운 시간을 보내고 있다고 친구들을 통해서 듣기도 했지만…… 어떻게 이토록 멀리 떠내려온 걸까? 조이는 인생이라는 배를 붙들어놓은 밧줄을 스스로 끊어버린 것 같은 느낌이었다.

대화는 서서히 다른 주제로 넘어갔다. 비브가 짜고 있는 스웨터와 관련된 뜨개질 문제, 동네 정육점에서 파는 양고기 크라운 로스트(양갈비를 왕관 모양으로 이어붙이고 속을 채운 요리)의 가격, 일행 중에서 유일하게 컴퓨터를 제대로 사용할 줄 아는 메그와 애그니스에게 닥친, 페이스북을 가입할 것이냐 말 것이냐의 문제.

"조이는 페이스북 해요?" 메그가 물었다.

조이는 고개를 저었다.

"난 가입할까 생각 중이에요." 메그가 말했다.

"저는 전화가 좋아요. 아니 그렇다고 생각했지요. 사실은 실제로 전화를 거는 데 아주 서투르거든요." 조이가 말했다.

"저는 제가 편지 쓰는 걸 좋아하는 사람이라고 생각하고 싶어요. 동네에 정말 예쁜 편지지 가게가 있는데 거기서 아주 근사한 편지지를 사놨거든요. 그런데 쓸 사람이 없어요!"

"이제 있잖아요!" 비브가 말했다.

조이는 청소를 돕고 작별 인사를 한 다음 여자들을 한 명 한 명 포옹한 뒤 추위 속으로 나왔다. 조이가 막 언덕길로 접어들었을 때 애그니스의 목소리가 들려왔다.

"조이?"

조이는 걸음을 멈추고 뒤돌아서서 애그니스가 다가올 때까지 기다렸다.

"바빠요?" 애그니스가 물었다.

"아니요. 왜요?"

"가서 뭘 좀 먹을래요?"

"어디로 가죠?"

"우리 집."

"좋지요, 하지만……."

애그니스는 조이의 물음을 알아차린 것 같았다.

"오늘 아침에 새라하고 통화했어요." 애그니스가 설명했다.

"오늘 아침에 두 사람……."

"싸웠어요." 조이가 고개를 끄덕이며 말했다.

애그니스가 따뜻한 미소를 지었다.

"얘기하기 싫으면 안 해도 돼요. 난 다만 조이가……."

"얘기하고 싶어요." 조이가 애그니스의 말을 끊고 대답했다.

21

둘은 응접실에서 타고 있는 불 앞에 앉아 안나에게 부탁한 가벼운 저녁 식사를 기다리고 있었다. 애그니스의 집은 마치 입장권을 사서 구석구석 둘러봐야 할 곳만 같았기에 조이는 애그니스가 집 전체를 구경시켜주면 좋겠다고 생각했다. 그러나 애그니스는 조이를 데리고 바로 응접실로 들어왔다. 집사 같은 역할을 하는 것으로 보이는 쾌활하고 얼굴이 불그레한 사이먼이 조이와 애그니스가 불 옆에서 식사할 수 있도록 카드 테이블을 옮겨주었다.

안나가 문간에 나타났다.

"방해해서 죄송하지만 윌리엄슨 부인 전화입니다. 다시 하시라고 할까요?"

애그니스가 한숨을 쉬었다.

"아니에요. 고마워요. 조이, 실례가 되지 않는다면 지금 통화하고 올게요."

"물론이죠."

애그니스가 안나를 따라 복도로 나가자 조이는 자리에서 일어나 방을 둘러보았다. 벽은 실크 태피터 천을 바른 것 같았는데 어두운 밤색이었다. 벽난로 위에는 섬세하게 깎은 마호가니 선반이 있었고, 벽난로 옆 공간은 새와 꽃 그림이 그려진 도금한 가림막이 에워싸고 있었다.

조이는 반대편 벽에 있는 그림을 더 자세히 보려고 방을 가로질렀다. 고대 로마 건축물의 에칭이 금색 액자에 들어 있었다. 조이는 작가의 서명을 읽으려고 애를 썼다. 지오반니 피라네시. 설마 그 피라네시? 아마도 그럴 것이라고 생각했다.

조이는 방을 돌아보며 벽에 걸린 태피스트리와 탁자에 놓인 가족사진을 감상했다. 은으로 된 액자들은 심하게 광을 내 번쩍이는 탁자에 놓여 있었다. 조이가 아는 사람도 있었다. 헨리와 새라의 결혼식 사진, 승마복을 입은 크리스토퍼와 마틸다, 우아한 드레스를 입은 메그와 비브. 그리고 중간에는 잘생긴 남자의, 격식을 갖추고 찍은 독사진이 있었다. 고인이 된 애그니스의 전 남편 리처드가 분명했다.

조이는 벽난로 옆 자기 자리로 돌아갔다. 애그니스가 들어왔을 때 기웃거리고 있는 모습을 들키고 싶지는 않았다. 그러나 속으로는 다소 놀라고 있었다. 조이는 뉴욕에서 엄청난 돈을 벌었거나 부모가 돈이 많은 수많은 부자들을 보았다. 화려한 주택과 아파트에도 가볼 만큼 가봤고 심지어 몇 군데는 직접 디자인도 했지만 그 어느 한 곳도 이 방과 동일한 메시지를 전달하고 있지는 않았다. 몇 세기에 걸쳐 이 방을 지나쳐간 사람들은 돈이 많았을 뿐만 아니라 특권과 세도를 가진 역사 깊은 집안에서 나온 사람들이라는 메시지였다.

조이는 애그니스에게 친하게 굴었던 자신이 문득 부끄러워졌다. 넘어서는 안 될 사회 규범의 선을 넘고 있었던 것은 아닐까? 유럽 사람이라면 직관적으로 지켰을 예의도 전혀 감지하지 못하고 전형적인 미국인 중에서도 최악의 부류들처럼 어리석고 눈치 없이 행동하지는 않았을까? 물려받은 부와 사회 계급은 여전히 의미가 있는데 세련된 뉴욕에서 자랐다고는 해도 뭘 모르는 젊은 미국인만이 그걸 무시했던 것은 아닐까?

애그니스가 다시 문 앞에 나타났고 그 뒤에 사이먼이 서 있었다. 사이먼은 어떤 술을 준비할지 물었다.

"상세르 어때요?" 애그니스가 조이에게 물었다.

"생선 좋아하죠?"

"아주 좋아해요."

얼마 후 사이먼이 와인을 가지고 돌아왔고 잠시 나갔다가 이번에는 김이 나는 접시 두 개를 가지고 왔다. 도버산(産) 가자미 살과 버터에 구운 아스파라거스, 그리고 와일드라이스였다. 냄새가 훌륭했다.

"먹읍시다." 애그니스가 냅킨을 풀어 무릎에 놓으며 말했다.

조이는 미소를 지으며 포크를 집어들었다.

"정말 맛있어요." 레몬 향이 나는 부드러운 생선살을 입에 넣고 음미하며 조이가 말했다.

애그니스가 잔을 들고 조이에게도 잔을 들라는 신호를 보였다. 두 사람은 가볍게 잔을 부딪쳤다.

"우정을 위하여." 애그니스가 말했다.

"우정을 위하여." 조이가 화답했다.

"그것 때문에 보자고 한 거예요." 애그니스가 말했다.

시원하고 상쾌한 와인을 홀짝이고 있던 조이는 와인을 삼킨 후 잔을 내려놓고 시선을 들었다.

"정말요?"

애그니스가 고개를 끄덕였다.

"일반적인 우정이요? 아니면 특별한 우정이요?" 조이가 물었다.

"특별한 우정이죠. 새라한테 두 사람이 나누었던 대화에 대해서 들었어요."

"정말 마음이 아파요." 조이가 고백했다.

"새라도 그래요." 애그니스가 대답하고는 조이의 말을 기다렸다.

"우리는 자매 같았거든요."

"알아요. 새라는 항상 조이를 자매 이야기하듯 했어요. 내가 궁금한 건…… 무슨 일이 있었던 거죠?"

"어제요?"

"아니요. 두 사람 사이에 어떤 일이 있었기에 여기까지 오게 된 거예요?"

"사실 별거 없었어요. 그냥 멀어지게 됐어요. 떨어져 살다 보니."

"이제는 그렇게 멀지도 않아요. 물리적인 거리 때문에 그런 것 같지는 않던데요."

조이가 한숨을 쉬었다.

"사는 모습이 너무 달라요. 이렇게 다르기도 쉽지 않을걸요."

"다른 게 당연해요. 하지만 설교하려고 부른 건 아니에요. 내가 새로운 시각을 제공할 수 있을까 해서 오라고 한 거예요."

"새로운 시각이라니요?"

"우리 아들에 대해서. 그리고 간접적으로는 새라에 대해."

호기심이 발동한 조이가 고개를 끄덕이며 의자에 등을 기대고 앉았다.

"지금은 헨리와 아주 가깝지만, 그리고 헨리의 동생들인 마틴과 루신다와도 가깝지만 애들이 어렸을 때 나는 그다지 좋은 엄마가 아니었던 것 같아요."

"그건 믿기 어려운데요."

"사실이에요. 헨리 아버지와 나도 그렇게 자랐거든요. 애들은 유모와 함께 아이들 방에 있다가 잠자리에 들 때나 부모님이 계신 곳으로 가서 입맞춤을 했죠. 그리고 우리 모두 아주 어린 나이에 학교에 가야 했어요. 부모님은 몇 주씩, 심지어 몇 달씩 집을 비웠고 우리는 가정교사와 하인들과 함께 남겨졌지요. 그때는 그렇게 하는 게 당연했고 우리도 그렇게 하는 거라고 배웠어요. 그렇지만 이제 우리 애들이 부모를 얼마나 그리워했을지, 애들이 얼마나 큰 고통을 받았을지 깨달아요. 일곱 살도 되기 전에 짐을 싸서 학교로 가야 했으니 말이에요."

애그니스가 와인을 한 모금 마셨다.

"애들 인생에 행복한 순간이 없었다는 뜻은 아니에요. 하지만 애들의 어린 시절은……." 애그니스가 말을 멈추고 고개를 저었다.

"내가 이 이야기를 하는 건 헨리가 굉장히 뚜렷한 생각을 갖고 제 아이들을 키우기 시작했다는 걸 말하기 위해서랍니다."

"어떤 생각이요?"

"간단히 말하자면 헨리는 아이들에게 자기나 동생들이 보냈던 어린 시절과 정반대의 어린 시절을 만들어주고 싶어했어요."

"가슴 아프네요." 조이가 나지막이 말했다.

"그런 건 괜찮아요. 리처드와 나도 할 수 있는 한 노력했어요. 그렇지만 헨리는 남다른 아버지가 되고 싶어했어요."

"그리고 새라는 남다른 엄마가 되기를 바랐겠군요." 조이가 덧붙였다. 갑자기 이야기의 목적이 무엇인지 알 것만 같았다.

"그래요. 그러니까 조이가 말하는 새라와의 그 거리는 일부 내 잘못이기도 해요."

"설마 자책하시는 건 아니죠!"

"그런 건 아니에요. 그렇지만 새라는 똑똑하고 의욕도 많고 사업에도 무척 밝아요. 굉장히 명민하죠. 내가 어린 헨리에게 더 좋은 엄마였다면 헨리는 제 아이들의 엄마가 아이들의 모든 필요에 자신을 완전하게 헌신하도록 하는 데 집착하지 않았을지 몰라요. 하지만 새라는 해냈어요. 그것도 넘치도록. 그리고 그 결과 네 명의 아이들은 내가 본 어느 아이들보다 행복해 보이죠. 그렇지만 그 대가는 새라가 치러야 했어요."

조이는 제멋대로 새라를 판단해버린 자신이 부끄럽고 슬펐다. 새라의 입장을 그런 식으로 생각해본 적은 없었다. 애그니스가 말을 이었다.

"내가 하려는 말은 조이가 차분하게 기다린다면 언젠가 옛 친구가 돌아온다는 거예요. 애들은 곧 클 거예요. 그리고 헨리는 새라가 헨리와 가족 모두를 위해 치른 희생을 알아요. 새라가 적지 않은 시간과 자유를 되찾게 될 날이 곧 올 거예요. 그때가 되면 그 시간을 조이와 보내고 싶어

할 것 같아요."

조이가 대답을 하려는데 누가 문을 두드리는 소리가 들렸다.

"네?" 애그니스가 답했다.

문 앞에는 안나가 당황한 표정으로 서 있었다.

"부인, 여기 누가 부인을 뵈러 왔는데요."

안나가 옆으로 움직이자 릴리가 나타났다. 얼굴은 눈물로 얼룩져 있었고 옷도 전부 비뚤어져 있었다.

"우리 릴리!" 애그니스가 의자를 뒤로 밀치며 말했다.

"여기서 뭐하는 거니?"

"할머니가 미워요!" 릴리가 울면서 달려오더니 의자 옆에 무릎을 꿇고 앉아 애그니스의 다리 위로 얼굴을 묻었다.

"고마워요, 안나. 가봐도 돼요."

안나가 고개를 끄덕이며 물러갔다.

"아빠도 미워요!" 릴리가 말을 이어가다 문득 고개를 들어 조이에게 인사했다.

"안녕하세요." 릴리의 목소리는 침울했다.

"우리 릴리, 안녕." 조이가 답하고서 팔걸이가 달린 의자를 가져와 테이블 옆에 놓았다.

릴리가 의자에 털썩 앉았다.

"자, 착하지." 애그니스가 릴리의 머리를 쓰다듬으며 따뜻하게 말했다.

릴리는 온통 처절한 눈물바람이었고 조이는 릴리가 정말 우울하고 비참하며 세상으로부터 버림받은 기분이라는 것을 의심하지 않았다. 그러나 릴리의 멜로드라마에서는 언뜻 배우 지망생의 열정적이고 설득력 있는 연기의 냄새가 났다. 릴리는 한참이 지난 후에야 코를 훌쩍이며 의자에 등을 기대고 앉았다.

"밥은 먹었니, 릴리?" 애그니스가 물었다.

릴리가 탁자에 놓인 접시를 흘깃 보았다.

"배 안 고파요." 릴리가 생선을 보며 침울하게 말했다.

"정말? 코코아 안 마실래? 케이크랑?"

릴리가 귀가 솔깃해하는 모습을 보이자 애그니스는 종을 울려 사람을 불렀다.

"아빠가 너 여기 있는 거 알고 계시니?" 애그니스가 물었다.

릴리의 얼굴이 굳어졌다.

"몰라요. 그리고 상관 안 해요. 걱정하든 말든."

"진심은 아니지?" 애그니스가 나지막이 말하며 대화를 이끌어갔다.

"진심이에요! 정말 나빠요! 두 사람 다! 할머니는 항상 못되게 굴고 화가 나 있고 아빠는 할머니가 하자는 대로만 해요! 할머니랑 아빠만 엄마를 잃은 게 아니라고요! 나도 엄마를 잃었지만 나는 남의 인생을 불행하게 만들고 다니지는 않는다고요!"

"그래." 애그니스가 침착하게 말했다.

"넌 안 그래. 너야말로 어른스럽게 행동하고 있지!"

애그니스의 인정을 받고 놀란 릴리는 처음으로 미소를 지었다. 그러다 다시 굳은 표정으로 말했다.

"할머니가 우리 할머니한테 뭐라고 좀 해주면 안 돼요? 제일 친한 친구잖아요. 우리 할머니가 이해할 수 있게 말 좀 해주면 안 돼요?"

"그래서 여기 온 거니?" 애그니스가 물었다.

릴리가 고개를 끄덕였다. 릴리는 순간 아주 연약하고 어려 보였다.

"나도 얘기해봤지. 우리 모두 노력했단다. 하지만 다시 해볼게. 릴리를 위해서."

"고마워요."

릴리가 이번에는 조이에게 말했다.

"할머니가 조이한테 너무 못되게 굴었어요! 때려주고 싶었어요!"

"그러지 않아서 다행이다." 조이가 말했다.

릴리가 다시 희미한 미소를 지었다.

"아빠는 조이가 필요해요! 우리 둘 다 필요하다고요!" 릴리가 갑자기 쏟아져 나오는 눈물을 참으며 말했다.

"집안이 너무 우울해요. 아빠도 우울하고. 더 이상 못 참겠어요. 조이가 온 뒤로 아빠가 달라졌어요. 더 즐거워해요! 조이가 집에 왔을 때, 그리고 같이 런던 갔을 때 너무 재미있었으니까 나는 조이가……."

릴리가 다시 흐느끼기 시작했다. 애그니스가 조이에게 보낸 눈빛은 릴리의 상태에 대한 심각한 염려를 담고 있었다.

"가서 손수건 좀 가져올게." 애그니스가 복도로 나가면서 말했다.

릴리가 조이에게 말했다.

"뉴욕 가실 때 저 좀 데리고 가면 안 돼요?"

"릴리! 넌 학교에 가야지! 아직은 그럴 준비가……."

"줄리아드에 가고 싶어요. 돈 있어요. 엄마가 유산을 남겨놨고 내가 원할 때 아무 때나 쓸 수 있어요. 조이네 집 소파에서 잘게요. 집세도 낼게요."

"릴리, 학교 졸업하고 나서 그래도 뉴욕에 오고 싶으면 언제든 재워줄게……."

"전 지금 가고 싶단 말이에요! 조이가 갈 때!"

조이가 고개를 가로저었다.

"그건 불가능해, 릴리."

"왜요? 난 혼자서도 잘 있을 수 있어요! 조이가 보살피지 않아도 돼요. 지불할 돈도 있어요."

"줄리아드는 대학 같은 거야. 들어가려면 실기 시험을 봐야 하고 경쟁이 치열해. 그냥 갈 수는 없어."

"돈이 있어도요?" 릴리가 우울한 목소리로 물었다.

"가고 싶은 사람 누구나 수표를 쓰고 들어갈 수 있다면 그런 명성을 얻지 못했겠지. 실기 준비도 해야 하고 연극을 분석하는 법도 배워야 해. 간절히 원해야…….”

“간절히 원해요!”

“알아. 하지만 넌 준비가 안 돼 있어. 원한다면 내가 도와줄게. 그래서 합격하면 그때 우리 집 소파는 릴리 거야.”

“정말이에요?”

“정말이야.” 조이가 미소를 지었다.

릴리가 케이크를 두 조각째 먹으려는데 초인종이 울리는 소리가 들렸다.

“문 좀 열어줄래요?” 애그니스가 조이에게 의미심장한 눈길을 보내며 물었다.

“아, 그럴게요.” 조이가 일어나 현관 쪽으로 나가며 말했다.

현관문 앞에는 이미 사이먼이 가 있었다. 사이먼이 문을 열자 주머니에 손을 넣은 채 이마를 잔뜩 찌푸리고 서 있던 이언이 안으로 들어왔다.

“고마워요.” 조이가 사이먼에게 말했다.

“왔어요, 이언?”

“여기서 뭐해요?” 이언이 물었다.

“애그니스가 저녁 식사에 초대했어요. 이언한테 전화했나 봐요.”

“했어요. 내가 이 녀석을 그냥…….”

“이언!”

"녀석 어디 있어요?"

"가만 좀 있어봐요."

이언이 릴리를 찾는 듯 사방을 둘러보았다.

"여기 왔다니 믿을 수가 없어요! 애가 어떤 생각을 했기에……."

"애그니스한테 할머니를 좀 설득해달라고 부탁하러 온 거예요. 두 분이 얼마나 친한 친구인지 아니까. 그렇게 무리한 요구는 아닌 것 같은데요."

"뭘 설득해달라고요?"

조이는 머뭇거렸다. 이언에게 직설적으로 이야기하고 싶었지만 자신이 그럴 자격이 있는지 알 수 없었다. 두 사람이 서로 알게 된 지도 얼마 되지 않았고, 조이가 하고자 하는 얘기는 오랜 친구 사이에서도 감히 꺼내기 어려운 말이었던 데다 그 오랜 친구와도 사이가 별로 좋지 않은 터였으니 말이다.

"말해도 될지 모르겠어요." 조이가 솔직하게 말했다.

"뭘 말이에요?"

조이는 이언의 눈을 똑바로 바라보았다. 하루 전만 해도 애정을 담아 조이의 눈빛을 갈구하던 눈이었다. 그러나 오늘 밤 그 눈은 무정하고 냉랭했다. 조이는 고개를 저었다.

"됐어요."

"뭘 말한다는 거예요?" 이언이 캐물었다.

"내가 관여할 일이 아니에요." 조이의 대답이었다.

"하려던 말을 해봐요!" 이언이 완강하게 말했다.

조이는 팔짱을 꼈다. 그리고 시선을 돌렸다가 다시 이언을 쳐다보았다.

"좋아요." 조이가 나지막이 말한 뒤 심호흡을 한번 했다.

이언은 조이가 말을 잇기를 기다렸다.

"나는 엄마가 되어본 적이 없어서 애들을 어떻게 키워야 하는지 잘 몰라요. 하지만 십대 여자아이에 대해서는 좀 알죠. 나도 한때 십대였으니까. 릴리는 지금 한계에 다다라 있어요."

조이가 잠시 침묵했다.

"그게 무슨 뜻이에요?" 이언이 캐물었다.

"릴리는 행복하지 않아요, 이언. 그리고 행복하고 싶어 해요. 이언이 행복해지길 바라고 있다고요."

"그건 말처럼 쉽지가 않죠."

"그래도 노력은 해봐야죠!" 조이가 쏘아붙였다.

"이언을 위해서가 아니라면 릴리를 위해서. 그러다 릴리마저 영영 잃어버려요. 릴리도 더 이상은 견딜 수 없거든요."

"뭘요?"

"유령과 함께 사는 거요! 지금은 그림자뿐인 과거의 아빠와 함께 사는 것 말이에요. 엄마를 잃은 것만으로도 힘든데 릴리는 아빠도 멀어져가고 있다고 생각해요."

“난 최선을 다하고 있어요!” 이언이 발끈했다.

“당신은 아무것도 몰라요.”

“모르는 거 알아요.”

이언은 조이의 눈앞에서 실제로 작아지는 듯했다. 이언이 고개를 축 늘어뜨렸다.

“우리 둘 사이에 아무 일도 없었어야 해요.”

“이건 우리 둘하고 아무 관계 없어요.” 조이가 말했다.

“관계있어요. 다 한데 얽혀 있어요. 난 케이트와 약속을 했었다고요, 조이.”

“미안한 말이지만 언약은 ‘죽음이 갈라놓을 때까지’ 예요.”

말이 떨어지기가 무섭게 이언이 조이의 눈을 바라보았고 조이는 아픈 곳을 찔렀음을 알 수 있었다. 더 이상 할 말은 없었다.

“릴리는 저 안에 있어요.” 조이가 응접실을 가리키며 말했다.

이언은 무슨 말을 하려는 듯하다가 포기했다. 그리고 조이를 지나쳐 시야에서 사라졌다.

22

토요일 아침은 맑고 약간 더 따뜻했다. 7시 45분, 커피와 토스트를 먹으며 조이는 해가 질 때까지 할 모든 일들을 목록으로 만들었다. 대부분의 항목은 비교적 중요하지 않았고 며칠 안에 언제든 할 수 있는 일이었지만, 굳이 목록을 짠 이유는 시간을 체계적으로 쓰기 위해서가 아니었다. 정신을 분산시키고 계속해서 스스로를 움직이도록 만들기 위함이었다. 조이는 지난 며칠간 꼬이고 틀어졌던 모든 일들로 인해 머릿속이 어수선해 이리저리 뒤척이며 밤잠을 설쳤던 것이다.

먼저 방 청소를 할 생각이었다. 침대보와 수건을 빨고 창문을 활짝 열어 환기를 시킬 예정이었다. 조이가 들어와 두 주 넘게 사는 동안 방은 온갖 짐으로 어지러워졌고 욕실도 더러워지고 있었다. 그다음 조이는 모든 서류 작업 내용과 메모를 정리해 마시모에게 질문할 내용을 목록으로 만들 작정이었다. 이후 하청업자들에게 줄 계약서를 내려받아 인쇄해야 했다. 그러면 정오가 될 터였다. 팅크를 데리고 산책을 가는 것도 빼먹을 수 없었다.

남은 음식도 많지 않았으니 오후에는 마을로 들어가 장을 봐야 했다. 연못에 들를 생각도 했다. 내키면 수영도 하기로 했다. 아무튼 가게가 문을 닫기 전에 월요일이나 화요일까지 버텨줄 먹거리를 사야 했다. 그리고 무엇보다 와인은 꼭 사야 했다.

조이는 커피 반 잔을 더 따랐다. 이언과 릴리가 무얼 하고 있을지 궁금했다. 릴리는 아마 일어나지 않았겠지만 이언은 일찍 일어나는 사람이었다. 조이는 이언이 부엌 식탁에 앉아 홀로 커피를 마시는 모습을 상상했다. 이언과 릴리가 전날 밤 언쟁을 했을지, 조이가 한 말이 둘 사이에 득이 됐을지 독이 됐을지 궁금했다.

맑은 정신으로 생각해보니 조이는 스스로 뱉은 말을 믿을 수가 없었다. '죽음이 갈라놓을 때까지'라니! 해서는 안 될 말이었다. 대체 무슨 자격으로, 이언이 아내와 한 약속이 죽음과 함께 무효가 되었다는 식의 말을 했단 말인가! 속으로야 무슨 생각이든 해도 상관없었지만 그걸 입 밖에 내다니? 게다가 조이는 배우자와 사별하는 게 어떤 기분인지 알 턱이 없었다. 청혼을 할 만큼 조이를 사랑한 남자도 없었으니까.

조이는 별안간 자리에서 일어났다. 곱씹어봐야 소용없었다. 아무 도움도 되지 않았다. 간밤의 어둠 속에서 이미 똑같은 생각의 길을 걷고 또 걸으며 몇 시간을 보냈고 결국 막다른 길에 서 있는 자신을 발견했다. 중요한 건 그 말을 내뱉었다는 사실이다. 이미 엎질러진 물이었다. 한 가지는 거의 확실했다. 우연히 마주치지 않는 한 주말 동안 이언을 볼 일은 없었다. 이언이 조이의 집 문을 두드리는 일 따윈 없을 테고 조이도 감히 이언의 집 문을 두드리지 못할 테니까.

방 청소를 하고 서류를 정리하고 팅크를 산책시키고 나니 1시 반이었다. 마시모에게 줄 목록을 작성하고는 월요일 아침 일찍 연락 달라고 휴대 전화 메시지를 남겼다. 새라에게 전화를 하면서는 음성 사서함으로 넘어가기를 기대했다. 그러고는 이내 그런 생각을 했다는 사실에 죄책감을 느꼈다.

"전화 안 받아 아쉽네." 조이가 몰래 안도감을 느끼며 블랙베리에 대고 거짓말을 했다.

"오후에 다시 전화할게."

조이는 먹다 남은 맛없는 음식으로 가벼운 점심 식사를 준비했다. 스크램블드에그와 토마토, 식빵의 양쪽 끝을 가지고 샌드위치를 만들었다. 줄기 쪽은 이미 곰팡내가 나는 물렁물렁한 포도도 먹었다. 어느 것 하나도 먹을 만하지 않았고 차라리 먹지 말걸 하는 후회가 밀려왔다. 점심 식사는 조이의 비참한 상태를 적나라하게 드러내주는 것 같았다.

얼마 후 조이가 자갈길을 건너는데 사택 문이 열렸다.

"안녕하세요." 릴리가 어두운 실내에서 밖으로 나오며 말했다.

"안녕." 인사를 하고 조이는 주변을 둘러보았다. 다행히 이언의 차는 보이지 않았다.

"어디 가세요?" 릴리가 물었다.

"같이 가도 돼요?"

조이는 머뭇거렸다.

"좋아. 하지만 재미는 없을걸. 그냥 장 보러 가는 거야."

"괜찮아요."

릴리는 좀 누그러져 안정돼 보였다. 조이는 릴리가 아빠와 간밤에 언쟁을 했는지 여전히 궁금했다.

조이가 어깨를 으쓱하자 릴리는 밖으로 나와 문을 닫았다.

"겉옷 입어야 할걸?"

"안 추워요. 필요 없어요."

"필요할지도 몰라. 지금은 봄 같지만 이따가 추워진다고 했어."

릴리가 한숨을 쉬고는 도로 안으로 들어갔다. 그리고 잠시 후 감색 피코트를 입고 단추는 채우지 않은 채 나타났다. 두 사람은 함께 아치 밑을 지나 진입로로 나갔다.

"좀 어떠니?" 조이가 마침내 물었다.

"아빠랑 심하게 싸웠어요. 제가 애그니스 할머니네 갔

다고 굉장히 화가 났어요."

"왜 간 거니?"

"항상 저한테 친절하게 대해주셨으니까요. 우리 할머니도 다른 할머니들보다 애그니스 할머니를 제일 좋아해요."

"다른 할머니? 연못에 가시는 할머니들?"

"아니요. 교회 할머니요. 노튼 할머니나 퍼스 할머니." 릴리가 진저리를 치며 말했다.

조이는 일부러 아무 말도 하지 않으려고 애썼다. 릴리가 이야기를 계속하기를 바랐다. 그러나 릴리는 오히려 조이를 바라보며 조이가 대화를 이어나가주기를 바라는 게 분명한 눈빛을 보냈다.

"아직도 화가 안 풀렸니?" 조이가 질문을 던졌다.

"약간요. 전처럼 심한 정도는 아니고요. 할머니가 제 말을 들어줬으면 좋겠는데 안 들어주시잖아요."

"할머니한테 네 기분이 어떤지 얘기해보려고 한 적은 있니?" 조이가 물었다.

"화가 나지 않았을 때 말이야."

"아빠도 저더러 그래야 한다고 했어요. 그래서 아까 전화를 해봤는데 집에 안 계세요."

"연못에 계실지도 모르겠네." 조이가 별생각 없이 말했다.

"그럴지도 모르겠네요." 릴리가 말했다.

"거기 어딘지 아세요? 예전에는 길을 정확하게 알았는데 지난여름 가려고 보니 웃자란 풀에 다 가려졌더라고요."

조이는 연못을 언급한 것을 후회했다. 혼자서도 연못에 가기가 꺼려지는 마당에 릴리를 데리고 간다는 건 좋은 생각 같지 않았다.

"어렸을 때는 할머니가 여름마다 연못에 데리고 갔어요." 릴리가 계속했다.

"그런데 안 간 지 되게 오래됐어요. 별로 재미없거든요. 할머니들밖에 없고. 게다가 추워 죽겠는데 누가 수영을 해요? 할머니들 다 제정신이 아니에요!"

"난 정말 좋던데." 조이가 말했다.

"연못이요?"

"수영."

"들어갔었어요? 언제?"

"몇 번 들어갔었어. 물이 너무 차가우면 싫을 것 같았는데 정말 놀랍더라고!"

"얼음장 같지 않아요?"

"처음에는 그렇지. 그런데 물속에 있다 보면 정말 살아 있다는 기분이 들어! 뭐라 제대로 표현하기는 힘들어. 하지만 할머니들이 왜 좋아하시는지 그건 알 것 같아."

릴리가 갑자기 가던 길을 멈추었다.

"거기 가봐도 돼요?"

"연못에? 지금?"

릴리가 고개를 끄덕였다.

"할머니가 좋아하실 것 같아요. 저한테 항상 같이 가자고 했는데 제가 하도 많이 거절을 해서 나중에는 그냥 묻지도 않았거든요."

"지금 거기 계신지도 잘 모르겠어." 조이가 말했다.

"누군가 계시겠죠." 릴리의 답이었다.

"오두막 주변에 항상 계시잖아요. 제가 왔다 갔다고 전해줄 수는 있겠죠."

조이는 망설였다. 릴리의 말이 옳은지도 몰랐다. 릴리아가 감동할 수도 있었다. 릴리아가 조이를 달리 바라보는 계기가 될 수도 있었다. 불화와 고통을 가져오는 사람이 아닌 화해를 중재하는 사람으로 여겨질 수 있는 기회.

"네가 오는 걸 할머니가 정말 원하실까?" 조이가 물었다.

"말했잖아요. 할머니가 항상 저한테 같이 가자고 했다니까요." 릴리가 웃으며 대답했다.

조이는 여전히 불안했다. 또 다른 실수를 하고 있는 게 아니기를 바랐다. 그러나 릴리의 생각이 확고해 보였고 당연히 릴리가 조이보다는 릴리아를 더 잘 알 터였다. 릴리는 할머니를 만나고 싶어했고 그게 바람직한 방향임은 분명했다.

"좋아." 조이가 말했다.

"한번 가보자."

*

커다란 의자에 앉아 곁에 찻잔을 두고 뜨개질을 하고

있던 비브는 고개를 들어 릴리를 발견하고서 뜨개질을 멈추지도 않은 채 외쳤다.

"릴리 맥코맥! 살다 살다 이런 일이! 이리 와서 비브 할머니 안아줘!"

릴리가 비브에게 입을 맞추고 포옹했다. 그리고 주변을 돌아보며 물었다.

"우리 할머니 여기 계세요?"

비브가 연못을 향해 고갯짓을 하며 말했다.

"저기서 연못을 돌고 있어."

세 사람은 조이와 릴리가 온 줄도 모르고 연못을 왕복해가며 수영하고 있는 릴리아와 애그니스를 바라보았다. 오두막에서 나온 메그는 조이와 릴리를 보자마자 인사를 하러 서둘러 내려왔다.

"릴리! 네가 봄을 데려왔구나! 안녕, 우리 릴리!"

메그가 두 팔로 릴리를 안아주고는 조이와도 포옹을 했다.

"남쪽에서 바람이 불어오고 있다는구나. BBC에서는 1916년 이후로 가장 기온이 높은 겨울날이래. 라디오가 없어도 그쯤은 이미 알고 있었지만."

조이는 연못가로 걸어갔다. 일찍 올라온 스노드롭이 작고 흰 꽃봉오리를 내밀고 있었다.

"물에 들어간다며?" 비브가 메그에게 말했다.

"그럴 거야." 메그가 대답했다.

"마음 바뀌기 전에 빨리 들어가!"

"나? 너야말로 들어간 지 한참 됐잖아?"

"난 스웨터 떠야 해!"

"그건 핑계야."

"확실히 해두자면 난 그저께 물에 들어갔어."

메그가 히죽 웃으며 고개를 절레절레 흔들더니 물 쪽으로 걸어갔다.

"들어가지 않을래, 릴리?"

"괜찮아요." 릴리가 대답했다.

"조이는?" 메그가 부추겼다.

"어쩌면 이따가요."

"차 한잔할래? 쿠키랑?" 비브가 물었다.

"집에서 만든 거야. 버터스카치."

"감사합니다." 릴리가 공손히 대답했다.

비브는 조이와 릴리를 데리고 오두막으로 들어갔다. 잠시 뒤 게일라가 나타났다.

"게일라, 릴리가 왔어!" 비브가 말했다.

"조이랑 왔어!"

게일라가 살짝 숨을 헐떡이며 섰다가 조이를 똑바로 바라보았다.

"내가 경고부터 먼저 할게요." 게일라가 퉁명스럽게 말했다.

"릴리아 기분이 썩 좋지는 않아요."

"절 보면 할머니 기분이 나아지지 않을까 해서 왔어요."

릴리가 말했다.

"글쎄 그건 네 생각이고."

게일라의 말에 릴리가 활짝 웃었다. 다른 사람들도 제 할머니의 기분을 신경 쓰고 있고 또 감내하고 있다는 것을 알고 마음이 편해진 게 분명했다.

"의자 이리 가져와서 앉아, 릴리." 비브가 말했다.

"내 옆으로 와. 뜨개질하는 법 배웠지?"

릴리가 낡은 나무 의자를 끌고 왔다.

"학교에서 크리스티 선생님이 가르쳐주셨는데 전 별로 소질이 없었어요. 자꾸 코를 빼먹어요."

"내가 떠준 스웨터 아직도 갖고 있니?"

"제 곰인형 루시우스가 입고 있어요!" 릴리는 버터스카치 쿠키를 먹고 있는 조이를 보고 말했다.

"정말 귀여워요, 조이. 청록색에 보라색 줄무늬가 있고 배에는 샛노란 데이지가 있어요."

조이는 스토브 위에 놓인 주전자에서 차 두 잔을 따라 한 잔을 릴리에게 주었다. 세 사람은 모두 자리에 편안히 앉았다.

"정말 예쁘네요, 할머니." 비브가 뜨고 있는 사각 모양을 보고 릴리가 말했다.

"고맙다!" 비브가 답했다.

"메그 손녀한테 줄 스웨터의 뒷판이란다."

비브가 뒷판을 들어 보였다. 꼬인 케이블뜨기, 씨앗뜨

기, 양면뜨기로 이루어진 복잡한 아란(아일랜드의 아란제도에서 시작된 뜨개질 방식) 무늬였다.

"데본에 있는 야외 시장에서 이 좋은 털실을 열 타래나 샀지. 로트 번호가 같은 실은 그게 마지막이더라고."

"로트 번호가 뭐예요?" 조이가 물었다.

"같은 통에서 염색한 털실은 같은 번호가 붙어요." 비브가 설명했다.

"같은 물감을 써도 통마다 색깔이 살짝 다를 수 있어요. 그래서 무언가 만들 때 필요한 털실을 한꺼번에 사라고 하는 거예요. 로트 번호가 같은 걸로. 그러지 않으면 여러 가지 빛깔이 섞일 수 있으니까."

조이가 고개를 끄덕였다.

"조이는 뜨개질할 줄 알아요?" 비브가 물었다.

"전 못해요."

"명상하기에 좋아요."

"잘하면 그렇겠지." 게일라가 거들었다.

"그런 면에서는 요리랑 비슷하겠네. 잘하는 사람은 요리를 하면서 편안해질 테지만 할 줄 모르는 사람들은 고작 닭 한 마리 구우면서도 어쩔 줄을 모르니까."

난로에서 나무가 소리를 내며 타들어가고 있는 데다 뜨거운 차까지 마신 조이는 갑자기 몹시 더웠다. 비브, 게일라와 이야기를 나누고 있는 릴리는 즐거워 보였고 조이는 물에 들어갈까 고민하기 시작했다. 영국에서 남은 시간이 그리 많지 않았던 데다 지난 며칠간의 힘 빠지는 일들을 생각하니 얼음장 같은 물속에서 느꼈던 환희가 그리워졌다.

"저는 물에 들어갔다 나올까 봐요." 대화가 잠시 멈추었을 때 조이가 말했다.

"마음대로 하세요." 릴리가 조이와 함께 물에 들어갈 생각이 전혀 없다는 어조로 말했다.

"우리는 밖에서 응원할게요."

"들어가보지 않으면 너, 정말 후회할걸?" 조이가 짓궂게 말했다.

"조이야말로 이중 폐렴에 걸리고 후회하지 말아요!" 릴리가 받아쳤다.

조이가 잔교에서 내려와 연못으로 들어갔을 때 애그니스와 릴리아, 메그는 여전히 꽤 먼 거리에 있었다. 물의 온도에 놀랄 준비가 되어 있었기 때문인지, 아니면 비정상적으로 높은 기온 때문이었는지 물에 들어간 직후 몇 초는 예전처럼 충격적이지 않았다. 조이는 곧 팔과 등 근육이 조여드는 익숙한 느낌을 즐기면서 팔을 젓기 시작했다. 척추가 길게 뻗는 느낌이었고 두 다리의 추진력은 푸른 회색빛 물을 가르며 나아가게 해주었다. 조이는 지난 두 주 동안 더 자주 수영을 하러 오지 않은 것을 후회하며 뉴욕으로 돌아가면 수영장이 있는 헬스클럽에 등록해 볼까 생각했다. 물론 같을 수는 없었다. 이렇게 수영하는 것만큼 짜릿하고 즐겁지는 않을 터였다. 그러나 땅바닥을 내딛는 달리기 동작은 벌써 무릎에 무리를 주고 있었다. 수영은 평생 할 수 있는 운동이었다.

조이는 잠수를 한 뒤 물 밑에서 격렬하게 평영 동작을 시작했다. 가능한 한 오래 숨을 참으며 물을 헤치고 앞으로 나아갔다. 개구리 발차기를 여덟 번, 아홉 번, 열 번 이어갔다. 태양이 위에서 물을 비추었고 갈대가 주변에서 슬로 모션으로 움직였다. 조이는 지나가는 오리의 조그마한 물갈퀴 발을 보며 물속에서 연이어 스무 번 발차기와 팔 동작을 할 수 있을지 궁금했다. 그러나 열여섯 번째 발차기가 끝나자마자 물 위로 올라와 숨을 몰아쉬어야 했다. 돌아가려고 방향을 바꾼 조이는 릴리가 잔교 위에서 웃으며 손을 흔드는 모습을 보았다.

곧이어 수영을 마친 릴리아와 메그, 애그니스가 사다리를 향해 가고 있었다. 도로 잠수한 조이가 수면 위로 올라왔을 때 릴리아와 애그니스가 릴리와 함께 잔교 위에 서 있었다. 릴리의 얼굴이 딱딱하게 굳어 있었다. 릴리아가 릴리의 팔뚝을 붙잡고 있었다.

조이는 온 힘을 다해 최대한 빨리 잔교로 헤엄쳐 갔다. 조이가 사다리로 다가가는데 릴리아가 고개를 돌려 노려보았다.

"나 지금 갈 거야!" 릴리가 외치는 소리가 들렸다.

"가지 말고 거기 꼼짝 말고 서 있어." 릴리아가 쏘아붙였다.

"난 좋은 마음으로 온 거야! 할머니 즐겁게 해주려고. 그런데 아무것도 소용이 없어!" 릴리가 흥분해서 말했다.

어느새 사다리 앞에 다다른 조이는 물 밖으로 나왔다. 일어나고야 말 불꽃 튀는 언쟁을 피하기로 마음먹은 메그는 오두막으로 향하고 있었다. 한편 오두막에서 나온 게일라와 비브는 잔교 위에 서 있는 릴리의 뒤로 갔다.

"릴리는 그냥 널 보러 온 거야." 게일라가 말했다.

"이건 너랑 상관없는 일이야, 게일라!" 릴리아가 쏘아붙였다.

"넌 빠져!"

릴리아의 분노가 조이를 향했다.

"당신은 왜 우리를 가만 놔두지 못하지? 누가 당신한테 여기 오라고 했어!" 릴리아가 조이에게 소리쳤다.

"내가 오라고 했어, 릴리아." 애그니스가 차분하게 말했다.

"우리 아름다운 오후를 망치지 말자."

"내 가족을 망치는 건 어떻고? 그게 저 여자가 하고 있는 짓이야. 제 분수도 모르고 참견하지를 않나, 누가 미국인 아니랄까봐 제멋대로 끼어들어서는 아무 데나 손을 대질 않나. 스탠웨이 저택에다, 우리 딸 남편에다, 내 손녀한테까지!"

"내가 조이한테 여기 데려와달라고 했어, 할머니! 할머니가 날 보면 기뻐할 줄 알았어!"

"저 여자랑? 네가 저 여자랑 오면 내가 기뻐할 줄 알았어? 저 헤픈 여자랑?"

놀라 말문이 막힌 조이는 애그니스를 흘깃 바라보았다. 애그니스도 기가 막힌 듯한 표정이었고 비브는 겁에 질린 것 같았다.

게일라는 몸을 돌려 마치 볼일이 있는 사람처럼 성큼성큼 오두막으로 갔다.

"릴리아." 애그니스의 목소리는 차분했다.

"그만 진정해, 제발."

"다 같이 들어가서 차 한잔하자." 비브가 불안해하며 제안했다.

"아니면 게일라에게 특별 코코아를 만들어달라고 하자."

릴리아는 손녀를 더 꽉 붙잡았다.

"우린 갈 거야. 지금."

"아니에요." 조이가 마침내 목소리를 되찾으며 말했다.

"제가 갈게요. 여기 릴리를 데려온 건 제 잘못이 분명한 것 같네요. 정말 죄송……."

"그래야지!" 릴리아가 소리쳤다.

"당신은 어리석고 이기적인 여자고, 나는 당신이 떠난대도 하나도 섭섭하지 않아!"

"난 아냐!" 릴리가 외쳤다.

"조이가 나한테 얼마나 잘해줬는데! 할머니보다 훨씬 더!"

릴리는 할머니의 손에서 벗어나려고 했지만 수년간 수

영으로 단련된 릴리아의 팔은 손녀를 꼭 붙잡고 놓아주지 않았다. 그러자 릴리는 더 강한 의지로 할머니의 손아귀에서 벗어나려고 안간힘을 다했다. 릴리는 자세를 바로 잡으려고 무릎을 살짝 구부렸으나 오른 발이 잔교 가장자리의 살짝 녹은 얼음을 밟고 있다는 사실을 미처 몰랐다. 그래서 릴리아가 손을 놓자 릴리는 균형을 잃었고 똑바로 서려다 그만 얼음에 미끄러지고 말았다. 릴리는 물속에 처박혔고 떨어지면서 철 사다리 끝에 머리를 부딪쳤다.

"릴리!" 릴리아가 비명을 질렀다.

릴리는 차가운 물에 닿은 즉시 등을 구부리는 듯했으나 갑자기 축 늘어졌다. 조이의 온몸에 아드레날린이 솟구치더니 마치 산불처럼 빠르게 퍼져나갔다. 조이가 곧장 물속으로 뛰어들었고 애그니스도 바로 뒤따랐다.

"구급차 불러, 비브! 서둘러! 의식이 없어." 애그니스가 수면 위로 올라오자마자 외쳤다.

"릴리!" 릴리아가 울부짖었다.

"릴리!"

마비가 되어버린 듯한 릴리아는 릴리의 이름을 외치는 일 이외에 아무것도 할 수 없었다. 요란한 소리를 듣고 게일라가 오두막 밖으로 뛰쳐나와서는 곧장 물가로 뛰어갔다.

"판자를 구해!" 애그니스가 소리쳤다.

"판자를 가져와."

릴리는 숨을 쉬고 있었지만 의식이 없었다.

"목을 고정해야 해. 부러졌을 수도 있어." 애그니스가 낮은 소리로 말했다.

"조금만 잘못 움직여도 마비가 올 수 있어."

"맙소사!" 조이의 목소리가 새어나왔다.

"릴리? 릴리, 내 말 들려?"

조이와 애그니스는 릴리의 상체와 머리 뒤로 팔을 넣고 릴리가 숨을 쉴 수 있도록 수면 위로 살며시 들어올렸다.

"괜찮아, 릴리." 애그니스가 침착하게 말했다.

"괜찮을 거야, 우리 릴리. 조금만 있으면 물에서 꺼내줄게."

비브와 게일라가 판자를 찾아가지고 잔교로 뛰어왔다. 물 위에 판자를 놓고 두 사람 역시 물속으로 들어갔다. 잔교에서 바라만 보고 있던 릴리아는 온몸이 굳어버린 것 같았다.

"척추를 지지해." 애그니스가 말했다.

네 사람 다 물에 떠 있기 위해 다리를 움직이고 있었기 때문에 모든 게 불편하고 힘겨웠지만 곧 판자를 물 밑으로 집어넣어 릴리의 척추와 목, 머리를 받칠 수 있었다. 릴리는 여전히 눈을 뜨지 못하고 있었다.

"조금만 더 버텨, 릴리." 조이가 계속해서 속삭였다.

"잘하고 있어. 그렇게 하면 돼."

"데리고 나가야 해." 애그니스가 말했다.

"구급차가 올 때까지 기다릴 수는 없어. 물이 너무 차가워. 조이, 잔교로 올라가서 릴리의 머리가 움직이지 않게 잡아요. 게일라와 내가 판자째 릴리를 들어올릴 테니까. 비브, 가서 조이를 도와줘."

비브와 조이는 온 힘을 다해 재빨리 사다리를 기어올랐다. 메그가 오두막에서 뛰어나오는 모습이 보였다. 손에는 휴대 전화가 들려 있었다.

"오고 있어." 메그가 외쳤다.

"일이 분 안에 도착한다고 했어."

"릴리아!" 비브가 소리쳤다.

"네가 필요해! 도와줘!"

그러자 릴리아가 충격에서 벗어나 정신을 차린 것 같았다. 릴리아는 서둘러 달려와 잔교 위에 있는 조이와 비브 사이에 무릎을 꿇고 앉았다.

"너랑 내가 릴리를 들어올리자." 비브가 말했다.

"조이는 릴리의 머리가 움직이지 않게 붙잡을 거야."

릴리아는 말은 하지 않았지만 고개를 끄덕였다. 메그도 언제든 도우려고 무릎을 꿇고 앉았다.

애그니스와 게일라는 판자가 잔교 바로 옆으로 오게끔 위치를 잡았다. 조이가 몸을 숙여 릴리의 머리 양쪽에 손을 갖다 댔다. 릴리를 들어올릴 때 흔들리지 않게 하기 위해서였다.

"준비됐어?" 애그니스가 릴리의 팔을 가슴 위로 올려주며 외쳤다.

"됐어요." 조이와 비브가 대답했다.

"셋을 셀게, 게일라. 하나, 둘, 셋!"

애그니스와 게일라가 물이 뚝뚝 떨어지는 판자를 힘겹게 물 밖으로 들어올리자 릴리아와 메그, 비브가 넘겨받았다. 조이는 릴리의 머리를 고정했다. 판자를 살며시 잔교에 내려놓는데 다가오는 사이렌 소리가 들렸다.

"오, 감사합니다." 비브가 중얼거리듯 말했다.

"담요를 가져올게." 게일라가 외치며 서둘러 사다리를 기어올라 휘청거리며 오두막으로 갔다.

조이는 잔교에 있던 수건을 집어 릴리 머리의 벌어진 상처를 압박하기 시작했다. 너무 세게 누르고 싶지는 않았지만 물 밖으로 나오자 차가운 물속에서 멎었던 피가 쏟아져 나왔다. 몇 시간이 흐른 것처럼 느껴질 무렵 조이가 고개를 들었다. 서둘러 다가오는 구급대원들이 보였다. 들것과 척추 고정판을 함께 들고 오고 있었다.

조이도 쇼크 상태에 있었던 게 분명했다. 구급대원들에게 릴리를 내어주지 않으려고 했기 때문이다. 구급대원들이 릴리의 머리를 압박하고 있던 조이의 손을 천천히 떼어내야 했다.

"싫어요." 조이가 말했다.

조이는 자신과 릴리아, 그 친구들이 아닌 다른 사람들이 릴리의 운명을 좌우하는 것이 싫었다.

"괜찮아요. 우리가 잘 돌볼게요." 구급대원이 말했다.

대원들은 릴리의 머리를 고정하고 입과 코 위에 산소마스크를 씌운 뒤 머리에 거즈 붕대를 갖다 댔다. 그런 다음 릴리를 눕혀놓은 판자째 들것에 실었다. 땅이 돌투성이에 울퉁불퉁했으므로 구급대원들은 바퀴를 사용하지 않고 들것을 직접 든 채 숲으로 난 좁은 길을 따라 사라졌다.

얼굴이 잿빛이 된 릴리아는 비브의 울 코트를 어깨에 두른 채 릴리와 함께 구급차에 타기 위해 구급대원들을 따라갔다. 다른 사람들도 옷을 갈아입는 대로 곧 뒤따라 가기로 했다.

"어디로 데려가는 거예요?" 다들 옷을 갈아입으려고 오두막으로 가는 동안 조이가 물었다.

"브로드웨이 종합병원." 비브가 대답했다.

"얼마나 멀어요?"

"10분, 15분."

"앤드류한테 전화해, 메그." 게일라가 말했다.

"벌써 했어. 지금 병원이래. 응급실로 내려가고 있다고 했어."

"메그 아들이 외과 과장이에요." 애그니스가 설명했다.

"수술이 필요할 것 같은가요?" 조이가 물었다.

"맙소사." 수영복을 벗은 조이는 젖은 팔다리 위로 옷을 걸치려고 끙끙대고 있었다.

"뇌에 출혈이 없는지 살펴야 할 거예요." 메그가 진지하게 말했다.

"그게 뭔데요?"

"뇌가 두개골 안쪽에 부딪치면 핏줄이 터질 수도 있어요. 그러면 피가 곧바로 뇌를 건드리고." 메그가 최악을 상상하며 고개를 저었다.

조이는 갑자기 현기증이 났다. 손에 닿았던 릴리의 피부는 너무 따뜻했고 릴리의 눈꺼풀은 마치 갓난아이의 것처럼 작고 파란 핏줄로 주름져 있었다.

'릴리가 무사하게 해주세요, 제발.'

"섣부른 결론은 내리지 말자고." 게일라가 말했다.

"섣부른 결론이라니." 비브가 성이 난 듯 말했다.

"그냥 머리를 살짝 부딪친 걸 수도 있어." 게일라가 말했다.

"다 제 잘못이에요." 조이가 말했다.

"제가 데려오지만 않았어도……."

"사고였어요." 게일라가 딱 잘라 말했다.

"얼음에 미끄러졌어요. 누구한테나 언제든 일어날 수 있는 일이에요."

"이언에게 전화해야 해요." 조이가 말했다.

"누군가 이언한테 전화해야 해요."

"벌써 했을 거예요." 애그니스가 부드럽게 말했다.

"릴리아는 그럴 정신이 없잖아요." 조이가 전화기를 찾아 재킷 주머니에 손을 넣으며 말했다.

전화를 걸면서 조이는 이언이 제발 집에 있기를 기도했다.

"받아요, 제발." 신호음이 세 번, 네 번, 다섯 번 울리는 동안 조이가 읊조렸다.

"여보세요?" 마침내 이언의 목소리가 들렸다.

"이언, 조이예요."

조이는 무슨 말부터 할지 미처 생각하지 못한 터였고 전화기 저편에서는 침묵을 지키고 있었다.

"이언." 조이가 속삭였다.

"사고가 있었어요. 릴리가 브로드웨이 종합병원으로 실려가고 있어요."

전화기 너머로 작은 신음 소리가 들렸다.

"무슨 사고요?"

"릴리가 미끄러져서 연못에 빠졌어요. 머리를 부딪쳤어요. 너무 걱정 마세요. 릴리아가 구급차에 타고 있어요."

"곧 갈게요." 이언이 말했고 전화가 끊겼다.

23

일행이 병원에 도착했을 때 이언은 이미 와 있었고, 의사가 릴리의 상태를 살피고 있는 응급실 안으로 들어간 상황이었다. 어머니의 다급한 전화를 받은 메그의 아들 앤드류가 응급실에 알렸고 외상 팀이 구급차를 기다리고 있었다. 사태는 끔찍했지만 연못에 있던 사람들이 바른 판단을 한 덕분에 릴리는 부상을 당한 지 30분 만에 이 병원 최고 의사들의 손에 맡겨졌다.

애그니스와 조이는 릴리아의 옷가지를 들고 수간호사에게 갔다.

"이건 뭐죠?" 주의가 산만해 보이는 간호사가 물었다.

조이의 머릿속에 쌈닭이라는 단어가 거품처럼 떠올랐다. 응급 병동에서 일어나는 일들에 대처하자면 보통 단호한 성미가 아니면 안 될 거라고 조이는 속으로 간호사를 변호했다.

"마른 옷이에요." 애그니스가 대답했다.

"방금 응급실로 들어온 릴리 맥코맥의 할머니 옷이에요."

"왜 마른 옷이 필요하죠?"

"수영을 하고 있었거든요." 조이가 대답했다.

"지금 코트 아래 수영복만 입고 계세요."

"수영이요?"

"고든 로빈슨 씨 농장 뒤에 있는 연못에서요." 애그니스가 설명했다.

"1월에요?" 간호사가 놀라서 외쳤다.

여자는 지극히 조심스럽게 옷가지를 받아 들었다. 정신이 똑바로 박힌 사람들로 하여금 한겨울에 야외에서 수영을 하도록 만드는 광기가 옷을 통해 옮기라도 할까 걱정하는 것 같았다. 조이는 무례하게 굴고 싶지는 않았지만 얼굴이 발갛고 몸집이 큰 수간호사도 수영을 하면 나쁘지 않을 거라고 생각했다.

조이와 애그니스는 대기실에 있던 메그, 게일라와 합류했다. 조이가 가본 여느 병원 대기실과 다를 게 없었다. 다만 천장에 TV가 달려 있지 않았다. 탁자에는 손때가 묻은 철 지난 잡지가 쌓여 있었다. 《주간 골프》, 《우먼스 오운》, 《헬로》 같은. 의자는 세 개씩 붙어 있었고 지나치게 따뜻하고 퀴퀴한 공기에서는 소독용 알코올과 살균제 냄새가 났다. 게일라와 메그, 비브는 한 줄로 앉았다. 조이는 애그니스가 손을 잡는 것을 느꼈다. 애그니스는 조이를 데리고 벽을 따라 좀 멀리 떨어진 데 놓인 의자들 쪽으로 가서 앉았다.

"우리 이건 확실하게 해둬요." 애그니스가 단호하게 말했다.

"조이 잘못은 하나도 없어요."

"릴리를 데리고 연못으로 가지 말았어야 했어요."

"릴리를 데리고 연못으로 가서 이런 일이 일어난 게 아니에요. 살짝 과잉 반응을 보이는 경향이 있는 충동적인 십대 아이가 얼음 위에서 미끄러졌어요. 그래서 생긴 일이에요."

조이는 절망에 빠져 고개를 가로저었다. 바로 그때 엷은 갈색머리의 키 큰 남자가 수술복 차림으로 '출입금지'라고 되어 있는 문을 밀고 나타났다.

"앤드류!" 메그가 벌떡 일어서자 앤드류가 다가와 메그를 감싸 안았다.

"오셨어요, 엄마." 앤드류가 말했다.

"릴리는 어때?" 게일라가 불쑥 물었다.

앤드류는 게일라와 메그, 비브가 앉아 있는 곳으로 걸어왔다. 조이와 애그니스도 멀지 않은 곳에 서 있었다. 앤드류는 심호흡을 한번 하더니 신중한 눈빛으로 일행을 보았다. 조이와 애그니스가 불안한 눈빛을 교환했다.

"훌륭한 선생님들이 지켜보고 계세요." 앤드류가 말을

꺼냈다.

일행을 번갈아 보던 앤드류의 시선이 조이에게 가닿았다. 조이가 누군지 궁금해하고 있는 게 분명했다.

"이쪽은 조이 루빈." 애그니스가 설명했다.

"얼마 전부터 우리 친구가 됐고, 스탠웨이 저택 복원을 담당하고 있어."

"반갑습니다." 앤드류가 목례를 하며 말했다.

"만나서 반갑습니다." 조이가 대답했다.

"원래는 규정상 아무 말도 할 수 없는데 이언이 말해도 된다고 허락해줬어요." 앤드류가 말했다.

"릴리는 꽤 세게 부딪쳤어요. 앞으로 쉽지만은 않을 거예요."

"오, 주여." 비브가 혼잣말을 했다.

앤드류의 말소리는 아주 먼 곳에서 들리는 것 같았다. 조이는 마치 몸 밖에서 이 광경을 지켜보고 있는 느낌이었다. 호흡은 매우 느리고 귀는 솜으로 막힌 것 같았다. 기절할지도 몰라서 자리에 앉아 무릎을 껴안고 심호흡을 했다.

"글라스고우 혼수 척도로 보면 10점이에요." 앤드류가 말을 이었다.

조이는 혼수라는 말에 속이 울렁거렸다.

"그게 무슨 뜻이니?" 메그가 물었다.

"8점 이하는 굉장히 심한 부상을 의미해요. 영구적인

뇌 손상이나 그보다 심할 수 있어요. 10은 중간 범위에서도 중간이에요. 숫자가 높을수록 좋은 거예요. 점수는 환자의 의식이 얼마 만에 돌아오는지, 의식이 돌아오면 말을 할 수 있는지, 질문에 대답할 수 있는지, 자극에 반응하는지, 지시에 따라 움직일 수 있는지 등에 따라 정해져요. 동공이 얼마나 확장되어 있는지도 보고요."

"뇌진탕이 있어?" 게일라가 물었다.

"그건 거의 확실해요. 하지만 뇌진탕은 대개 위중하지 않아요. 중요한 건 충격이 뇌에 피를 공급하는 혈관에 손상을 가져왔느냐 하는 거예요. 그리고 뇌 조직 자체에 멍이 들었다면 얼마나 심한지가 문제죠."

"어떻게 알 수 있어요?" 조이가 물었다.

"시간이 지나면 증상이 나타나요. 약 72시간 안에. 그렇지만 처음 24시간이 가장 중요해요. 뇌가 부상을 입었다면 부을 거예요. 발목이 다치면 붓는 것과 마찬가지예요. 그렇지만 두개골 안에 워낙 공간이 없다 보니 뇌가 부으면 핏줄이 눌려 피가 뇌로 가는 걸 막을 수 있어요. 그건 좋지 않아요. 그리고 두개골 안에 출혈이 없는지도 지켜봐야 해요. 만약 피를 흘리고 피가 응고된다면 열어서 응고된 피를 제거해야 하죠. 다행히 우리 병원은 이 모든 걸 관찰할 수 있는 장비를 잘 갖추고 있어요."

"가여워라!" 메그가 외쳤다.

"아직 어리고, 기저 질환이 없으니까 그것만으로도 릴

리에게는 다행스러운 일이에요. 하지만 머리 부상은 쉽지 않아요. 순식간에 나빠질 수도 있거든요."

"지금은 뭘 하고 있는 거예요?"

"머리를 깎고 있어요. 그런 다음 상처를 꿰맬 거예요."

조이의 두 눈이 눈물로 가득 찼다. 릴리의 아름다운 머리카락을! 지금 머리카락 따위를 걱정할 때가 아니라는 걸 이성적으로는 알겠는데 아름다운 금발 곱슬머리가 없는 릴리의 모습을 상상하자니 얼마나 상황이 심각한지 실감할 수 있었다.

"그리고 릴리의 두피에 전기 감지기를 붙일 거예요." 앤드류가 말을 이었다.

"만약 응급 수술을 해야 한다면 한시도 낭비할 수 없는 상황이에요."

"그럼." 메그가 말했다.

앤드류는 들어갈 차비를 했다.

"안에 다시 들어가봐야 해요."

"고맙구나." 메그가 말했다.

"릴리아한테 우리 모두 밖에서 기다리고 있으니 필요한 게 있으면 말하라고 해."

"알았어요." 앤드류가 대답하고 안으로 들어갔다.

오후는 저녁이 되었고 안에서는 아무 소식도 들리지 않았다. 일행은 번갈아가며 1층에 있는 작은 식당으로 가서 밍밍한 차와 비닐 랩 맛이 나는 샌드위치를 먹었다. 밤

8시, 릴리아와 이언이 창백하고 피곤한 얼굴로 응급실에서 나왔다. 여자들은 거의 한꺼번에 일어났다. 그리고 이언과 릴리아에게 자리를 양보했다. 아무도 질문을 할 엄두를 내지 못했다.

"릴리가 눈을 떴어요." 이언이 말했다.

"그리고 웃더라." 릴리아가 애써 눈물을 참으며 말했다.

"진정제를 많이 맞은 상태예요. 이제 중환자실로 옮겼어요. 처음 24시간이 제일 위험하대요. 여긴 저만 남을게요."

"릴리아는 내가 데려다줄게." 애그니스가 나섰다.

"차라리 우리 집으로 가는 게 좋겠다. 우리 집에서 나랑 같이 있자. 괜찮지, 릴리아?"

릴리아는 반대할 힘도 없다는 듯 기운 없이 고개만 끄덕였다.

정신이 팔린 이언은 다시 안으로 들어가려고 일어섰다. 친구들이 릴리아 주위로 모이는 동안 조이는 이언을 따라 응급실 방향으로 몇 발자국 내디뎠다.

"이언."

이언이 걸음을 멈추고 돌아보았다. 눈에는 피로와 공허함이 차 있었다. 어서 릴리 곁으로 가고 싶은 마음이 간절한 게 틀림없었다.

"미안해요."

"고마워요."

"내가 릴리를 데리고 거기를 가는 게……."

"지금 그 얘기 하고 싶지 않아요."

"알았어요. 내가 할 일은 없어요?"

"없어요."

"먹을 거나 마실 거라도 갖다줄까요?"

이언은 고개를 가로저었다. 그리고 발길을 옮기려다가 갑자기 다시 돌아섰다.

"사실 필요한 게 있기는 해요. 너무 급하게 나오느라 지갑하고 전화기를 집에 두고 왔어요. 좀 가져다줄 수 있을까요?"

"그럼요. 차를 여기 두었나요?"

이언이 주머니에서 차 키를 꺼내 조이에게 건네주었다.

"건물 뒤편 주차장에 있어요."

"다른 필요한 건 없어요?"

"없어요. 고마워요."

"가져오면 여기서 기다릴 테니 아무 때나 나올 수 있을 때 나와요."

"알았어요. 지갑은 침대 옆 탁자에 있는 것 같아요. 거기 없으면 부엌 어딘가에 있을 거예요. 전화기는 식탁 위에 있어요."

"찾아볼게요."

이언은 진지한 얼굴로 고개를 끄덕이고서 응급실 문을 밀었다.

"들어가봐야겠어요."

*

사택에 돌아오니 기분이 이상했다. 어두워진 뒤였으므로 조이는 천장 등을 켜고 계단을 올라 이언의 침실로 갔다. 그리고 잠시 멈추어 2층 복도 탁자에 놓인 액자 속 사진들을 살펴보았다. 조이는 말을 탄 채 웃고 있는 한 여자의 사진이 들어 있는 액자를 집었다. 케이트가 분명했다.

조이는 스탠드를 켜고 사진을 가까이 가져왔다. 케이트는 매우 아름다웠고 행복해 보였다. 생기가 넘치는 사람이었던 게 틀림없었다. 지난 몇 주간 조이는 케이트를 실제로 존재했던 사람이라기보다 단지 넘어야 할 장애물, 고통과 회한의 탐탁지 않은 원인이라고 너무 쉽게 치부해 왔었다.

"미안해요." 조이는 자기도 모르게 사진에 대고 속삭였다.

왜 사과하는지 스스로도 잘 알 수 없었다. 릴리를 더 잘 돌보지 못해서? 이언과 사랑에 빠져서? 조이는 사진을 멍하니 바라보며 너무 공평하지 못하다고 생각했고 동시에 눈물이 고였다. 처음으로 조이는 이언과 릴리아를 압도하다시피 했던 슬픔을 조금이나마 경험했다.

조이는 사진을 내려놓고 침실로 들어갔다. 조이가 정말 원하는 것은 이언의 옷장으로 가서 셔츠와 스웨터에 밴 냄새를 맡는 일이었다. 서랍 속 내용물도 자세히 살펴보고 싶었고 책장에 있는 모든 책들의 제목을 일일이 읽어보고 싶었으며 이언의 침대에 누워 그의 사적인 영역을 빨아들이고 싶었다. 그렇지만 차마 그렇게 할 수 없었다. 집 안에 있는 것만으로도 조이는 훔쳐보는 사람이 된 듯한 느낌이었다. 실제로 존재했었고, 너무나 젊은 나이에 너무나 비극적으로 목숨을 잃은 케이트와 희미한 연결 고리를 느끼고 나니, 이제 조이는 이런 간단한 심부름이나 하면서 실컷 방을 돌아보는 자신을 케이트가 바라보고 있는 것 같은 기분마저 들었다.

지갑은 침대 옆 탁자에 있었다. 조이는 지갑을 열어보고 싶은 충동을 억누르면서 집어들었다. 그리고 의자 등받이에 걸쳐져 있던 스웨터도 챙겼다. 이어서 이언의 칫솔을 챙기러 욕실로 들어갔다. 욕실 불을 켜니 세면대와 탁자에 서로 섞여 있는 이언과 릴리의 세면도구가 보였다. 빗살 사이로 굵은 머리카락이 엉켜 있는 릴리의 머리빗. 이언의 애프터 셰이브. 치실. 반짝이가 둥둥 떠다니는 자두색 매니큐어. 거품 컵에 든 옛날식 면도솔. 물건 하나하나가 딸과 아버지의 사사로운 삶에 대한 모든 것을 말해주고 있었다.

'릴리가 제발 무사하게 해주세요.' 조이는 자기도 모르게 속삭였다.

조이는 칫솔을 집어들고 아래층으로 향했다. 바보 같은 짓인지도 몰랐다. 병원에도 칫솔이 있을 터였다. 어찌 됐든 조이는 부엌에서 비닐봉지를 찾아 맨 밑에 스웨터를 곱게 접어 넣었다. 칫솔은 키친타올로 감싸고 사과 몇 개, 모듬 견과류 캔, 오렌지 주스 한 병도 넣었다. 마지막으로 휴대 전화를 집은 조이는 주위를 돌아보며 이언이 원하거나 필요한 물건이 있을지 생각했다. 그런 뒤 불을 끄고 문을 잠근 다음 떨리는 마음으로 조심스럽게 이언의 차를 몰고 병원으로 돌아갔다.

조이가 대기실로 돌아왔을 때는 거의 밤 9시가 가까운 시각이었다. 이언은 의자에 앉아 눈을 감은 채 쉬고 있었다. 조이가 옆에 앉자 이언이 눈을 떴다. 조이는 비닐봉지를 건넸다.

"고마워요."

"릴리는 어때요?"

"안정적이에요. 앞뒤가 잘 맞게 말도 잘 해요."

"다행이네요."

"그러게 말이에요. 빛을 따라 눈동자도 움직일 수 있고 날카로운 물건으로 찌르면 피해요."

"못됐네요!"

이언이 처음으로 미소를 지었다. 그리고 등을 기대고 앉아 한숨을 쉬었다.

"내가 할 일은 없어요?"

"없어요."

"정말 미안해요, 이언. 릴리가 같이 마을에 가고 싶다고 했어요."

"알아요. 어머님이 다 말씀하셨어요."

"허락하지 말았어야 했는데!"

"뭘요? 당신 따라 마을에 가는 거?"

"연못에 가는 거요."

이언이 혼란스러운 듯한 표정이었다.

"사고가 났을 때 당신은 근처에 있지도 않았다면서요."

"거기 있었어요. 물에서 막 나온 뒤였어요."

"어머님이 릴리와 다투던 중에 릴리가 얼음에 미끄러졌다던데 그게 아니에요?"

"맞아요. 하지만……."

"하지만 뭐죠?"

"내가 연못으로 데려가지 않았더라면 얼음에 미끄러질 일도 없었겠죠. 그리고 두 사람은 부분적으로는 나 때문에 다투고 있었고요."

이언이 고개를 저었다.

"그 얘기는 지금 하지 않는 게 좋겠어요."

"알아요. 이제 가볼게요. 언제든 도울 일이 있으면 알려주세요."

"집에는 어떻게 가요?"

조이가 어깨를 으쓱했다.

"택시 타죠, 뭐."

"차를 가져가요." 이언이 열쇠를 도로 조이에게 건넸다.

"어디 가고 싶으면 어떡해요?"

"난 아무 데도 안 가요. 필요하면 전화할게요."

"정말이에요?"

이언이 고개를 끄덕였다.

"내가 또 할 일은 없어요?"

"혹시 앵거스한테 전화해줄 수 있어요? 앵거스도 알아야 할 것 같은데 지금 내가 상황을 설명할 수 있을지, 그걸 감당해낼 자신이 있을지 모르겠어요."

이언이 지갑에서 종잇조각을 꺼내더니 접수대에 있는 펜으로 전화번호를 끼적였다. 그리고 조이에게 종이를 건넸다.

"누나는요?"

"그건 좀 기다리죠. 릴리가 어떤 상태인지 좀 더 파악되면."

"언제쯤 알 수 있을까요?"

"아마 내일 중으로." 이언이 말했다.

"내일 커피랑 아침 식사를 가져올게요."

"그럴 필요 없어요."

"할 일이 없으면 미쳐버릴지도 몰라요."

"그럼 아침에 봐요." 이언이 말했다.

조이는 순간 작별 인사로 입을 맞추어야 할지 고민했지만 거의 동시에 그러지 않는 게 좋겠다고 결론지었다. 대신 이언의 손을 붙잡고 살며시 누른 뒤 병원을 나와 밤공기 속으로 걸어 들어갔다.

*

조이는 스탠웨이 저택으로 출발하기 전 이언의 차 안에서 앵거스에게 전화를 걸었다. 앵거스는 릴리의 사고에 대해 듣자마자 곧장 병원으로 달려오겠다 했고, 조이는 말리느라 애를 먹었다.

"이언이 릴리의 곁을 떠나고 싶어하지 않는 데다 앵거스가 지금 간다고 해도 안으로 들어갈 수 없을 거예요. 우리도 오늘 거기 여덟 시간이나 있었는데 이언을 한 번밖에, 그것도 2분 정도밖에 못 봤어요." 조이가 설명했다.

"이언을 혼자 놔둘 순 없어요. 누나한테는 전화했어요?"

"내일까지 기다리고 싶대요."

"맙소사…… 알았어요."

앵거스는 몹시 괴로운 것 같았다. 친구가 대기실에 홀로 앉아 있는 게 이언에게는 아무 도움도 되지 않을 수 있었지만 앵거스에게는 도움이 될지 몰랐다. 따지고 보면 앵거스는 릴리가 갓난아기였을 때부터 릴리를 보아왔고 이언과 릴리는 앵거스의 유일한 가족이었다.

"저기, 앵거스는 이언의 제일 친한 친구잖아요. 제가 이래라 저래라 할 처지가 아닌 것 같아요. 오고 싶으면 당연히 오셔야죠."

"지금 거기 계세요?"

"네. 그런데 이제 갈 거예요. 불쌍한 우리 개가 하루 종일 갇혀 있어서요. 다들 집에 갔어요."

"이언은 내가 아침에 갔으면 좋겠대요?" 앵거스가 물었다.

앵거스의 목소리는 어느새 놀라울 정도로 나약해져 있었다.

"제가 아침을 가져다준다고 했어요. 같이 가면 어떨까요?"

"좋아요." 앵거스가 대답했다.

"마을에 있는 카페에서 만나 아침 같이 먹어요. 그동안 하고 싶은 말이 있었어요."

"몇 시에요?"

"7시 반? 음식을 좀 포장해 가죠."

"좋아요. 그때 봐요."

*

조이는 스탠웨이 저택으로 돌아와 블랙베리를 켰다. 새라가 남긴 메시지가 네 개였다.

"몇 시간 동안 너랑 통화하려고 얼마나 애를 썼는데!" 새라가 전화를 받자마자 소리쳤다.

"병원이어서 전화기를 껐어. 전화기 끄라는 안내문이 있더라. 다시 켜는 걸 깜빡했고."

"릴리는 어때? 어머님이 아까 헨리한테 전화하셨어. 내가 지금 그리로 갈까? 당장 차 갖고 갈 수 있어."

"응." 조이가 말했다. 그리고 갑자기 엉엉 울음을 쏟아냈다.

"꼭 와줘! 새라, 네가 필요해."

두 시간 반 뒤 조이는 친구의 품에 와락 안겼다.

"정말 미안해." 조이가 울먹이며 외쳤다.

"내가 정말 나쁜 년이었어! 난 정말 무지무지 못된 사람이야! 날 미워한대도 네 탓 안 해."

"안 미워해." 새라가 소리쳤다.

"누가 널 미워한대?"

"미워하는 게 정상이야!"

새라는 조이의 등을 토닥이면서 조이가 울음을 멈출 때까지 꼭 안아주었다. 그러고는 조이를 소파로 데리고 가 앉힌 뒤 찬장에서 유리잔 두 개를 내려놓고 가방에서 맥켈란 병을 꺼냈다. 이어 잔 두 개에 위스키를 조금씩 따랐다.

"마셔." 새라가 명령하듯 말했다.

조이는 한 입에 털어 넣었다. 새라는 눈이 동그래지도록 놀랐지만 아무 말도 하지 않았다. 그리고 다시 같은 양의 위스키를 따라주었다.

"하고 싶은 얘기 다 해봐." 새라가 말했다.

그때 처음으로 좋은 일이 생겼다. 조이가 슬픔 가득했던 하루 동안의 이야기를 허심탄회하게 풀어놓는 순간, 그리고 새라가 온 정신을 집중해서 측은한 마음으로 그 이야기를 듣는 순간 두 사람 사이에 놓여 있던 거리가 점차 줄어들기 시작했다. 나중에 다시 돌이켜보면서도 조이는 도통 알 수가 없었다. 정확히 무엇 때문에 두 사람이 경쟁심과 사소한 미움, 그리고 멀리 떨어져 있는 사이 서로에 대해 갖게 된 모든 불만을 마치 겉옷을 벗듯 훌훌 털어버릴 수 있었는지.

어쩌면 조이가 있는 그대로의 감정을 드러내고 나약한 상태에서 친구에게 말을 건넸기 때문인지도 모른다. 새라에게 20년 가까이 보이지 않았던 나약함을 다 드러냈던 것이다. 비극이 코앞에 닥쳐 있었던 데다, 삶이란 게 얼마나 깨지기 쉬우며 순식간에 허망하게 무너질 수 있는 것인지 뼈저리게 깨달았기 때문인지도 모른다.

새라는 그 누구도 하지 못한 방식으로 조이를 위로했다.

"생각해봐, 조이. 넌 릴리의 팔을 붙잡지도 않았고 릴리에게 고함을 치지도 않았어. 네가 그 얼음 위에 릴리의 발을 올려놓은 것도 아니고. 넌 릴리를 잡아당기지도, 놓지도 않았어. 그 사고에 대해서 네가 책임감을 느낄 필요는 조금도 없어."

"그 사람하고 잔 게 잘못이야. 여기 얼마나 있을 거라고 그 가족하고 엮이다니. 네 말이 맞아. 난 아주 이기적이었어."

"아니야, 내가 속이 좁았어."

"아니야, 그렇지 않아."

"내가 속이 좁았어! 가끔 네가…… 네가 부러워서 그래!"

"나도 네가 부러워." 조이는 자기도 모르게 나온 말에 깜짝 놀랐다.

"넌 아직 이렇게 예쁘잖아! 네가 나타나자마자 이언 매코맥이 홀딱 반했잖아! 네가 몰라서 그래. 40킬로 반경에 있는 모든 여자들이, 유부녀든 아니든, 그 남자에 눈독을 들이고 있다고! 그런데 그 남자가 누구한테 반했어? 너잖아!"

"그렇지만 너한테는 널 너무 사랑하는 남편이 있잖아!"

"넌 커리어도 있고 너만의 인생이 있잖아!"

"너한텐 널 사랑하는 사람이 아주 많잖아."

"내가 해주는 일을 사랑하는 거겠지."

"널 사랑하는 사람들이야." 조이가 지지 않고 말했다.

둘은 한동안 말없이 앉아 있었다. 갑자기 쏟아져 나온 걸러지지 않은 고백들에 서로가 깜짝 놀란 상황이었다. 마치 감정의 둑이 터져버린 것 같았다.

"옛날로 돌아갈 수 있었으면 좋겠어." 조이가 마침내 속삭였다.

"너랑 나."

"그렇게는 안 돼."

"그럼 새로 시작했으면 좋겠어. 페이지를 넘기고 앞만 보고 갔으면 좋겠어."

"헨리랑 가끔 그럴 때가 있지."

"그래?"

"응. 나한테는 새로운 전환점 같은 순간이었지. 금요일 아침이었는데 심하게 싸웠어. 늘 있는 그런 싸움이었어. 그때 생각했지. 주말 내내 남편이 한 말과 내가 한 말, 그리고 남편의 잘못과 내 잘못을 일일이 따져볼 수도 있겠지만 그러기는 싫다고! 이혼할 것도 아니고! 바보 같은 일 때문에 시작된 멍청한 싸움이었거든. 결혼한 사람들이라면 누구나 하는 어쩔 수 없는 싸움."

"그래서 어떻게 했어?"

"회사에 있는 헨리한테 전화를 걸어서 말했지. '헨리, 우리가 주말 내내 이렇게 싸워봤자 이기는 사람도 없을 거고 월요일이 되면 우울하고 피곤할 일밖에 더 남겠어? 그러지 말고 우리 둘 다 바보 같고 고집 센 멍청이였다는 걸, 그렇지만 나름대로 노력하고 있다는 걸 인정하자. 한 페이지 넘기고 다 잊고 주말을 즐기자. 어때?' 그랬더니 헨리도 대찬성이라며 퇴근할 때 튤립과 와인을 사들고 왔지. 금요일 밤 9시쯤에는 다 없던 일이 되었고. 그때 정말 많이 배웠어."

"새로 시작하자." 조이가 말했다.

"그러자." 새라가 대답했다.

24

앵거스가 문을 밀고 들어왔을 때 조이는 창가 부스에 앉아 있었다. 새라는 출근길 교통 체증을 피할 생각에 동이 트자마자 런던으로 출발했고 조이는 달리 할 일이 떠오르지 않아 약속 시간보다 일찍 카페에 도착한 터였다. 앵거스는 피곤해 보였다.

"안녕하세요."

"소식 들은 거 없어요?"

"없어요. 연락한다고 하지도 않았고요."

점원이 다가와 앵거스 앞에 식기를 놓았다.

"안녕하세요, 샐리." 앵거스가 인사했다.

"앵거스, 릴리 일은 정말 안됐어요. 소식 들은 거 없어요?"

앵거스가 고개를 가로저었다.

"곧 가볼 거예요. 이언한테 줄 식사 좀 포장해줄래요?"

"그럼요. 두 사람은 뭘로 드릴까요?"

"포리지(영국식 죽) 주세요. 토스트랑. 조이는 어때요?"

"좋아요."

아침 식사를 기다리는 동안 조이는 전날 있었던 일을 빠짐없이 앵거스에게 이야기해주었다. 그 주제에 관해 할 수 있는 모든 이야기가 나온 뒤 남은 주제는 한 가지밖에 없었다. 앵거스가 조이에게 하고 싶다는 말이었다.

조이가 심호흡을 하고 뛰어들었다.

"할 말이 있다고 하셨죠. 억지로 하실 필요는 없어요. 이미 알고 있으니까."

"뭘요?"

"이언하고 엮이지 말라는 말. 내가 아무 물정도 모르는 어리석고 뻔뻔스러운 미국인이라는……."

앵거스가 끼어들었다.

"그럼 엮인 게 맞는군요."

부스에 앉은 조이의 몸이 축 처졌다.

"그렇다고 할 수도…… 어느 정도는요. 지금은 어떤지 잘 모르겠지만."

"내가 그걸 못마땅하게 여길 거라고 생각했어요?"

"네."

"왜요?"

"다들 그렇게 생각하니까요. 뭐, 다는 아니지만요. 릴리는 빼고요. 애그니스도……."

"이언도 안 그렇겠죠." 앵거스가 귀여운 덧니를 드러내며 미소 지었다.

조이는 고개를 끄덕였다.

"제가 할 말은 그게 아니었어요."

"그렇군요."

"사실은 미리 주의를 주고 싶었어요."

"뭐에 대해서요?"

"이언이 아내와 사별한 건 아시죠?"

"알아요. 여기 와서 친구를 좀 사귀었고 새라 하워드가 제 어릴 적 친구예요. 그래서 얘기는 다 들었어요."

"그럼 이언이 케이트가 죽은 뒤로 어떤 여자한테도 눈길 한번 주지 않았다는 건 알겠네요."

"알아요."

"좋아요. 난 경고했어요. 그동안 쌓아둔 가슴앓이가 만만치 않을 거예요. 게다가 이번이 처음이에요."

"뭐가요?"

"이언이 여자한테 반한 거요. 우리 만난 날 밤에도 뻔히 보였잖아요. 불꽃놀이처럼 빵빵 터지는 거."

"그랬어요?"

"이언 기준에서는 그랬어요. 우리 스코틀랜드 사람들은 좀 무뚝뚝하거든요. 조이는 눈치 못 챘을지 몰라도 나는 알 수 있었어요."

조이는 미소를 지으며 갑자기 그렁그렁해진 눈물을 쏟

지 않으려고 애를 썼다. 반대하지 않는다니 안심이었다. 눈물 몇 방울이 볼을 타고 흘러내렸다.

"이런 맙소사." 앵거스가 말했다.

"내가 이래서 결혼을 못한 거예요. 내가 여자들 울리는 데 전문이거든."

조이는 얇은 냅킨 여러 장으로 연거푸 눈물을 찍어냈다.

"어떻게 해야 할지 모르겠어요. 전 곧 떠나고 스탠웨이 저택이 완공될 때까지 한동안은 왔다 갔다 하겠지만 여기 사는 건 아니잖아요."

"여기 살 수 있어요? 그러고 싶을 것 같아요?"

"모르겠어요. 전 평생 뉴욕에서 살았어요. 하지만 이언과 릴리가 거기 사는 건 상상할 수 없어요."

조이는 처음부터 이 같은 장애물을 고려했었고 어느 시점에서는 해결해야 할 문제라고 생각했다. 그러나 어느새 뉴욕으로 돌아갈 때가 가까워져 있었고 조이가 염려하던 순간이 코앞에 닥쳐 있었다.

"어떻게 되는지 두고 보세요." 앵거스가 말했다.

"아무것도 하지 말고 이 일이 어디로 향하는지 놔둬보세요. 무엇보다 시간을 갖고 지켜보세요. 짧은 시간에 승부를 보려고 하지 말아요, 조이. 그러면 이길 수 없어요."

조이는 한동안 아무 말 없이 앉아 있었다. 점원이 이언에게 줄 커피와 빵을 포장한 가방을 들고 왔다. 앵거스가 돈을 내겠다고 고집했다. 앵거스가 돈을 꺼내 탁자에 놓는 찰라 조이가 갑자기 그의 손을 붙들었다. 그러자 앵거스가 고개를 들었다.

조이는 다짜고짜 물었다.

"당신은 이언의 가장 오랜 친구잖아요. 내가 이언을 행복하게 해줄 수 있을 것 같아요?"

"조이, 난 점쟁이는 아니에요. 하지만 그날 밤 당신은 이언을 분명히 행복하게 해줬던 것 같은데요."

*

조이는 다른 수간호사가 근무 중인 것을 보고 안도감을 느꼈다. 머리카락이 뻣뻣해 보이는 자그마한 여자 간호사는 미소가 상냥하고 친절했다.

"이언 맥코맥에게 줄 아침 식사를 가져왔어요. 저 안에 딸 릴리와 함께 있어요." 조이가 말했다.

"릴리요…… 어디보자……." 간호사가 앞에 있는 클립보드를 자세히 살폈다.

"릴리는 위층으로 올라갔어요."

"그래요?"

간호사가 끄덕였다.

"올라가셔도 돼요."

"아직 중환자실에 있지 않나요?" 조이가 물었다.

"맞아요. 그런데 거기에도 대기실이 있어요. 서관 3층이에요."

조이와 앵거스는 말없이 승강기를 타고 올라가 침울한 표정으로 중환자실 옆 간호사실로 걸어갔다. 얼마 후 이언이 대기실에 나타났다. 조이와 앵거스는 이언의 표정을 살피며 릴리의 상태를 짐작해보려고 했다. 그러나 잘 알 수 없었다. 이언은 전날 밤과 마찬가지로 걱정에 싸여 초췌하고 흐트러져 보였다.

"와서 앉아요. 먹을 것 좀 가져왔어요." 조이가 말했다.

앵거스가 이언의 어깨에 손을 얹고 의자로 안내했다. 조이는 커피 컵의 뚜껑을 열고 이언에게 건넸다.

"고마워요." 이언이 커피를 한 모금 마시며 말했다.

"정말 고마워요."

"릴리는 어때요?" 조이가 물었다.

"아래층에서 MRI 찍는 중이에요. 밤에는 별일 없었어요. 그건 다행인데 지금은 진정제를 많이 맞은 상태예요. 뇌에 출혈이 없는지 살펴본대요."

"하느님 맙소사." 앵거스가 숨을 토하며 말했다.

이언이 심각한 얼굴로 고개를 끄덕이고는 흘깃 시계를 보았다.

"6시에 데리고 내려갔어. 다 끝나면……."

수술복을 입은 의사가 다가오고 있었다. 조이와 앵거스가 이언보다 먼저 의사를 발견했다. 앵거스가 자기도 모르게 벌떡 일어섰다. 이언도 고개를 들었고 세 사람은 최악의 경우에 대비해 마음을 다잡았다.

"좋은 소식이에요." 의사가 말했다.

"출혈은 보이지 않아요."

"다행이네요." 이언이 외치며 숨을 몰아쉬었다.

"그럼 릴리는, 릴리는……."

"두통이 굉장히 심할 거예요. 그리고 10센티 넘는 상처도 아물려면 꽤 걸릴 거예요. 하지만 속은 다 괜찮아 보여요. 그래도 하루 이틀은 여기서 지켜볼게요. 머리 부상의 경우 괜찮다고 장담하기가 힘들어요. 하지만 제가 볼 때는 낙관적이에요. 별일 없을 것 같은데 그렇다면 이번 주말에는 릴리를 집에 데려갈 수 있을 거예요."

"오, 하느님!" 이언이 낮게 중얼거렸다.

"감사합니다. 어떻게 감사해야 할지 모르겠네요."

이언은 젖 먹던 힘까지 다해 무너지지 않으려고 애쓰는 것 같아 보였다.

*

릴리는 목요일에 퇴원했다. 거즈가 머리를 터번처럼 싸매고 있었고 걸음걸이는 기운차다고 할 수 없었지만 릴리는 살아 있었고 상처는 아물어가고 있었다. 조이는 책임자로서 모든 하청업체에 2주 동안 대기하도록 지시하는 결정을 내렸다. 릴리가 쉬면서 회복하는 동안 건물 수리가 진행되도록 놔둘 수 없었다. 의사들은 릴리가 몇 주 안에 학교로 돌아가도 된다고 말했지만 그동안 조용하고 평온한 가운데 쉬어야 했다.

사실은 조이 역시 저택의 수리에 집중할 정신이 없었다. 뉴욕, 그러니까 에이펙스 그룹의 동료들인 데이브, 알렉스, 프레스턴 케이가 갑자기 매우 멀게만 느껴졌다. 마치 기억에서 황급히 사라져가는 책에 나오는 등장인물 같은 느낌이었다. 조이는 뉴욕으로 돌아가기 전까지 끝내야 할 작업에 될 수 있는 대로 집중하면서 하루하루를 흘려보냈지만 조이가 매순간 진심으로 바라는 이야기는 따로 있었다. 매일 아침 조이는 이언이 문 앞에 나타나 릴리를 보러 오라고 말해주기를, 함께 커피나 와인을 마시자고 불러주기를 바라고 있었다.

그러나 이언은 나타나지 않았다. 릴리아, 그리고 이언의 누나로 보이는 여자가 여러 차례 오가는 모습은 보였다. 조이는 달콤한 빵과 과일, 릴리가 좋아할 만한 잡지를 갖다놓기도 하고 이언에게 휴식이 필요하면 대신 릴리를 돌봐주겠다고, 릴리에게 TV가 아닌 다른 흥밋거리가 필요하다면 책을 읽어주겠다고 적은 쪽지를 남겨놓기도 했다. 그러나 이언의 메시지는 크고 분명했다. 이언이나 릴리의 인생에 조이를 다시 받아들일 준비가 되어 있지 않다는 뜻이었다.

조이는 사고가 있고 나서부터 연못 근처에는 얼씬도 하지 않았으며 애그니스와 친구들도 보지 못했다. 연못을 생각할 때마다 끔찍한 장면이 머릿속에 떠올랐다. 연못에 간다는 생각만 해도 불편했다. 릴리아와 마주칠까 두려웠다. 그러나 연못은 비극이 될 뻔한 마지막 사고가 있기 전까지 정말 경이롭고 신비한 장소였으므로 조이는 그곳을 릴리의 사고가 있었던 장소로 기억하기보다 거기서 경험했던 모든 즐거움과 행복의 장소로 기억하고 싶었다. 수영할 때 느꼈던 희열, 취할 때까지 마셨던 게일라의 화이트 핫 러시안 코코아, 메그의 생일 파티 때 느꼈던 사랑스러운 우정, 뜨개질과 차 마시는 시간, 언쟁과 폭소, 이런 것들로 기억하고 싶었다.

돌아가야 했다. 릴리와 함께가 아니라도 돌아가야 했다.

*

조이가 근처에 다다랐을 때 덩치 큰 배달부 두 명이 거대한 나무 상자를 들고 연못으로 난 길을 따라가고 있었다. 조이가 두 사람을 따라 연못이 있는 빈터로 나오자 애그니스와 게일라, 메그, 비브, 릴리아가 기다리고 있었다. 릴리아는 어리둥절한 표정이었다. 나머지 사람들은 마치 깜짝 파티를 공개하기 직전의 어린아이들처럼 참지 못하겠다는 표정이었다.

남자들이 상자를 내려놓았다.

"어디다 놓을까요?" 한 사람이 물었다.

"여기요." 게일라가 연못을 바라보는 평평한 지점을 가리키며 말했다.

"그냥 땅 위에 내려놓는 걸로는 안 돼요." 다른 배달부가 가르치듯 말했다.

"제대로 고정을 시켜야 한다고요."

"알아요." 메그가 말했다.

"그건 2단계에서 할 거예요."

"그럼 상자 안에서 꺼내지 말아요?" 배달부가 물었다.

"네!" 여자들이 입을 모아 소리쳤다.

"어쨌든 감사해요." 비브가 배달부들을 배려해 말했다.

두 남자는 정해진 곳에 상자를 내려놓았고 애그니스가 종이에 서명하자 성큼성큼 걸어 숲속으로 사라졌다.

"이게 도대체 무슨 일이야?" 릴리아가 물었다.

릴리아는 조이와 눈을 마주치지 않기 위해 애쓰는 것 같았지만 적어도 공격적으로 나오지는 않았다.

"메그가 한마디 할 거야." 비브가 말했다.

"메그는 늘 한마디 하잖아." 게일라가 농담을 던졌다.

태양이 낮게 내려오면서 물을 부드러운 산호색으로 감쌌다.

"릴리아." 메그가 말하기 시작했다.

"우리가 작은 선물을 준비했어. 아주 오래전부터 주고 싶었던 선물이야."

릴리아가 혼란스러우면서도 긴장된 표정으로 주위를 둘러보았다. 조이는 릴리아와 눈길이 마주치자 자신 없는 미소를 지었다. 릴리아는 잠시 조이의 눈을 바라보았다가 고개를 살짝 끄덕이고는 이내 상자를 뚫어져라 바라보았다.

메그가 할 말을 적어둔 종이를 꺼낸 뒤 헛기침을 하고는 극적인 목소리로, 그러나 솔직한 어조로 말하기 시작했다.

"한때 우리는 스스로를 '길 잃은 여자들'이라고 불렀지."

메그가 잠시 말을 멈추더니 조이를 바라보았다.

"내가 J. M. 배리와 르웰린 데이비스 집안 아이들에 대해 책을 쓸 때였어요. 그 아이들이 『피터팬』의 '길 잃은 아이들'의 모델이라는 주장이었죠. 그러던 어느 날 밤 다들 와인을 많이 마신 끝에 게일라가, 게일라였던 것 같은데……."

"나였어." 비브가 끼어들었다.

"맞아." 게일라가 동의했다.

그러자 메그가 말을 이었다.

"비브가 말했죠. '왜 그런 데 신경 쓰는 거야, 메그? 차라리 우리에 대한 이야기를 써. 길 잃은 여자들!'"

조이가 여자들을 번갈아 바라보았다. 모두들 추억에 잠겨 고개를 끄덕이며 미소를 짓고 있었다.

"조이는 믿기 힘들 수도 있겠지만 우리는 모두 길을 잃은 적이 있어요. 그 기간이 몇 개월이었던 사람도 있고 몇 년이었던 사람도 있죠."

여자들은 엄숙하게 침묵을 지켰다.

"게일라가 제일 먼저 길을 잃었죠. 아우슈비츠에서." 메그가 이렇게 말하고 잠시 멈추었다가 다시 시작했다.

"애그니스는 리처드가 떠난 후 심하게 방황했었고 비브는 암이라는 숲에서 여러 번 길을 잃었어요. 나는 워낙 여러 번 길을 잃어서 여기 있는 게 신기할 정도예요. 이 친구들이 없었다면 나는 아마 여기 있지 못했을 거예요."

메그의 목소리가 갈라졌고 조이가 다른 여자들의 얼굴을 살피니 다들 눈물이 볼을 타고 흘러내리고 있었다.

"이건 내가 뼛속 깊이 알고 있는 사실이에요. 다른 어떤 사실보다 확실히 알고 있어요." 메그가 침착함을 잃고 말을 멈추었다.

애그니스가 앞으로 나와 친구의 등을 쓸어주었다. 메그는 심호흡을 하고 나서 다시 말하기 시작했다.

"그리고 우리 사랑하는 릴리아도 길을 잃었지. 우리한테 그 시간은 아주 길게 느껴졌고 물론 너에게도 그렇게 느껴졌겠지. 그렇지만 너는 한 번도, 단 한 번도 혼자인 적이 없었어. 지금도 혼자가 아니야. 우리가 살아 있는 동안은 네 곁에 있을 거야. 우리가 잘 알고 있고 또 사랑하는 릴리아가 돌아오기를 바라면서. 우리 '길 잃은 여자들'한테는 우리만의 영원한 네버랜드가 있고 그곳은 바로 여기니까."

다들 고개를 들어 주변을 둘러보며 연못에 쏟아지고 있는 빛줄기를 바라보았다. 메그는 다시 종이를 보고 말을 이었다.

"우리가 사랑하는 배리는 이렇게 썼지. '운이 좋다면 눈을 감았을 때 어둠 속에 떠 있는, 은은하고 아름다운 빛깔로 이루어진, 형체 없는 연못을 볼 수 있을지 모른다. 눈을 더 꼭 감으면 연못의 모양이 잡히기 시작하고 빛깔은 점점 더 선명해지는데 더 꼭 감으면 불이 붙을 듯하다.' 나는 배리가 말하는 연못이 이 연못이라고 확신해. 우리가 바로 그 운 좋은 사람들이니까. 우리에게는 서로가 있으니까."

메그가 게일라와 비브에게 고갯짓을 했다. 두 사람은 앞으로 나와 상자의 뚜껑을 열고 상자를 지탱하고 있던 줄을 풀었다. 상자의 옆면을 제거하니 손으로 깎은 근사한 나무 벤치가 나왔다.

"아, 사랑하는 내 좋은 친구들. 이건…… 정말 아름다워!" 릴리아가 감탄했다.

"케이트를 기리기 위한 거야." 애그니스가 나지막이 설명했다.

천천히 벤치로 다가가 등받이를 쓸어보는 릴리아의 입술에서 흐느낌이 새어나왔다.

"여기 문구도 새겼어." 메그가 말했다.

조이도 천천히 다가가 길쭉한 동판을 읽어보았다.

"12월에도 장미를 볼 수 있도록 신은 우리에게 기억을 주셨다."

– J. M. 배리

캐서린 마가렛 맥코맥을 추모하며

1972–2002

릴리아는 말을 잇지 못했다.

"릴리아, 너에게 힘을 주기 위한 거야." 메그가 말했다.

"여기는 네가 앉아서 행복한 추억만을 떠올릴 수 있는 장소야."

"다 행복한 추억이야. 아픈 추억까지도." 릴리아가 낮은 소리로 말했다.

"아픈 기억은 다른 데다 놔두고 오자." 게일라가 상냥하게 말했다.

"교회 묘지라든지."

게일라가 샴페인 뚜껑을 따자 거품이 올라왔다. 게일라는 병을 높이 들고 말했다.

"이로써 너를 J. M. 배리 여성수영클럽의 공식적인 '장미를 추억하는 벤치'로 명하노라."

"찬성이오!" 애그니스가 외쳤다.

"브라보!" 비브가 이어 외쳤다.

"그럼 그렇지." 조이가 미소를 지으며 메그의 책에 적혀 있던 헌정 글귀를 떠올렸다.

"모임의 이름을 '길 잃은 여자들'이라고 했다면 우리는 죄다 병원에 끌려갔을지도 몰라요." 게일라가 말했다.

"사진 찍을 시간이야." 비브가 카메라를 휘두르며 말했다.

"해가 벌써 넘어가고 있어. 삼각대부터 놓자."

"제가 찍을게요." 조이가 제안했다.

"카메라 흔들리지 않게 잘할 자신 있어요. 몇 분은 벤치에 앉고 몇 분은 그 뒤에 서시는 게 어떨까요?"

조이는 여자들이 벤치에 앉고 또 뒤로 서는 동안 구도를 잡았다.

"저한테도 이메일로 사진 보내주세요. 액자에 담아 책상 위에 놓을 거예요."

다들 자리를 잡자 조이가 카메라를 내렸다.

"여러분들 두고 떠나기가 너무 아쉬워요." 조이가 미소를 지어 보이려고 애쓰며 말했다.

"잘 모르시겠지만 제게는 정말 간절했어요. 손을 잡아줄 사람, 저를 받아줄 사람. 잠시 동안만이라도요."

어느새 조이의 눈에 눈물이 고였다. 조이는 엉엉 울어버리기 전에 어서 사진을 찍어야겠다고 생각했다. 영영 다시 볼 수 없을지도 모르는 일이었다. 다들 나이가 많았고 사람 일은 알 수 없는 거니까. 한두 달 뒤 돌아왔을 때 누구와도 대체 불가능한 이 소중한 사람들 가운데 한 사람이 뇌졸중이나 심장마비로 떠나고 없을지도 모르는 일이었다. 어떻게 그럴 수가 있지? 이렇게나 생기 넘치고 아름다운데, 어떻게 이런 사람들이 노년의 숙명에 여지없이 노출될 수밖에 없는 걸까?

카메라에 눈을 대자 릴리아가 일어서는 것이 보였다.

"뭐하는 거야, 릴리아? 돌아와!" 비브가 말했다.

"삼각대 놓을 거야." 릴리아가 단호하게 말했다.

"왜? 조이가 찍어준다고……."

"잔말 말고 도와줘, 비브." 릴리아가 나지막이 말했다.

"조이도 사진 속에 들어와야 해."

조이는 심장이 살짝 두근거리는 기분이었다. 비브가 카메라를 가져다 재빨리 삼각대에 올려놓았다. 릴리아가 가늘고 연약한 손으로 조이의 손을 잡아 벤치로 끌고 가서는 옆에 앉혔다. 두 사람은 사진이 찍히는 순간에도 손을 잡고 있었고 플래시의 불빛은 모두가 영원히, 함께 있을 수 있게 해주었다.

25

침대에 일어나 앉은 릴리는 창백하고 여위어 보였고 머리에는 빛깔이 화려한 실크를 두르고 있었다.

"스카프 예쁘네." 조이가 나지막이 말하며 릴리의 볼에 입을 맞추고 침대 옆 의자에 앉았다.

"할머니 건데 에르메스예요."

"오, 그래."

"나중에 저한테 주실 거래요. 사실 전 전혀 마음에 안 들어요. 그냥 부드러우니까 쓰고 있는 거예요. 다른 건 다 너무 거칠거든요. 그렇지만 전 이런 말이랑 고삐 무늬 싫어해요."

"아무렴. 그래도 잘 어울리는 건 어쩔 수 없네."

"고마워요."

"말 나온 김에 선물 가져왔어."

"지난 한 주 동안 계속 가져왔잖아요. 감사해요. 딸기 진짜 맛있었어요."

"이건 더 좋은 거야."

릴리가 더 이상 깜짝 놀랄 일은 없기를 바라는 듯 의심스러운 눈으로 조이를 바라보았다. 조이는 바닥에 놓인 커다란 쇼핑백에 손을 넣어 펜디 부츠를 꺼냈다. 그리고 릴리의 다리를 덮은 이불 위에 올려놓았다.

"말도 안 돼!" 릴리가 소리쳤다.

처음으로 릴리의 얼굴에 순수한 미소가 퍼져나갔다. 릴리는 자세를 조금 더 똑바로 고쳐 앉았다.

"나보다 너한테 더 잘 어울려."

"지금 장난해요?" 릴리가 히죽 웃으며 침대에 더 꼿꼿이 앉았다. 그러고는 부츠 한 짝을 들어 버터처럼 부드러운 스웨이드를 쓰다듬었다.

조이가 고개를 가로저으며 말했다.

"나 잊어버리면 안 된다, 꼬마."

"그럴 리가 있나요." 릴리가 손에 든 부츠의 느낌에 홀린 듯 대답했다. 그리고 조이를 똑바로 바라보며 말했다.

"진심이에요? 정말 저한테 주시는 거예요?"

"그럼. 신을 때마다 내 생각해야 돼. 약속하는 거다? 죽어도 잊지 않기로! 아니, 미안. 마지막 말은 안 한 걸로 하자." 조이가 마치 땀을 닦아내듯 장난스럽게 손으로 이마를 닦았다.

릴리가 웃으며 몸을 숙이자 조이가 릴리를 안아주었다.

"약속해요." 릴리가 속삭였다.

릴리는 다시 등을 기대고 앉아 조이의 손을 잡았다.

"떠나지 않았으면 좋겠어요."

"이미 사고를 너무 많이 쳐서 어쩔 수가 없다고 생각하지 않니?"

"무슨 말이에요? 사고를 치다니요! 조이가 우리 집에 온 건 아주 오랜만에 생긴 정말 신나는 일이었다고요!"

조이가 감정을 드러내지 않으려고 애쓰며 고개를 저었다.

"그렇게 생각하지 않는 사람도 있을 것 같아."

"사실이라고요!" 릴리가 흥분해서 말했다.

"두 사람 때문에, 진짜!"

"누구?"

"아빠랑 할머니요. 두 사람 때문에 미치겠어요!"

"네가 좀 참아라. 네 걱정이 얼마나 많으시겠니. 사실 꽤 심각한 사고였잖아."

"알아요, 하지만 저한테 일어난 일이고 전 이렇게 멀쩡히 잘 버티고 있거든요. 다음 주에 학교에 보내주지 않으면 정말이지…… 저 좀 가방에 넣어가지고 뉴욕에 데려가면 안 돼요? 제발요! 말 잘 들을게요. 약속해요!"

"내 소파는 곧 네 소파야. 얘기했잖니. 약속한 대로만 하면 곧장 너 데리러 공항으로 달려갈게."

"정말이죠?"

릴리는 금세 열다섯 살 소녀로 돌아왔다. 볼에 다시 발갛게 색이 올라오고 있었다.

"목 빠지게 기다리고 있을게."

조이가 흘깃 시계를 봤다.

"곧 차가 올 거야. 그만 가봐야겠다."

"알았어요."

릴리가 토라진 얼굴을 했다. 확실하지는 않지만 릴리의 눈가에 눈물이 비치는 것 같았다.

"작별 인사는 하지 않을 거야." 조이가 일어나면서 단호하게 말했다.

"눈 깜짝할 사이에 다시 돌아올 테니까."

릴리도 조이의 의도를 눈치챈 듯 눈물이 나오게 놔두지 않았다.

"다음에 볼 때는 머리가 정말 짧을 거예요. 그리고 검은색으로 염색할 거예요."

"그래? 아빠가 뭐라고 하실까?"

"벌써 된다고 했어요!" 릴리가 외치며 환하게 웃었다.

*

이언은 부엌에 앉아 신문을 보는 척하고 있었다. 발소리를 듣고 고개를 든 이언은 조이가 문간에 나타나자 미소를 지었다.

"커피 마실래요?"

"아쉽지만 시간이 없네요."

"몇 시 비행기예요?"

"택시가 5분 후에 와요. 두 시간 전까지 공항에 가야 해서요."

이언이 고개를 끄덕였다. 그리고 무슨 말인가를 할 것처럼 입을 열었다가 이내 다물었다. 조이는 하고 싶은 말이 너무 많았다. 얼마만큼의 책임이 있든지 간에 이 가족을 흔들었던 사건에 대해 조이는 여전히 미안하다고 말하고 싶었다. 두 사람에게 건강과 행복을 빈다고 말하고 싶었고 조이가 얼마나 간절히 다시 이언의 사람이 되고 싶은지, 얼마나 간절히 침대에서 이언의 머리카락 냄새를 맡고 싶은지 말하고 싶었다. 이언의 목에 입을 맞추고 싶었다. 다시금 그의 무게를 느끼고 싶었고 비밀 동굴에서 뿜어져 나오는 것 같은, 깊은 만족감과 기쁨이 섞인 웃음소리를 듣고 싶었다. 그렇지만 그 동굴은 지난 두 주에 걸쳐 벌어졌던 절망적인 사건들에 의해 다시 막혀버린 듯했다.

이언은 생각에 잠긴 채 굳어 있었다. 조이는 이언을 껴안고 이언을 위해 푸짐한 식사를 만들어주고 싶었다. 이언이 와인을 마시고 나른해진 상태로 잠든 모습을 지켜보고 싶었다. 봄이 올 때까지 이언과 릴리를 돌보며 둘을 살아 있는 사람들의 세계로 맞이하고 싶었다.

"다른 시간, 다른 곳에서?" 조이가 속삭였다.

"지금은 둘 다 불가능하네요." 이언이 침울하게 말했다.

"언젠간 가능할지 몰라요."

조이의 말에 이언이 고개를 저었다.

"조이, 우리에게 주어진 건 지금 여기 있는 게 전부예요. 나는 그걸 뼈저리게 깨달았어요. 그리고 지난주에 다시 한 번 알게 되었어요."

조이는 이언의 말이 옳다는 것을 알았다. 적어도 지금 이언에게는 그것이 사실이었다.

"하지만 고마워요." 이언이 상냥하게 말했다.

"난 후회하지 않아요, 당신과 나……."

"나도 그래요." 조이는 울고 싶지 않았다. 울지 않으려고 안간힘을 썼다.

조이는 심호흡을 하고 말했다.

"그만 가볼게요."

이언이 우울한 표정으로 고개를 끄덕였다.

"이 시간에는 차가 많이 막힐 수 있어요."

이언은 자리에서 일어나 조이에게로 왔다. 둘은 말없이 끌어안았다. 그 순간 서로가 느낀 친밀감은 방금 나누었던 모든 말을 뒤엎을 기세였지만 둘 중 누구도 그렇게 내버려두지 않았다. 이언은 살짝 물러나 두 손으로 살며시 조이의 얼굴을 감싼 채 서서히 부드럽게 입을 맞췄다.

목이 메고 눈물이 고이는 걸 느끼자 조이는 마지막으로 한 번 더 이언을 꼭 안아주고 뒤돌아 달아났다.

26

흔들의자는 골동품 가게에서 봤을 때보다 더 아름다웠다. 짙은 금빛이 도는 호두나무 뼈대에 연한 초록색 다마스크 천으로 덮여 있었는데 마가렛 부인의 방에서 보았던 커튼이 떠오르는 색이었다. 배달부들이 떠나자마자 조이는 의자를 옮겨 비어 있는 뒷벽 앞 창문들 사이에 두었다.

벽은 그리 오래 비어 있지 않을 터였다. 조이는 승진 후 받은 첫 고액 수표를 써서 가스 벽난로를 주문했는데 이 또한 몇 주 안에 설치될 예정이었다. 봄을 코앞에 두고 난로를 주문한다는 게 좀 엉뚱하기는 했지만 상관하지 않았다. 난로를 놓는다는 생각만 해도 즐거웠고 이제 그 앞에서 이 아름답고 고풍스러운 흔들의자에 앉아 있을 생각을 하니 저절로 미소가 지어졌다. 조이는 포근하고 동양적인 골동품 양탄자도 사야겠다고 생각했다. 그리고 탁자와 안

락의자도 한두 개쯤 더 살 생각이었다. 벽난로 위에는 선반도 제작해서 애그니스와 비브, 게일라, 메그, 릴리아와 함께 찍은 사진이 들어 있는 액자를 놓을 예정이었다.

오늘의 숙제는 부엌으로 이어지는 벽에 걸기로 마음먹은 사진 여남은 장을 액자에 넣는 일이었다. 부모님 사진을 비롯하여 열두세 살 무렵 새라와 함께 찍은 사진, 할머니 할아버지와 코니 아일랜드에서 찍은 사진, 이제 거의 만날 일 없는 사촌들의 활기찬 모습이 담긴 가족 모임 사진 등등. 이미 몇 주 전에 액자를 사두었지만 회사 일이 바빠 사진을 넣을 시간이 없었다. 오늘도 회사에 나갈 작정이었지만 의자가 10시에서 4시 사이 배달될 예정이었다. 그래서 조이는 아주 오랜만에 제대로 휴일을 갖기로 했다. 시간이 없어서 미뤄두었던 집안일을 하며 여유로운 하루를 보낼 생각이었다. 첼시에서 열린 장터에서 사둔 파란 스포드(영국의 식기 브랜드) 찻잔과 접시를 닦아야겠다고 마음먹었다. 엄마한테 물려받았지만 좀 더 현대적인 식기를 원했던 조이가 한동안 보관만 하고 있던 오래된 은 식기도 닦기로 했다. 그리고 물론 사진도 벽에 걸어야 했다.

조이는 현대적인 취향에 따라 집을 꾸미려는 욕심으로 내버렸던 물건들을 생각하지 않으려고 애썼다. 지금에 와서 돌이켜보니 어쩌자고 그런 물건들을 구호품 가게에 덜컥 기부해버렸는지 스스로도 믿기지가 않았다. 당시 조이는 자신에게 슬픔을 느끼게 하는 물건들이 바로 그곳을 집다운 집으로 만들어주었다는 사실을 알아차리지 못했다. 조이는 분명 엄마가 이해해줄 거라고 믿었다. 조이가 새로운 의지로 만들어나가고 있는 '둥지'에 담긴 아이러니를. 조이가 기부 상자에 새로운 물건을 넣을 때마다 마음속 어디선가 엄마는 이렇게 묻곤 했으니까. "설마 그것까지 버리려는 건 아니겠지?"

조이는 부엌 식탁을 닦고 잘 말렸다. 그리고 그 위에 사진을 펼쳐놓았다. 이처럼 조이는 머리를 쓰지 않아도 되는 일, 아주 약간의 집중력만 필요로 할 뿐 한편으로는 마음을 편히 놓아도 되는 일이 좋았다. 조이는 어느새 코츠월드에서 보낸 시간이 얼마나 많은 변화를 가져왔는지 되새기고 있었다.

뉴욕으로 돌아오자마자 조이는 한 주 휴가를 내고 옛 친구, 특히 마티나, 수전, 에바와 다시 연락하겠다던 자신과의 약속을 지켰다. 먼저 전화를 하는 일은 못 견디게 어려웠지만 조이는 연못에서 만난 친구들로부터 배운 점을 떠올렸다. 친구들을 사랑하고 친구들로부터 사랑받는 일이 매우 중대하다는 점이었다. 그들의 우정에 가식적인 부분은 조금도 없었다. 서로 싸우고 미워하고 경쟁하기는 했어도 수십 년 동안 서로에게 전적으로 헌신하고 의리를 지켰다. 애그니스가 설명했듯 그들은 친구가 되기로 결심했고 이후 어떤 두려움이 닥쳐도 언제까지나 친구로 남을 것을 재차 다짐했다.

조이는 한 번도 우정을 그런 식으로 생각해본 적이 없었다. 없어도 되는 것, 다들 친하게 지내는 한 즐길 수 있는 것, 관계가 어려움에 봉착하면 놓아도 되는 것이라고 생각했다. 조이는 어렸을 때 엄마가 했던 말을 기억해냈다. 당시에는 이해할 수 없었던 말이다. 엄마가 오랜 친구 실비아 웹스터와 싸우고 몇 주 동안 아무 말도 안 한 적이 있었다. 그러다 갑자기 실비아 아줌마와 다시 만나기 시작했다.

"엄마, 실비아 아줌마랑 다시 안 보기로 하지 않았어?" 조이가 어리둥절해서 물었다.

"한번 크게 싸우고 화해해보지 않고선 진정한 친구라고 할 수 없지." 엄마는 그때 이렇게 설명했다.

이제 조이는 태어나서 처음으로 그 말을 이해했으며 또 믿었다.

조이는 세 사람 가운데 마티나가 가장 냉랭한 반응을 보일 거라고 생각했음에도 제일 먼저 마티나에게 연락했다. 마티나는 또박또박한 어조로, 출장을 가야 해서 몇 주 동안 바쁠 거라는 변명과 함께 모임에 나올 수 없다고 했다. 변명이 아닌 사실일 수도 있었다. 마티나는 좀 한가해지면 연락하겠다고 약속했지만 조이는 과연 그럴까 싶었다.

반면 수전과 에바는 조이의 연락을 받고 매우 기뻐하는 것 같았다. 그리고 이후 몇 주 동안 세 사람은 점점 더 많은 시간을 대학교 때 그랬던 것처럼 함께 보내기 시작했다. 일이 끝나고 술을 한잔 마시기도 했고 주말에 영화를 보기도 했으며 옛날처럼 서로의 집에서 시간을 보내기도 했다. 수전은 1년 동안 만나던 사람과 막 헤어진 뒤여서 한동안 남자를 만나지 않겠다고 다짐한 상황이었고 에바는 온라인 연애 사이트에 발을 담근 뒤였다. 세 사람은 몇 시간을 들여 에바가 온라인 '윙크'를 보낼 사람을 선정했고 이상형을 밝히는 설문에서 좀 더 구체적으로 대답해야 할지 아닐지를 놓고 토론하는가 하면 에바가 자기소개를 쓰고 또 고치는 걸 도와주었다.

조이도 물론 이언에 대해서 두 사람에게 다 털어놓았다. 에바는 조이도 온라인 연애 사이트에 가입해야 한다고 설득하며 여럿이 만날수록 안전하다고 주장했다. 남자를 처음 만날 때 더블데이트를 하자는 말이었다. 그러나 조이는 아직 새로운 만남에 관심이 없었다. 이언과의 추억만이 여전히 생생하고 몹시 소중했다. 언젠가 다시 새로운 연애를 시도해볼 날이 올 수도 있겠지만 아직은 아니라고 생각했다.

조이와 새라는 매주 스카이프 영상 통화를 하며 잘 지내고 있었다. 일요일마다 통화를 했고 한 주도 빠진 적이 없었다. 보통 10분 내지 15분 정도 이야기를 나누었지만 어떤 날은 두 시간 동안이나 통화를 하기도 했다. 조이는 이언과 릴리 이야기는 피하려고 했지만 새라가 가끔 이런저런 소식을 전해주었다. 릴리는 다시 학교에 다닌다고 했다.

"알아." 조이가 말했다.

"이언한테 들었어."

"그럼 연락하는구나?" 새라가 물었다.

"사실은 꽤 자주 해."

"조이!" 새라가 놀라며 컴퓨터 카메라 앞으로 바짝 다가왔다.

"얘기 좀 해봐."

"주로 일 얘기만 해. 우리 얘기는 안 해. 그렇지만 릴리 소식은 물어보지. 릴리 얼굴은 좀 어때 보여?"

"모르지. 난 본 적이 없으니까." 새라가 말했다.

조이는 늘 애그니스와 친구들에 대해서 물어보았고, 그럴 때마다 새라는 애그니스와 친구들이 안부를 전해달라 했다고 말했다. 정말 그랬는지 알 수는 없었지만 사실일 수도 있었다. 애그니스와 새라는 서로 자주 연락했다. 한편 새라는 조이와 마지막으로 통화했을 때 놀랄 만한 소식을 전했다.

"뉴욕에 갈까 생각 중이야." 새라가 확신이 부족한 목소리로 말했다.

"정말? 언제?"

"언제든 네가 나랑 놀아줄 수 있을 때."

"정말 잘됐다! 애들 데리고 올 거야?"

조이는 미소를 유지하려고 애썼다. 천방지축 애들 넷이 조이의 집에 머물 수도 있다는 사실에 대해 어떤 염려도 드러내지 않고 오직 신이 난 것처럼 보이는 게 중요했다.

"설마! 애들은 헨리한테 맡겨야지. 지난 주말에 또 한 페이지를 넘겨야 할 만큼 한바탕 싸웠어. 그래서 페이지를 넘기고 난 뒤 내가 말했지. '참, 자기야, 한 가지만 더. 나 조이 만나러 뉴욕에 갈 거야.'라고."

"그랬더니 뭐래?"

"그랬더니 '잘됐네!' 그러더라. 그래서 '나 혼자!'라고 했지. 약간 당황한 기색인 것 같았어."

"애들 잘 볼 수 있을까?"

"못 본다면 그건 그 사람 문제지." 새라가 말했다.

조이는 사진 위로 액자 유리를 덮었다.

한 시간 뒤 액자는 모두 벽에 걸려 있었다. 조이는 한 발짝 뒤로 물러나 눈높이보다 조금 높은 위치에 자유롭게 걸린 액자를 바라보았다. 액자 하나에 어디서 날아들었는지 모를 먼지가 끼어 있었지만 조이는 곧 눈길을 거두었다. 할 수 없지, 하고 혼잣말을 했다. 그러고서 갑자기 깨달았다. 조이 안의 무언가가…… 무언가가 변한 게 확실했다.

조이는 방을 둘러보며 집을 집답게 만들기 시작한 물건들에 주목했다. 봄을 알리는 튤립으로 가득 찬, 엄마가 남긴 물병, 조이가 제일 좋아하는 자리가 될 흔들의자, 그리고 그 옆에 생길 조이만의 벽난로. 넘치는 잡동사니는 원치 않았다. 조이의 집이 현대적인 공간이라는 사실은 변함없었다. 직접 고른 화강암 벽난로도 더할 나위 없이 현대적이고 단순했다. 그럼에도 벽난로는 벽난로였다. 그것은 가정을 의미했다.

*

조이는 공상에 잠긴 채 제도용 책상에서 시선을 들었다.

팅크는 흔들의자 옆에 깊이 잠들어 있었다. 팅크는 조이가 손을 쓰기도 전에 의자 위로 뛰어 올라갔지만 의자가 흔들리는 걸 알고 얼마나 놀랐는지 곧바로 뛰어내렸다. 조이는 다행이라고 생각했다. 팅크가 다시는 의자 위로 올라가지 않을 테니까. 그런데 팅크는 벽난로에 마치 불이 타고 있는 걸 보고 있기라도 하듯 조이가 양탄자를 깔고자 하는 자리의 정중앙에 풀썩 드러누웠다.

조이는 배리 객실의 일부가 될 '웬디 룸'을 디자인하는 중이었다. 이 공간은 적어도 조이의 생각에는 '어머니'에게 특별히 헌정하는 공간이었다. 웬디가 『피터팬』 속에서 모든 '길 잃은 아이들'의 엄마 역할을 했기 때문이다.

조이는 부엌으로 들어가 와인을 한잔 따랐다. 웬디라는 이름은 배리가 친구의 딸과 가까이 지내던 중에 생각해냈다. 마가렛 헨리라는 이 어린아이는 배리와 알고 지낸 수많은 어린애들과 마찬가지로 배리를 무척 좋아했고 그를

"마이 프렌디"라고 불렀다. 그렇지만 발음이 정확하지 않아서 "마이 프웬디" 혹은 그냥 "프웬디"라고 했다.

배리는 자신이 마가렛의 부모, 혹은 '웬디' 역할을 해야 한다고 여겼을까? 여섯 살 마가렛이 세상을 떠났을 때 슬퍼했을까? 다른 길 잃은 아이들, 그러니까 조지 르웰린 데이비스가 1차 세계 대전에서 전사한 뒤로, 그리고 조지의 동생 마이클이 옥스퍼드에서 익사한 뒤로 평생을 잊지 못하고 슬퍼했듯이? 배리는 살면서 숱한 슬픔과 수많은 엇갈린 인연을 경험한 반면 깊은 관계를 의미 있게 오래 지속한 경우는 드물었다.

조이는 자신도 배리 같은 인생을 살게 될까 궁금했다. 인생을 함께할 누군가를 영영 찾지 못한다면? 딱히 결혼을 원하는 것은 아니었다. 하얀 드레스를 입고 신랑과 처음으로 춤을 추는 상상을 해본 적도 없었다. 그렇지만 평생 홀로 사는 삶? 그런 삶을 원하지는 않았다! 그러나 많은 사람들이 그렇게 살고 있었다. 홀로 사는 삶, 생각만 해도 불안이 앞섰다. 조이는 와인을 한 모금 마시고 심호흡을 했다. 그리고 괜한 생각은 하지 않기로 마음먹었다. 홀로 사는 것이 최악은 아니었다. 알렉스와 같은 이기적인 나르시시스트와 평생을 함께 사는 것보다는 훨씬 나았다.

조이는 새로 산 의자로 가서 앉았다. 손에 닿는 느낌, 흔들리는 느낌이 정말 좋았다. 조이는 영국에서 보낸 시간들을 돌이켜보았다. 어딘가에 속한다는 느낌, 즐거웠던 느낌을 되새기고 싶을 때면 영국을 생각했다. 뉴욕으로 막 돌아왔을 무렵엔 영국에서 겪은 어두웠던 순간들만 자꾸 떠올랐다. 릴리의 사고와 병원에서 보낸 시간, 이언의 집에서 릴리아가 화를 이기지 못하고 폭발했던 일. 그러나 이제는 달랐다. 지금은 부드럽게 펼쳐진 들판이 떠오르고 게일라의 코코아가 생각났으며 이언이 해기스를 만들어 주었던 밤과 함께 말을 타던 오후가 떠올랐다. 그리고 릴리가 조이의 펜디 부츠를 신어보았던 기억, 조이가 애그니스의 서재에 앉아 있던 기억…… 스탠웨이 저택의 앞날이 부분적으로 조이의 손에 달려 있다는 사실이 믿기지 않아 부엌에서 멍하니 돌아다니던 일도 생각났다.

조이는 한밤중에 바라보던 영국의 하늘, 바늘구멍 같던 별들을 떠올렸다. 그 별들은 눈에 보이지 않는 성스러운 비밀과 수수께끼로 가득했으며, 기대와 약속으로 살아 숨쉬는 고요한 시골 마을을 조이만의 네버랜드로 느끼게 해주었다. 물론 영국으로 다시 돌아갈 수도 있었겠지만 모든 것을 바꾸어놓은 그 한겨울의 귀중한 시간으로 다시 돌아갈 방법은 없었다.

갑자기 팅크가 고개를 들어 조이를 바라보았다.

"왜?" 조이가 물었다.

팅크는 어느새 벌떡 일어나 주의를 집중하며 무언가를 기다리고 있었다.

"왜? 나가고 싶어?"

팅크가 짖기 시작했고 누군가 현관문을 두드리는 소리가 났다. 팅크는 날카로운 소리로 걷잡을 수 없이 짖어대며 문을 향해 쏜살같이 달려갔다. 조이는 현관문으로 다가가 문에 달린 구멍을 통해 밖을 내다보았다. 그리고 놀란 숨을 들이마셨다. 사슬을 풀고 두 개의 빗장을 돌리는 손이 떨리기 시작했다. 조이는 천천히 문을 열었다.

그는 조이가 가장 좋아하는, 소매가 풀린 회색 아란 스웨터를 입고 와인이나 샴페인으로 보이는 술병을 들고 서 있었다. 얼굴에는 기대와 두려움이 동시에 어려 있었다.

무슨 말을 해야 할지 고민하는 조이의 눈에 기쁨의 눈물이 솟아올랐다.

"여기서 뭐하는 거예요?" 조이가 마침내 속삭이듯 말했다.

미소 짓고 있는 그의 눈은 조이의 꿈속에서 언제나 그랬던 것처럼 상냥하고 따뜻했으며 바람에 시달린 두 볼은 숨겨진 마음을 드러내듯 상기되어 있었다.

"뭐하는 것 같아요?" 이언이 말했다.

감사의 말

제임스 M. 배리는 매해 성탄절 런던의 하이드 파크 내 서펜타인 연못에서 열리곤 했던 야외 수영 대회의 승자에게, 백 년도 더 전에 피터팬 컵이라는 트로피를 처음 수여했다. 6년 전 런던에 사는 친구가 햄스테드 히스에 있는, 여성들이 수영을 하는 연못으로 나를 데려가서 그 이야기를 들려주었다. 뉴욕에서는 엄마의 장례가 치러지고 있었고 나는 바다 저편에서 오도 가도 못 하고 있을 때였다. 슬픔에 젖어 울고 있는 나에게 그날 거기 있던 나이가 아주 많은 여자들 가운데 한 사람이 수영복을 빌려주면서 수영을 권했다. 메이 앨렌이었다. 메이 앨렌과 친구들은 그 연못에서 50년도 넘게 수영을 해오고 있었다. 가슴 아프지만 아름다웠던 그 10월 오후의 수영은 내게 기운을 북돋워준 잊지 못할 사건이었다.

내가 코츠월드에 대해 쓰기로 한 이유는 여러 해 전 린다와 미셸 그랜트를 따라 그곳에 갔던 기억 때문이다. 춥고 안개가 짙은 어느 아침 나는 그들의 차 앞자리에 앉아 CD 플레이어에서 흘러나오는 그레고리안 성가를 들으며 길을 건너는 양을 마주치기도 하고 들판을 가로질러 말을 타고 달리는 사람을 목격하기도 했다. 그리고 20년 후 코츠월드로 돌아와서 내가 왜 그 오래전의 여행을 자꾸 떠올렸는지 알게 되었다. 그 지방의 관광 가이드였던 크리스 피크는 하루 종일 나를 데리고 다니면서 스탠웨이 저택도 구경시켜주었다. J. M. 배리가 영감을 받아 『피터팬』을 쓰게 된 곳이었다. 크리스는 여러 가지 흥미로운 이야기들과 함께 그 지역의 역사를 들려주며 나를 즐겁게 해주었고 스노우스힐, 모어튼인 마쉬, 치핑 캠든, 스탠튼, 윈치콤, 넌튼, 템플 가이팅, 가이팅 파워, 브로드웨이, 버클랜드, 래버튼, 어퍼 슬로터와 로워 슬로터를 구경시켜주었다. 덕분에 이틀 동안 코츠월드를 돌아다니며 이 지역의 모든 마을과 건물, 그리고 지금까지 남아 있는 유적이 가진 아름다움과 신비를 다시 발견할 수 있었다.

내가 이 책을 쓰는 데는 5년이 넘게 걸렸고 그동안 많은 사람들의 응원과 격려가 있었다. 너무 힘겨워 원고를 다 불사르고 다시는 생각조차 말아야지 하는 마음이 들었을 때 내가 멈추지 않고 계속할 수 있도록 많은 사람들이 다그쳐주었다. 포기하지 않도록 붙잡아준 여러 나라의 저작권 담당자들에게 영원히 갚지 못할 빚을 지었다.

직접 만나보았던 '연못에서 수영하는 여자들'과 뉴욕의 친구들에게도 고마움을 전하고 싶다. 친구들은 늘 흥미를 가지고 너그러운 마음으로 몇 년 동안 끊이지 않는 내 이야기를 들어주고 매번 완성되지 않은 원고를 읽으면서 건설적인 평가를 해주었다. 그리고 누구도 부인할 수 없는 세상에서 제일 멋진 언니 메리 밀먼이 있어 감사하다. 나에게 끝없는 응원과 격려와 사랑을 주고 혼자서 'J. M. 배리 여성수영클럽'의 역할을 다 하는 언니다. 또한 언니의 아들이자 나의 유일한 조카이며 동시에 나의 가장 친한 친구이자 백마 탄 왕자 로버트 밀먼이 있어 감사하다.

나는 종종 동생 미셸 지트워의 용기에 감탄하곤 한다. 동생은 언제나 놀라운 에너지와 열정을 가지고 하루를 시작하는, 내게 감동을 주는 자연의 힘 같은 존재이다. 마지막으로 결코 빼놓을 수 없는 한 사람, 나의 남편이자 인생의 동반자 길 알리시아에게 깊은 고마움을 표한다. 나의 말을 굉장히 잘 들어줄 뿐 아니라 문학과 인생에서 나아가야 할 방향을 진정으로 잘 아는 나침반 같은 사람이다. 남편의 사랑과 안락한 가정 덕택에 나는 세상 끝 어디라도 내 마음속의 장소들로 마음껏 떠돌며 탐구하고 창조할 수 있었다. 때로는 자유롭게 사라질 수도 있었다. 남편이 언제나 같은 자리에서 다시 돌아올 나를 기다리고 있다는 사실을 알기에.

진정한 쉼터이자 오락이 되는
픽션 세계로의 초대

책은, 특히 픽션은 쉴 곳이다. 지식의 습득을 위한 도구, '마음의 양식'으로만 책을 보는 분위기 때문에 자칫 깜빡하기 쉬운 사실이다. 독서가 쉼이고 오락이라는 사실을 깨우쳐주는 책을 만나면 나는 한없이 고마워하며 그 안락한 품을 즐긴다. 그런데 픽션은 종종 나를 배반한다. 허구의 세계에서마저 여주인공은 백마 탄 왕자를 기다리고, 직업이 없거나, 있어도 일에서 만족을 얻지 못하고, 누군가 예쁘다고 해주기 전까지는 자신이 아름다운 줄도 모른 채 지저분한 머리를 하고 뿔테 안경을 쓰고 있다. 현실의 기울어진 구조가 그대로 반영된, 때로는 한결 더 강화된 픽션의 세계를 바라보면서 나는 더욱 지쳐가곤 한다.

반면, 바바라 지트워가 첫 장편소설 속에 그려낸 조이라는 여주인공의 세계는 상쾌하다. 스탠웨이 저택에서 멀리 떨어지지 않은, 엉뚱하지만 강인한 할머니들이 눈을 맞으며 수영을 하는 그 고요한 연못처럼 시원하고 유쾌하다. 조이는 서른이 넘은 싱글 여성이지만 굳이 결혼을 해야 한다는 생각은 없으며 자기 일을 사랑한다. 남자와 동등하게 인정을 받으려면 더 많이 일해야 한다는 사실이 억울하고, 자기 실력에 자신이 있지만 스탠웨이 저택의 수리라는 대형 프로젝트 앞에서는 두렵고 떨리는 마음을 감출 수 없는 현실적인 인물이기도 하다. 어릴 적 단짝이었지만 어느새 멀어진 친구 새라와의 관계를 개선하기 위해 긴 시간에 걸쳐 애를 쓰는 조이의 모습은 '여자의 적은 여자'라는 기괴한 관념을 조롱하는 듯하다. 심지어 연못의 할머니들은 수십 년 동안 우정을 유지해온 주인공들이며 여성 간의 유대가 갖는 위력을 상징한다.

조이가 사랑하게 되는 이언도 백마 탄 왕자와 닮은 점이라고는 잘생겼다는 것밖에 없다. 애 딸린 저택 관리인이며 따지고 보면 조이의 부하 직원이고 재산도 조이보다 적다. 그렇지만 알고 보면 따뜻하고 해기스 하나는 기가 막히게 만들 줄 안다. 무엇보다 조이는 혼자라도 괜찮은 여주인공이다. 머리가 복잡하면 달리기를 하거나 겨울 연못에서 헤엄을 치고, 오로지 나를 위해 초록 다마스크 천을 씌운 호두나무 흔들의자를 산다. 혼자라도 괜찮은 사람이므로 설령 이언과의 관계가 '오래오래 행복하게 잘 살았다'는 식으로 끝나지 않아도 우리는 조이가 잘 버티어낼 수 있다는 사실을 안다. 혼자일 줄 알기 때문에 관계속에서 더 행복할 수 있다는 사실도 안다.

이 소설이 어떤 의도적인 페미니즘적 선언을 담고 있다는 뜻은 아니다. 그러나 자주적이고 강인하면서 사랑을 할 줄도 받을 줄도 아는 여성의 세계를 태연하게 스타투스 쿠오(status quo), 즉 현상(現狀)으로 취급하는 이 소설은, 이미 조이와 같이 자주적인 행복을 누릴 줄 알지만 끊임없는 픽션의 폭력, 현실의 오지랖 넓은 주변인에 시달리는 독자에게 진정 편안한 쉼터가 되어줄 것이다. 아직 풀어나갈 실타래가 많고 어떻게 홀로 서야 할지 잘 모르는 독자에게는 나침반이 되어줄 수도 있을 것이다.

읽고 번역하는 내내 이 책은 나에게, 보드카를 넣은 게일라표 핫초콜릿이 있는 연못가 오두막이었다. 서늘하지만 따뜻하고 달콤하지만 짜릿한 휴식이며 위로였다. 영국 코츠월드의 눈 내리는 연못으로 한국의 독자를 초대하는 영광을 함께 누릴 수 있게 되어 정말 기쁘고 기회를 주신 분들께 감사한다.

이다희

옮긴이 이다희 펜실베이니아 주립대학교에서 철학을 전공하고 서울대학교에서 서양고전학을 공부했다. 소설가이며 탁월한 번역가인 동시에 신화 연구가였던 이윤기 선생의 딸로, 『플루타르코스 영웅전』, 『신화의 역사』, 『사막의 꽃』 등을 번역하였다.

J. M. 배리 여성수영클럽

초판 1쇄 발행 · 2017년 3월 31일
초판 3쇄 발행 · 2022년 7월 7일

지은이 · 바바라 J. 지트워
옮긴이 · 이다희
펴낸이 · 김요안
편집 · 강희진
디자인 · 주수현

펴낸곳 · 북레시피
주소 · 서울시 마포구 신수로 59-1
전화 · 02-716-1228
팩스 · 02-6442-9684
이메일 · bookrecipe2015@naver.com | esop98@hanmail.net
홈페이지 · www.bookrecipe.co.kr
등록 · 2015년 4월 24일(제2015-000141호)
창립 · 2015년 9월 9일

종이 · 화인페이퍼 | 인쇄 · 삼신문화사 | 후가공 · 금성LSM | 제본 · 대흥제책

ISBN 979-11-88140-00-8 03840

이 도서의 국립중앙도서관 출판예정도서목록(CIP)은 서지정보유통지원시스템
홈페이지(http://seoji.nl.go.kr)와 국가자료공동목록시스템(http://www.nl.go.kr/kolisnet)에서
이용하실 수 있습니다. (CIP제어번호: CIP2017006666)